www.ingramcontent.com/pod-product-compliance
Lightning Source LLC
LaVergne TN
LVHW012105070526
838202LV00056B/5628
9788119889310

یہ عشق نہیں آساں

(ناول)

ڈاکٹر نعیمہ جعفری پاشا

افسانہ پبلی کیشن
تھانے۔مہاراشٹر

© Naima Jafri Pasha
Yeh Ishq Nahi Aasan (Novel)
By : Dr. Naima Jafri Pasha
Afsana Publication,
(Thane) Maharashtra, India
2nd Edition : November 2023
Printer : Chitra Printing Press, Bhayandar - Thane
ISBN : 978-81-19889-31-0

اِس کتاب کا کوئی بھی حصہ مصنّف یا ناشر کی پیشگی اجازت کے بغیر کسی بھی وضع یا جلد میں کُلّی یا جزوی، منتخب یا مکرر اشاعت یا بہ صورت فوٹو کاپی، ریکارڈنگ، الیکٹرانک، میکینیکل یا ویب سائٹ پر اپ لوڈنگ کے لیے استعمال نہ کیا جائے۔ نیز اس کتاب پر کسی بھی قسم کے تنازعہ کو نمٹانے کا اختیار صرف ممبئی (انڈیا) کی عدلیہ کو ہوگا۔

کتاب : یہ عشق نہیں آساں (ناول)
مُصنّفہ : ڈاکٹر نعیمہ جعفری پاشا
ای۔میل : naimajafripasha@gmail.com
سرورق : انور مرزا
اشاعتِ دوم : نومبر ۲۰۲۳ء
ناشر : افسانہ پبلی کیشن
میرا روڈ۔ تھانے (مہاراشٹر) 401 107
موبائل : +91 90294 49173
مطبع : چترا پرنٹنگ پریس، بھائندر۔ تھانے
موبائل : +91 81698 46694
آئی ایس بی این : 978-81-19889-31-0

افسانہ پبلیکیشن
Afsana Publication
Nooh - 54, Room No.903, Opp. Kokan bank, Station Road,
Mira Road - 401 107 - Dist. Thane, Maharashtra, India

فہرست

صفحہ نمبر

پیش لفظ		05
۱۔ پہلا	باب	07
۲۔ دوسرا	باب	13
۳۔ تیسرا	باب	20
۴۔ چوتھا	باب	25
۵۔ پانچواں	باب	32
۶۔ چھٹا	باب	40
۷۔ ساتواں	باب	48
۸۔ آٹھواں	باب	54
۹۔ نواں	باب	59
۱۰۔ دسواں	باب	63
۱۱۔ گیارہواں	باب	68
۱۲۔ بارہواں	باب	78
۱۳۔ تیرہواں	باب	87
۱۴۔ چوہدواں	باب	93
۱۵۔ پندرہواں	باب	101
۱۶۔ سولہواں	باب	107
۱۷۔ سترہواں	باب	118
۱۸۔ اٹھارہواں	باب	131
۱۹۔ انیسواں	باب	139
۲۰۔ بیسواں	باب	149
۲۱۔ اکیسواں	باب	160
۲۲۔ بائیسواں	باب	166
۲۳۔ تیئسواں	باب	176

3

پیش لفظ

کسی مفکر کا یہ قول کہ پہلے مادّہ بنا تھا پھر تخیل پیدا ہوا، کسی اور سلسلے میں صحیح ہو یا نہ ہو، لیکن فکشن کے میدان میں تو صد فی صد صحیح معلوم ہوتا ہے۔ ہمارے افسانوی ادب میں پیش کی جانے والی تقریباً ہر کہانی کی جڑ بنیاد اسی دنیا میں ہوتی ہے۔ یہ کہانیاں ہمارے اردگرد رواں دواں اور پھلتی پھولتی رہتی ہیں۔ کہانی کار اپنے مشاہدے کی قوت سے انھیں گرفت میں لیتا ہے اور انھیں نک سکھ سے اس طرح سجاتا سنوارتا ہے کہ ان کا رنگ روپ ہی بدل جاتا ہے۔ اس حقیقی کہانی کو سجانے اور سنوارنے میں کہانی کار کی قوتِ متخیلہ اتنی فعال ہوتی ہے کہ حقیقت، افسانہ بن جاتی ہے۔ لیکن اس کے کردار ہمارے اسی عالمِ رنگ و بو کے جیتے جاگتے انسان ہوتے ہیں، وہ تو بس چولا بدل لیتے ہیں۔

مجھے یاد ہے، میں شاید تین یا چار سال کی تھی۔ میرے والدین اپنے کسی عزیز سے ملنے گئے، جہاں میں نے ایک بزرگ شخصیت کو دیکھا۔ لمبا قد، سفید داڑھی، سفید بال جو کاکلوں کی شکل میں کاندھے پر پڑے تھے، سفید بھویں اور پلکیں، ٹخنوں کو چھوتا ہوا لمبا سا سفید چوغہ زیب تن کیے۔ بڑی باوقار شخصیت کے مالک تھے۔ میں نے والدہ سے پوچھا ''کیا یہ اللہ میاں ہیں؟'' محفل زعفران زار بن گئی۔ والدہ

نے سمجھایا ''اللہ میاں تو صرف نور ہیں۔ اللہ میاں ایسے نہیں ہوتے۔ یہ تو خان بابا ہیں۔''

بچپن کی بات آئی گئی ہوگئی۔ ہوش سنبھالنے کے بعد معلوم ہوا کہ خان بابا کے ساتھ ایک کہانی بھی جڑی ہوئی تھی۔ وہی کہانی میرے اس ناول کا محرک بنی ہے۔ یہ اور بات ہے کہ۔

حقیقت سے فسانے تک فسانے سے نگاہوں تک
میرے پاس آتے آتے اس نے کتنے پیرہن بدلے

ناول کے میدان میں یہ میری پہلی کاوش ہے۔ اس میں کمیاں اور کمزوریاں تو ضرور ہوں گی، جو اہلِ نظر کی پارکھ نظروں سے بچ نہیں سکتیں۔ اس کو ناول کے کس زمرے میں رکھا جائے گا، یہ تو میں نہیں جانتی، لیکن اتنا ضرور کہنا چاہوں گی کہ یہ محض ایک رومانی ناول نہیں ہے۔ اس کی کچھ نیم تاریخی حیثیت بھی ہے۔ نام اور مقام ضرور بدل گئے ہیں لیکن واقعات حقیقت پر مبنی ہیں۔

آخر میں میں اپنے کرم فرما حسیب احمد صاحب اور بیگم شاہدہ حسیب کا شکریہ ادا کرنا چاہوں گی، جنھوں نے اپنی مصروف زندگی سے وقت نکال کر پروف ریڈنگ جیسا خشک اور مشکل کام انجام دے کر کتاب کی اشاعت کے پہلے مرحلے کو میرے لیے آسان بنا دیا۔

نعیمہ جعفری پاشا

۲۲/مارچ ۲۰۲۳ء

وہ مورنی کی طرح اٹھلاتی ہوئی چلی گئی
اور مَیں سوچتا رہا۔ میں یہ کیا کر رہا ہوں؟
میرا دل میرے اختیار میں کیوں نہیں؟
اس کا ساتھ مجھے کیوں اچھا لگتا ہے؟
کیوں ایسا ہوتا ہے، جب کچھ دن وہ نظر نہیں آتی
تو میرا دل کسی کام میں نہیں لگتا؟
کیوں میں پورے دن رانا کی حویلی میں
جانے کا انتظار کرتا ہوں؟
وہ نظر آجاتی ہے تو دل کو قرار سا بھی آجاتا ہے
اور بے قراری بھی بڑھ جاتی ہے۔
لیکن یہ خلش، یہ بے تابیاں کیوں اچھی لگنے لگی ہیں۔
بقول ظفر میں کیوں آگ سے کھیل رہا ہوں؟
اس کا انجام کیا ہوگا؟
میں کیوں اس کے بڑھتے قدموں کو روک نہیں دیتا۔
وہ تو اٹھارہ انیس سال کی الھڑ سی دوشیزہ تھی،
لیکن میں تو اٹھائیس سال کا پورا مرد تھا۔

پہلا باب

اچانک جیپ کے انجن سے کچھ عجیب سی گھر گھراہٹ کی آوازیں آئیں اور جیپ دو چار جھٹکے لے کر رک گئی۔ بونٹ سے سفید سفید دھواں نکل کر فضا میں پھیل رہا تھا۔

''مارے گئے'' ہمایوں دونوں ہاتھوں سے سر تھام کر اسٹیرنگ پر جھک گیا۔

ایڈورڈ شاید اس دوران اونگھتا رہا تھا، وہ چونک کر اٹھا اور سیدھے بیٹھتے ہوئے بولا ''کیا ہوا؟'' لیکن دوسرے ہی لمحے رکی ہوئی جیپ اور بونٹ سے نکلنے والے دھوئیں نے اسے ساری بات سمجھا دی۔ ''اب کیا ہوگا؟'' ایڈورڈ نے چاروں طرف نظر دوڑاتے ہوئے کہا۔

یہ اپریل ۱۹۷۲ء کی ایک گرم صبح تھی۔ سورج نصف النہار پر آیا ہی چاہتا تھا۔ چاروں طرف دھول کے بادل سے اٹھتے ہوئے نظر آرہے تھے۔ ہوا کی حدت ناقابلِ برداشت ہوئی جارہی تھی۔ دور تک سناٹے کی حکمرانی تھی۔ چاروں طرف پھیلے ہوئے ریت کے میدانوں میں دور دور ببول اور کھجور کے درخت یا کانٹوں بھری جھاڑیوں کے ڈھیر کے سوا کچھ نظر نہیں آرہا تھا۔ دور کچھ قحط زدہ سی گائیں چرتی نظر آرہی تھیں، لیکن آدم زاد کا کوئی نام ونشان نہیں تھا۔ وہ دونوں پشکر کے مندر اور اجمیر شریف کی درگاہ کی زیارت سے واپس لوٹ رہے تھے کہ ایک دوراہے پر غلط موڑ لے لیا اور راہ بھٹک کر کہاں پہنچے تھے؟ اس کا دونوں کو ہی اندازہ نہیں تھا، پھر بھی امید تھی کہ کہیں نہ کہیں صحیح راہ مل ہی جائے گی، لیکن اس ویرانے میں جیپ نے دھوکا دے دیا۔

جیپ کا بھی کیا قصور! غلطی ان کی ہی تھی کہ گرمی کے موسم میں ریگستان میں سفر شروع کرنے سے پہلے ریڈی ایٹر کا پانی تو چیک کر لینا چاہیے تھا۔ چلتے وقت پاپا نے کتنا کہا تھا کہ ''ایک ڈرائیور تو ساتھ لے لو۔ ریگستان کے سفر میں کبھی کبھی غیر یقینی حالات سے دو چار ہونے کا بھی اندیشہ رہتا ہے''، لیکن ہمایوں مصر تھا کہ دو لوگ تنہا نہیں ہوتے، غیر یقینی حالات سے نبٹا جا سکتا ہے۔ جاتے وقت سفر بڑا سبک رہا۔ بغیر کسی دقت کے اجمیر اور پشکر پہنچ گئے۔ گھومے پھرے چھٹیوں کا لطف اٹھایا۔ دونوں بہت خوش تھے، لیکن واپسی میں ایک غلط موڑ نے سارا کام بگاڑ دیا۔ اوپر سے یہ جیپ۔ کریں تو کیا کریں۔

زندگی میں بھی کبھی کبھی ایک غلط موڑ پوری زندگی کو تباہ کر دیتا ہے۔ یہ تو صرف ایک سفر تھا۔

پشکر سے مان گڑھ کا سیدھا سادا سا راستہ یوں ایک مصیبت بن جائے گا یہ انھوں نے کبھی سوچا بھی نہیں تھا۔ ان کے پاس پینے کے پانی کا ذخیرہ بھی ختم ہو چکا تھا اور حلق تر کرنے کے لیے ایک بوند بھی نہیں بچی تھی۔ لُو کی تیزی اور تمازت دونوں ہی بڑھتی جا رہی تھی، تب ہی دور سے دو تین اونٹ گاڑیاں آتی نظر آئیں۔ ہمایوں کی جان میں جان آئی۔ ایڈورڈ نے اپنے گلے سے رومال کھول کر زور زور سے ہلانا شروع کر دیا۔ ہمایوں اس کی بچکانہ حرکت پر ہنس پڑا۔

''صبر کر میرے یار۔ گاڑی والے ہر حال میں ادھر سے ہی گزریں گے۔''

''کیا پتہ یار! یہ ریگستان کے جہاز کسی اور طرف نکل جائیں۔ ان کے لیے تو سڑک کی بھی ضرورت نہیں ہوتی۔''

ہمایوں خاموش ہو گیا۔ ایڈی صحیح کہہ رہا تھا۔ اونٹوں کے لیے تو سڑک کی کوئی قید نہیں تھی، لیکن گاڑی کے پہیے تو یقیناً سڑک پر ہی چلیں گے۔ دونوں بے صبری سے گاڑیوں کے قریب پہنچنے کا انتظار کرنے لگے۔ ایک ایک پل قیامت بن کر گزر رہا تھا۔ اللہ اللہ کر کے گاڑیاں قریب آئیں۔ ایک گاڑی پر بوریاں لدی ہوئی تھیں اور دوسری پر

مویشیوں کا سوکھا چارا تھا۔ بڑی سی لال اور پیلی پگڑیاں باندھے، دھوتی کرتی پہنے ہوئے ادھیڑ عمر کے لمبے پتلے گہرے سانولے رنگ کے دو آدمی اگلی گاڑی پر سوار تھے۔ جیپ دیکھ کر انھوں نے گاڑیاں روک دیں۔

ہمایوں نے کہا ''بھائی ہماری گاڑی خراب ہوگئی ہے، یہاں کہیں پانی ملے گا؟''

''پانی تو کونی چھے۔ تھا کٹھے جاؤلا؟''

ہمایوں مارواڑی سمجھتا تھا۔ بولا ''مان گڑھ جانا ہے۔''

''مان گڑھ! تھا اٹھے کٹھے آ گئے۔ مان گڑھ کا چھور تو پیچھے رہ گیا چھے۔''

''ہاں یار پتہ ہے۔ راستہ بھول گئے ہیں۔ تم پانی کی بات کرو۔ پانی ملے گا؟''

ایڈی نے دیکھا گاڑی پر سوار دوسرے آدمی نے جلدی سے ایک ٹین کا کنستر بوریوں کے نیچے سرکا دیا۔ ریگستان میں پانی ایسی ہی عنقا چیز ہے۔ اس حرکت کے لیے انھیں الزام بھی نہیں دیا جا سکتا تھا۔ بے چاروں کو ابھی نہ جانے کتنی دور جانا ہوگا۔ پانی پر ہی تو زندگی کا دارومدار تھا۔ لڑکوں کے چہروں پر مایوسی دیکھ کر گاڑی بان کا ساتھی جوان کی زبان تھوڑی بہت بول سکتا تھا، بولا ''پانی تو تھانے پیر بابا کی باڑی پہ ہی ملے گا۔ اٹھے بیٹھ جاؤ، تھانے باڑی پر چھوڑ دے لا۔''

ایڈی نے تعجب سے ہمایوں سے پوچھا

''یہ لوگ ہمیں تھانے لے جائیں گے؟ مگر کیوں؟''

ہمایوں کے سوکھے ہونٹوں پر مسکراہٹ کھل گئی

''یار، تھانے نہیں لے جائیں گے۔ مارواڑی میں 'تھانے'... 'تمھیں' کو کہتے ہیں۔ یہاں کوئی پیر بابا کی باڑی ہے، جہاں پانی مل سکتا ہے۔''

ایڈی نے کشمکش کے عالم میں بے چارگی سے پوچھا ''تو تم مجھے اکیلا چھوڑ جاؤ گے؟''

''نہیں بھئی تم بھی ساتھ چلو، جہاں جائیں گے، ساتھ ہی جائیں گے۔''

''لیکن جیپ کا کیا ہوگا۔''

''بھائی میرے۔ تمھاری اس نادر الوجود جیپ کو اس ویرانے میں کوئی خطرہ نہیں ہے۔ کون پاگل اسے ڈھو کے لے جائے گا۔ دیکھتے ہیں پانی مل گیا تو اسٹارٹ کر کے لے جائیں گے۔''

''ایک منٹ، ایک منٹ۔ یہ جیپ کے لیے جو لفظ ابھی تم نے بولا تھا یاد رکھنا، میں اپنی ڈائری میں نوٹ کروں گا۔'' ایڈورڈ نے جیپ سے اپنا اور ہمایوں کا بیگ نکالتے ہوئے کہا۔ ایڈی کو اردو سیکھنے کا خبط تھا۔ حالانکہ وہ اہل زبان کی طرح اردو بول لیتا تھا، لیکن جب کوئی نیا لفظ سنتا فوراً اپنی نوٹ بک میں درج کر لیتا۔ گاڑی بان نے ہاتھ دے کر ہمایوں کو گاڑی پر چڑھنے میں مدد دی۔ ایڈی پیچھے والی گاڑی پر چڑھ گیا، کیونکہ آگے والی گاڑی پر پہلے ہی دو آدمی موجود تھے۔ ہمایوں بوریوں پر لد کر بیٹھا تھا۔ ہمایوں گاڑی بان سے پیر بابا کے بارے میں بہت کچھ پوچھنا چاہتا تھا کہ وہ کون تھے اور اس ویرانے میں کیا کر رہے تھے، لیکن مکالمت کی راہ میں زبان کی ناواقفیت حائل تھی۔ ہمایوں انھیں اطراف میں پیدا ہوا، پلا بڑھا تھا۔ وہ مارواڑی اچھی طرح سمجھ لیتا تھا، لیکن بولنے پر قادر نہیں تھا، جس کا اسے بڑا قلق تھا۔ دراصل بچپن سے اتنی زبانیں پڑھائی گئی تھیں کہ وطن عزیز کی بولی سیکھنے کا وقت ہی نہیں ملا۔ تعلیم کی ابتدا ہر مسلمان بچّے کی طرح عربی سے ہوئی۔ پھر اردو پڑھائی گئی کہ یہ مادری زبان تھی، انگریزی اسکولوں میں تعلیم پائی، ہندی قومی زبان ٹھہری جس کا سیکھنا ضروری تھا۔ بابا جانی کی خواہش تھی کہ وہ فارسی ضرور پڑھے، کیونکہ فارسی جیسی شیریں زبان بقول ان کے دنیا کے پردے پر کوئی اور نہیں ہے۔ نتیجہ یہ ہوا کہ انگریزی پر ہی عبور حاصل ہو سکا۔ اردو اور ہندی میں بھی برا نہیں تھا۔ فارسی واجبی سی آتی تھی اور عربی تو صرف قرآن مجید کی حد تک ہی محدود رہی۔ شہر میں رہنے والے مارواڑی لوگ جو بولی بولتے تھے وہ سمجھ بھی لیتا تھا اور اپنی بات سمجھا بھی دیتا تھا، لیکن دیہاتی علاقوں کی خالص بولی سن کر اسے لگا کہ مارواڑی جاننے کا اس کا دعویٰ صرف واہمہ ہی تھا۔ وہ ان دونوں کی باتیں سنتا رہا اور اس نتیجے پر پہنچا کہ وہ دونوں پیر بابا کی

شان میں رطب اللسان تھے، لیکن پوری طرح مافی الضمیر سے آگاہ نہیں ہوسکا۔ دوسری اونٹ گاڑی پر سوار ایڈی تو بالکل ہی خاموش اور ناواقف تھا۔ ایڈورڈ انگریز باپ اور ہندو ماں کا بیٹا تھا۔ اس کے باپ سر جان ولیم آئی سی ایس آفیسر رہ چکے تھے۔

ہندوستان، ہندوستانی تہذیب اور اردو زبان کے عاشقِ زار تھے۔ ان جیسی اردو تو اچھے اچھے اردو داں ہندوستانیوں کو نہیں آتی۔ ہندوستان سے ان کا یہی عشق تھا کہ انگریز ہندوستان سے چلے گئے، راج پاٹ چھن گیا، لیکن ولیم سے ہندوستان نہیں چھوٹا۔ انھوں نے باقی زندگی یہیں گزارنے کا فیصلہ کیا۔ شہر کی سینٹرل لائبریری میں لائبریرین کی نوکری کر لی اور اپنے آپ کو ہندوستانی کلچر کے مطالعے میں غرق کر دیا۔ ایڈورڈ کو اردو کا شوق باپ سے ورثے میں ملا تھا۔

پندرہ منٹ کی مسافت کے بعد سڑک کے دائیں طرف ایک اونچی پتھر کی آدم قد چار دیواری نظر آئی، جس پر خار دار تار کھنچے ہوئے تھے۔ گاڑی بان کے ساتھی نے اشارے سے بتایا ''پیر بابا کی باڑی چھے۔'' ہمایوں اترنے کے لیے تیار ہوا تو گاڑی بان نے اشارے سے روک دیا۔ دیوار اتنی لمبی تھی کہ اس کا خاتمہ ہوتا ہی نظر نہیں آتا تھا۔ نہ کوئی دروازہ، نہ کھڑکی، نہ روزن۔ ہمایوں کو الجھن ہونے لگی۔ پندرہ منٹ تک دیوار کے ساتھ ساتھ چلتے رہنے کے بعد بالآخر لوہے کا ایک بڑا سا دروازہ نظر آیا۔ دروازہ بند تھا، لیکن بغل کی کھڑکی کھلی تھی۔ گاڑی بانوں نے گاڑیاں روک دیں۔ ہمایوں اور ایڈورڈ کود کر نیچے اترے اور اپنے سفری بیگ کاندھے پر ڈال لیے۔ گاڑی بان بے تعلقی سے انھیں حیران پریشان چھوڑ کر آگے بڑھ چکے تھے۔ دونوں کچھ لمحے تک ایک دوسرے کی شکل دیکھتے رہے۔ پھر دروازے کی طرف بڑھے۔ بغلی دروازہ اتنا تنگ تھا کہ بمشکل ایک وقت میں ایک آدمی گزر سکتا تھا۔ ہمایوں نے اندر جھانک کر آواز لگائی۔

''چوکیدار، چوکیدار'' لیکن کوئی سامنے نہیں آیا۔

پھر آواز لگائی ''ارے بھئی کوئی ہے۔ ہم مسافر ہیں پانی چاہیے۔'' دو تین بار پکارنے

پر بھی کوئی جواب نہیں ملا تو وہ دونوں جھجکتے ہوئے اندر داخل ہو گئے۔ سامنے نظر ڈالی تو یقین نہیں آیا کہ وہ اسی ریگ زار میں ہیں، جہاں سے اونٹ گاڑی پر بیٹھ کر آدھا گھنٹے کی مسافت طے کر کے آئے تھے۔ ایسا لگتا تھا کہ بے آب و گیاہ بیابان میں شداد کی جنت اتر آئی ہو۔ تکونی اینٹوں کی دورویہ قطار کے درمیان سرخ بجری سے بنی ہوئی سڑک کے دونوں طرف گھنے اور سایہ دار ہرے بھرے درخت کھڑے جھوم رہے تھے۔ ایک طرف پھولوں کی کیاریاں تھیں اور دوسری طرف کھیتوں میں گیہوں کی بالیاں لہلہا رہی تھیں۔ بیچ بیچ میں سبزی ترکاری کی باڑیاں تھیں۔ نالیوں سے بہتا پانی انھیں سیراب کر رہا تھا۔ وہ دونوں سحر زدہ سے آگے بڑھے۔ کچھ فاصلے پر سامنے سنگ مرمر کی ایک برجی نظر آرہی تھی اور بائیں طرف ایک چھوٹا سا بیلوں سے ڈھکا کاٹیج تھا۔ دونوں نے ایک دوسرے کی طرف دیکھا اور برجی کی طرف بڑھ گئے۔ ابھی تک انسان کا نام ونشان نظر نہیں آیا تھا۔ البتہ کچھ فاصلے پر گائے کے ڈکارنے کی آوازیں آرہی تھیں۔ ہمایوں اور ایڈی بھول گئے کہ وہ یہاں کیوں آئے تھے۔ ایک استعجاب کے عالم میں آگے بڑھتے رہے۔ درختوں کے سائے اور سوندھی مٹی کی مہک نے آدھی تکان دور کر دی تھی۔ آگے بڑھنے پر برجی صاف نظر آنے لگی۔ پندرہ مربع فٹ کا ایک سفید چبوترہ تھا، جس پر چھت تھی اور چاروں طرف محراب دار در بنے ہوئے تھے لیکن کوئی دیوار نہیں تھی۔ چبوترے کے بیچوں بیچ ایک قبر بنی ہوئی تھی، جس سے ٹیک لگائے کوئی بیٹھا تھا۔ چبوترے تک جانے والی پگڈنڈی پر بیچ بیچ میں سنگِ مرمر کی خوبصورت جالی سے گھری تین کیاریاں بنی ہوئی تھیں، جن میں سرخ گلاب مہک رہے تھے۔ بڑا خوابناک سا ماحول تھا۔ ہمایوں اور ایڈورڈ جیسے خود اپنے آپ سے بے خبر کسی مقناطیسی کشش کے زیرِ اثر کھنچے جارہے تھے۔ بجری پر جوتوں کی آواز سن کر قبر سے ٹیک لگا کر بیٹھے ہوئے شخص نے مڑ کر دیکھا اور اپنی طرف دو اجنبی لڑکوں کو آتا دیکھ کر اٹھ کر کھڑا ہو گیا۔ ان دونوں کے بڑھتے قدموں کو جیسے بریک لگ گیا۔ ایڈی کو ایسا لگا جیسے حضرت عیسیٰؑ اس کے سامنے آ کر کھڑے ہو گئے ہوں۔

دوسرا باب

لانبا قد، بلالیکن مضبوط جسم، لمبا سا سفید چغہ پہنے، سفید رنگ، سفید ڈاڑھی، سفید بال، جو بل کھائے ہوئے کاندھوں پر پڑے تھے، ایک ہاتھ میں لکڑی کے دانوں کی لمبی سی تسبیح اور دوسرے ہاتھ میں ایک کتاب تھامے ہوئے وہ شخص کوئی آسمانی مخلوق معلوم ہو رہے تھے۔ چہرے پر بلا کا نور تھا، ایک ٹھہراؤ تھا۔ آنکھوں سے گویا ایک برقی روسی نکل رہی تھی۔ ہمایوں کو محسوس ہوا جیسے اس کی قوتِ گویائی سلب ہوگئی ہو اور ایڈورڈ کی آنکھیں تو عقیدت سے بند ہی ہوگئی تھیں۔ چند لمحے جیسے صدیاں گزر گئی ہوں۔ جیسے وہ صدیوں پہلے کے کسی دَور کے دو شہزادے ہوں، جنھیں کسی جادوگر نے سحر پھونک کر پتھر کا بنا دیا ہو۔ پھر اس مقدس ہستی کے لبوں کو جنبش ہوئی ''کون ہو تم لوگ اور کیا چاہتے ہو؟'' عجیب سا لہجہ جس میں نرمی بھی تھی، گرمی بھی تھی، رعب بھی تھا اور رحم بھی تھا۔ ہمایوں جیسے ہوش میں آگیا اور ایڈی نے چونک کر آنکھیں کھول دیں۔

''پیر بابا۔ ہم مسافر ہیں۔ ہماری جیپ خراب ہوگئی ہے اور ہم پیاسے بھی ہیں۔ ہمیں پانی چاہیے، پینے کو بھی اور اپنی جیپ کے ریڈی ایٹر میں ڈالنے کے لیے بھی۔'' ہمایوں نے ہمت کر کے اپنی بات پوری کی۔

''جوتے اتار دو۔ پہلے خود پانی پی لو۔ پھر اپنی گاڑی کے لیے پانی لے جانا۔''

انھوں نے مہربانی سے کہا۔ دونوں نے مشینی طور پر اپنے جوتے اتارے۔ سیڑھی پر ایک طرف ایک بالٹی اور ایک لوٹا رکھا تھا۔ انھوں نے اشارہ کیا۔

''پہلے ہاتھ منھ دھولو۔''

دونوں نے باری باری ہاتھ منھ دھوئے۔ پھر انھوں نے چبوترے کے ایک کونے کی طرف اشارہ کیا، جہاں ایک مٹی کی صراحی پر کٹورہ ڈھکا ہوا تھا اور دوسرا کٹورہ پاس رکھا تھا۔ کوری مٹی کی صراحی دیکھ کر دونوں کی پیاس اور بڑھ گئی۔ پہلے ہمایوں نے کٹورہ بھرا۔ منھ سے لگانے ہی والا تھا کہ پیر بابا نے ستون پر چڑھی ہوئی بیل سے ایک تنکا توڑ کر پانی میں ڈال دیا۔ ہمایوں نے سوالیہ نظروں سے ان کی طرف دیکھا۔

وہ مسکرائے ''اب پھونک پھونک کر پیو۔ سخت پیاس میں غٹا غٹ پانی پینے سے نقصان ہوسکتا ہے۔'' ہمایوں کو کوفت تو بہت ہوئی، لیکن ان کی ہدایت کے مطابق رک رک کر پانی پیا۔ پیاس بے حساب تھی لیکن پیر بابا نے دوسرا کٹورہ نہیں پینے دیا، بلکہ ایڈی کو بھی اسی طرح تنکا ڈال کر پانی دیا۔ ہمایوں نے اور پانی کی درخواست کی تو بولے

''تمھارا پیٹ خالی ہوگا۔ زیادہ پانی پیو گے تو الٹیاں شروع ہو جائیں گی۔ تھوڑا آرام کرلو، پانی کہیں بھاگا نہیں جا رہا ہے۔ اب مجھے بتاؤ کہ کون ہو اور کہاں جا رہے ہو؟'' پھر ایڈی کی طرف دیکھ کر بولے ''تم تو شاید انگریز ہو! ہماری زبان جانتے ہو؟''

ایڈی کا سر مارے عقیدت کے جھکا ہوا تھا۔

''سر میں اینگلو انڈین ہوں۔ میری ماں ہندوستانی ہیں اور والد انگریز ہیں۔ میرا نام ایڈورڈ ولیم ہے۔''

''اوہ!'' پیر بابا کی آنکھوں میں ایک لحظے کے لیے ایک بے نام سی جوت جاگی اور دوسرے ہی پل بجھ گئی۔ اب انھوں نے ہمایوں کی طرف دیکھا۔

''میں ہمایوں ظفر ہوں۔ ہم لوگ مان گڑھ جا رہے ہیں۔ راستے میں جیپ بند ہوگئی۔ غالباً گاڑی میں پانی نہیں ہے۔''

''لیکن مان گڑھ کو تو یہ راستہ نہیں جاتا۔ تم کہاں سے آرہے ہو؟''

''جی آپ صحیح فرما رہے ہیں۔ پشکر سے آتے ہوئے ہم غلط موڑ پر مُڑ گئے تھے۔ راہ

بھٹک گئے اور جیپ بھی خراب ہوگئی۔''

''چلو پہلے تمھاری گاڑی کو ہی دیکھ لیتے ہیں۔ دن لمحہ بہ لمحہ گرم تر ہوتا جا رہا ہے۔''

انھوں نے تسبیح اور کتاب قبر پر رکھ دی، جس پر سبز ریشم کی چادر پڑی ہوئی تھی۔ انھوں نے پاس رکھی ہوئی لکڑی کی کھڑاویں پہنیں اور ان دونوں کو بھی جوتے پہننے کا اشارہ کرتے ہوئے بولے ''یہاں تمھیں اپنی مدد آپ کرنی ہوگی۔ کنویں سے پانی کھینچنا ہوگا۔ میں بے وقت ملازم کو تکلیف نہیں دیتا۔'' چبوترے کے ایک در میں ایک لکڑی کا لٹو ڈوری سے لٹک رہا تھا۔ انھوں نے تین بار لٹو کو کھینچا، ان کی چال بے حد باوقار تھی۔ وہ دونوں ان کے پیچھے چلتے ہوئے چبوترے کے دوسری طرف آئے۔ یہاں ایک بڑا سا پختہ کنواں تھا۔ چرخی پر ڈول لٹک رہا تھا اور کنویں کی مینڈ پر دو تین بالٹیاں اور ٹین کے ڈبے رکھے تھے۔ سامنے ٹین کے شیڈ میں ایک نئی چمچماتی ہوئی اسٹیشن ویگن کھڑی تھی۔ پیر بابا شیڈ کی طرف بڑھ گئے۔ ہمایوں نے ڈول ڈال کر پانی نکالا اور ڈبوں میں بھرنے لگا۔ ایڈی اس کی مدد ضرور کر رہا تھا، لیکن اس کا سارا دھیان پیر بابا کی طرف تھا، جو اسٹیشن ویگن اسٹارٹ کر رہے تھے۔

''ارے ان بڑے میاں کو تو گاڑی بھی چلانی آتی ہے۔'' ایڈی نے حیرت سے کہا۔

''بدتمیزی نہیں۔ پیر بابا کہو۔ یار یہ کوئی پہنچی ہوئی چیز معلوم ہوتے ہیں۔ پتہ نہیں انسان ہیں، فرشتہ ہیں یا جن ہیں۔''

اتنی دیر میں پیر بابا اسٹیشن ویگن بیک کر کے ان کے قریب لا چکے تھے۔ ان کا اشارہ پا کر انھوں نے پانی کے ڈبّے گاڑی کے پچھلے حصّے میں رکھے۔ ایڈی پیچھے بیٹھ گیا اور ہمایوں پیر بابا کے برابر جا بیٹھا۔ گیٹ پر پہنچ کر ہمایوں نے گیٹ کھولا۔ گاڑی باہر نکل گئی تو گیٹ دوبارہ بند کر کے وہ پھر ان کے پاس آ بیٹھا۔ ہوا کے جھکّڑ تیز ہو گئے تھے۔ سارا ماحول گرد آلود ہو کر زردی مائل نظر آ رہا تھا۔ گیٹ کے باہر دنیا ہی دوسری تھی۔ جیپ

کے قریب پہنچ کرانھوں نے اسٹیشن ویگن روک دی۔ ہمایوں نے جیپ کا بونٹ اٹھایا اور ریڈی ایٹر کا ڈھکن کھولنے لگا۔ ایڈی پانی کے ڈبے لے آیا تھا۔ پیر بابا نے کہا ''ٹھہرو۔ میں اسٹارٹ کرتا ہوں، پھر پانی ڈالنا''، لیکن جیپ اسٹارٹ نہیں ہوئی۔

ہر بار جب چابی گھومتی تو انجن جاگتا پھر بند ہو جاتا۔ پیر بابا نیچے اتر آئے۔

''انجن میں کچھ خرابی ہے، لیکن اس گرمی میں اس کی مرمت کا وقت نہیں ہے۔ اسٹیشن ویگن میں رسّی پڑی ہے، جیپ کو پچھلے حصّے سے باندھ دو اور اسٹیرنگ پر بیٹھ جاؤ۔ شام کو موسم ٹھنڈا ہو جائے گا تو دیکھیں گے۔''

ہمایوں نے ان کے حکم کی تعمیل کی۔ ایڈی پیر بابا کے ساتھ بیٹھا تھا۔ پیر بابا بڑی مشاقی سے ڈرائیو کر رہے تھے اور ایڈی دل ہی دل میں عش عش کر رہا تھا۔ باڑی میں پہنچ کر پیر بابا گاڑی پیچھے کی طرف لے گئے۔ شیڈ بہت بڑا تھا کئی گاڑیاں آسکتی تھیں۔ انھوں نے اسٹیشن ویگن پارک کی۔ ہمایوں نے جیپ سے رسّی کھولی اور اسے ڈھکیل کر اسٹیشن ویگن کے برابر کھڑا کر دیا۔ پیر بابا بغیر کچھ بولے واپسی کے لیے مُڑ گئے۔ یہ دونوں تذبذب کی کیفیت میں وہیں کھڑے تھے کہ انھوں نے مُڑ کر انھیں اپنے پیچھے آنے کا اشارہ کیا۔ اب کے ان کا رخ چبوترے کی طرف نہیں بلکہ کاٹیج کی طرف تھا۔ وہ کاٹیج جو اتنے بڑے رقبے کے درمیان چھوٹا سا لگ رہا تھا، اتنا چھوٹا بھی نہیں تھا۔ تقریباً دو سو گز کی زمین پر بنی ہوئی نسبتاً جدید طرز کی عمارت تھی۔ کرسی دے کر ایک بڑا سا برآمدہ تھا جسے سبز رنگ کی بانسوں سے بنی جالی سے گھیر دیا گیا تھا۔ جالی پر گلابی، سفید اور کاسنی پھولوں سے لدی بیلیں چڑھی ہوئی تھیں۔ اونچی چھت اور پتھر کی موٹی دیواروں کی وجہ سے باہر کی تمازت کا اثر بہت کم ہو گیا تھا۔ برآمدے کے دونوں سروں پر دو کمرے تھے اور درمیانی حصّے میں کئی دروازے تھے۔ کچھ کھلے کچھ بند۔ برآمدے میں چوکوں کا فرش بچھا تھا، جس پر سانگانیری پرنٹ کی سرخ اور سیاہ ڈیزائن والی جازم بچھی ہوئی تھی اور ایک لمبی سی آرام کرسی بچھی تھی۔ پیر بابا کرسی پر دراز ہو گئے۔ ہمایوں اور ایڈی کو تخت پر بیٹھنے کا

اشارہ کیا۔ ابھی انھیں بیٹھے ہوئے بمشکل پانچ منٹ گزرے ہوں گے کہ پچھلا دروازہ کھلا اور بیس بائیس سال کی ایک لڑکی ہاتھوں پر خوان اٹھائے ہوئے برآمدے میں داخل ہوئی۔ بالکل پیر بابا کی پرچھائیں تھی۔ وہی لمبا قد، چھریرا جسم، گورا رنگ، بڑی بڑی پرکشش سوئی سوئی سی آنکھیں، ستواں ناک، جس میں ہیرے کی کیل لشکارے مار رہی تھی۔ پیر بابا سے اتنی مشابہت کے باوجود لڑکی میں نسوانیت کوٹ کوٹ کر بھری ہوئی تھی۔ لمبی لمبی پلکیں، آنکھوں پر جھکی ہوئی تھیں۔ اس نے ایک مرتبہ بھی نظر اٹھا کر کسی کو نہیں دیکھا۔ اس نے گھیر دار شلوار اور قمیص پہن رکھی تھی۔ سر پر اس طرح دوپٹہ باندھ رکھا تھا جیسے کشمیری لڑکیاں باندھتی ہیں۔ سبک پیروں میں سیاہ مخمل کی گرگابی بہت ہی بھلی لگ رہی تھی۔ ہمایوں اور ایڈی رعب حسن اور تعظیم میں اٹھ کر کھڑے ہو گئے۔ لڑکی نے خوان تخت پر رکھا۔ اس پر رکھا ہوا زرد کپڑے کا دستر خوان بچھایا۔ خوان پوش ہٹا کر کھانا دستر خوان پر چن دیا اور بغیر کچھ بولے جس دروازے سے آئی تھی اسی دروازے سے واپس چلی گئی۔ ہمایوں کو اپنا دل حلق میں دھڑکتا ہوا محسوس ہوا۔

''بسم اللہ'' پیر بابا نے اپنی کرسی تخت کے قریب کھینچتے ہوئے کہا۔ وہ دونوں کچھ نہیں بول پائے تکلف کا کوئی جملہ، تشکر کا کوئی لفظ، جیسے ان کی لغت ہی خالی ہو گئی ہو۔ خاموشی سے دستر خوان پر بیٹھ گئے۔ کھیرا، ٹماٹر اور پیاز کی سلاد تھی۔ پیالے میں تازہ دہی، ایک قاب میں سبز رنگ کی دال اور دوسری میں کوئی سبزی۔ ڈبے میں مکھن چپڑی ہوئی ڈھیر سی روٹیاں۔ پیر بابا نے تھوڑا سا کھانا نکالا اور قاب ان کی طرف سرکا دی۔ کھانا دیکھ کر ان کی بھوک چمک گئی تھی۔ صبح روانہ ہونے سے پہلے ہلکا سا ناشتہ کیا تھا۔ سوچا تھا کھانے کے وقت سے پہلے ہی گھر پہنچ جائیں گے۔ اب ایک بج چکا تھا اور آنتیں قل ھواللہ پڑھ رہی تھیں۔ شروع میں تھوڑا سا تکلف کیا، پھر دونوں ہی کھانے پر ٹوٹ پڑے۔ سادہ سا کھانا تھا، لیکن انھیں محسوس ہو رہا تھا کہ اتنا ذائقہ دار کھانا شاید انھوں نے اپنی پوری زندگی میں نہیں کھایا۔ پیر بابا اپنی روٹی ختم کر چکے تھے اور ان کی بھوک کو

شفقت سے دیکھتے ہوئے دھیمے دھیمے مسکرا رہے تھے۔ تھوڑی دیر میں سارے برتن صاف ہو گئے تو ہمایوں شرمندگی کے احساس سے کٹ کر رہ گیا۔ پیر بابا کیا سوچتے ہوں گے! کیسے بھک مرے لڑکے ہیں۔ ہکلا کر بولا

''دراصل ہم نے صبح سے کچھ نہیں کھایا تھا۔''

''کوئی بات نہیں۔ سب تمھارے ہی لیے تھا۔ یہ سب یہیں کی پیداوار ہے۔ میں باہر سے کچھ نہیں منگاتا، جو کچھ رکھا سو کھاتا تمھارے سامنے رکھ دیا۔''

''پیر بابا، ہم نے اس سے زیادہ مزے دار کھانا زندگی میں نہیں کھایا اور سب کچھ صاف کر دیا۔ پتہ نہیں اور لوگوں کے لیے بچا ہو گا یا نہیں۔''

''یہ تمھارے ہی لیے تیار کروایا گیا تھا۔ میں بے وقت نوکروں کو تکلیف نہیں دیتا۔ تمھارے ساتھ جاتے وقت میں نے لالہ کو اطلاع دے دی تھی کہ گھر میں دو مہمان ہیں۔ اس نے تم لوگوں کے لیے ہی تیار کیا تھا۔ جوانی کی عمر ہی ایسی ہوتی ہے کہ زبان میں ذائقہ ہوتا ہے۔ ہر چیز مزیدار لگتی ہے۔ میں کوئی پندرہ سولہ سال کا رہا ہوں گا۔ شہر میں رہتا تھا، لیکن ان دنوں گاؤں آیا ہوا تھا۔ کھیتوں میں گڑائی چل رہی تھی۔ دن بھر مزدوروں کے کام کی نگرانی کے بعد گھر پہنچا۔ بہت بھوک لگ رہی تھی۔ دادی نے اس دن دنبے کا گوشت پکایا تھا اور آنگن میں بیٹھی تنور میں روٹیاں لگا رہی تھیں۔ میں وہیں ان کے پاس پٹڑے پر بیٹھ گیا۔ گیلے کپڑے سے ڈھکی آٹے کی پرات رکھی تھی۔ وہ روٹیاں سینک سینک کر دیتی گئیں اور میں کھاتا گیا۔ جب میں کھانا کھا کر اٹھا تو دو سیر آٹا اور آدھا گوشت ختم ہو چکا تھا۔ دادی نے کسی کو نہیں بتایا اور مجھے بھی بتانے کو منع کر دیا کہ کہیں نظر نہ لگ جائے۔''

پیر بابا مند مند مسکراتے ہوئے قصّہ سنا رہے تھے۔ پھر اٹھ کھڑے ہوئے۔

''دوپہر کو میں کچھ دیر آرام کرتا ہوں۔ تم لوگ بھی آرام کرو۔ تھکے ہوئے ہو۔ تمھاری جیپ ٹھیک ہونے میں تو دو دن لگیں گے۔ پرسوں مکینک آئے گا۔ تب تک

تمھیں رکنا پڑے گا۔ وہ سامنے کمرہ ہے۔ کسی چیز کی ضرورت ہو تو اس لٹو کو پکڑ کر ایک بار کھینچ لینا۔''

ہمایوں نے دیکھا یہاں بھی ویسا ہی لٹو لٹک رہا تھا جیسا کہ چبوترے پر لٹک رہا تھا۔ اب اس کی سمجھ میں آیا کہ باہر جاتے ہوئے پیر بابا نے تین بار لٹو کو کھینچا تھا۔ شاید یہ اپنی بیٹی کے لیے پیغام تھا کہ دو مہمانوں کے لیے کھانا تیار کر دے۔ ہمایوں پیر بابا کی سمجھ کا قائل ہو گیا۔ وہ دونوں بائیں بازو والے کمرے میں پہنچے۔ کمرہ سادگی اور صفائی کا نمونہ تھا۔ نواڑ سے بنے ہوئے دو پلنگ بچھے ہوئے تھے، جن پر دری اور سفید چادر بچھی ہوئی تھی۔ ایک طرف بانسوں کے اسٹینڈ پر کٹورہ سے ڈھکی صراحی رکھی تھی۔ دیوار پر خانۂ کعبہ کی بڑی سی خوبصورت پینٹنگ ٹنگی ہوئی تھی اور چھت پر ایک بڑا سا ریشمی جھالر والا پنکھا ٹنگا تھا، جس کی ڈوری نیچے لٹک رہی تھی۔ کمرے میں دو کھڑکیاں تھیں، جن پر خس کے پردے پڑے ہوئے تھے۔ کمرے میں خس کی بھینی بھینی خوشبو اور ٹھنڈک رچی ہوئی تھی۔ ہمایوں اور ایڈی پلنگوں پر ایسے گرے جیسے برسوں کی تھکن ہو۔ ہمایوں تھوڑی دیر تک پنکھے کی ڈوری کھینچتا رہا، پھر نیند کی آغوش میں سما گیا۔ بند پلکوں کے پیچھے خوابوں میں ایک حسین سا سراپا اپنی جھلک دکھاتا رہا۔

تیسرا باب

جب ایڈی کی آنکھ کھلی تو کمرے میں ملگجا سا اجالا پھیلا ہوا تھا۔ سورج نیچے جھک رہا تھا اور کاٹیج کے باہر کچھ چہل پہل محسوس ہو رہی تھی۔ ایڈی نے ہمایوں کو جگایا۔ وہ ہڑبڑا کر اٹھ بیٹھا، کلائی کی گھڑی چھ بجا رہی تھی۔ اتنے میں ایک گیارہ بارہ سال کا بچّہ کمرے میں داخل ہوا اور بولا:

''پیر بابا بولے ہاتھ منہ دھولو، باڑی ما آجاؤ'' لڑکے نے غسل خانے تک ان کی رہنمائی کی۔ انھوں نے جلدی جلدی ہاتھ منہ دھو کر کپڑے بدلے۔ ایسی ٹوٹ کر نیند آئی کہ کچھ ہوش ہی نہیں رہا۔ برآمدے کے نیچے چھڑکاؤ کر دیا گیا تھا۔ پیر بابا اپنی آرام کرسی پر نیم دراز تھے، ہاتھ میں تسبیح تھی۔ کچھ مونڈھے پڑے ہوئے تھے۔ ایک آدمی پودوں کو پانی دے رہا تھا۔ ایک بڑے میاں مونڈھے پر بیٹھے تھے۔ یہ دونوں بھی آ کر مؤدب بیٹھ گئے۔ ذرا ہی دیر میں وہی لڑکا جس کا نام شبراتی تھا ہاتھوں میں سینی اٹھائے ہوئے آیا، جس پر بون چائنا کی خوبصورت پیالیوں میں بھاپیں اڑاتی ہوئی چائے اور ایک رکابی میں نمک پارے رکھے ہوئے تھے۔ شبراتی نے تمیز سے سینی بید کی بنی ہوئی درمیانی میز پر رکھ دی اور سب کو چائے پیش کی۔ پیر بابا طشتری میں نکال کر چائے پینے لگے۔ بڑے میاں سے ان کا تعارف کرایا۔

''یہ بھورے خاں ہیں۔ ہماری جو بچی کچھی زمینیں ہیں ان کی دیکھ بھال کرتے ہیں اور خاں صاحب یہ دونوں بچّے ایڈورڈ اور ہمایوں ہمارے مہمان ہیں۔ مان گڑھ جاتے

ہوئے راہ بھٹک گئے اور رستے میں جیپ خراب ہوگئی۔''

ابھی پیر بابا کی بات ختم نہیں ہوئی تھی کہ گیٹ پر زور زور سے دستک سنائی دی۔ شبراتی دوڑتا ہوا گیا۔ جب واپس آیا تو اس کے پیچھے دس بارہ دیہاتی تھے۔

دو لوگوں نے ایک بان کی چارپائی اٹھا رکھی تھی، جس پر پندرہ سولہ برس کی ایک لڑکی بے ہوش پڑی تھی۔ پتہ نہیں بے ہوش تھی یا مردہ۔ زندگی کے کوئی آثار نہیں تھے۔ چہرہ اور ہونٹ نیلگوں ہو چکے تھے۔ گھاگرہ پہنے بڑا سا گھونگھٹ نکالے دو تین عورتیں زور زور سے رو رہی تھیں۔ ایک بوڑھے مرد نے آگے بڑھ کر پیر بابا سے کچھ کہا۔

پیر بابا نے فوراً چائے کی پیالی میز پر رکھی اور اٹھ کھڑے ہوئے۔

لڑکی کو چارپائی سے اتروا کر زمین پر لٹا دیا گیا۔ پیر بابا نے اشارہ کیا کہ بھیڑ ہٹا دی جائے۔ سب ہی لوگ کچھ فاصلے پر زمین پر اکڑوں بیٹھ گئے۔ عورتوں کی سسکیوں کی آوازیں اب بھی آ رہی تھیں۔ بھورے خاں نے شبراتی اور مالی سے کہا کہ کنویں سے پانی کھینچنا شروع کر دیں۔ لڑکی کا بوڑھا ہمراہی جو شاید لڑکی کا باپ تھا، پیر بابا کو لڑکی کے پاؤں کا انگوٹھا دکھا رہا تھا، جس پر چھوٹا سا سرخ نشان تھا۔

بھورے خاں نے ہمایوں کو بتایا یہ مارگزیدہ کا کیس تھا۔ پیر بابا سانپ کا زہر اتارنے کے لیے دور دور مشہور تھے۔ ریگستان میں مارزدگی کے واقعات کثرت سے ہوتے رہتے تھے۔ دوسرے چوتھے دن کوئی نہ کوئی مریض پیر بابا کے پاس لایا جاتا تھا اور بھلا چنگا ہو کر اپنے پیروں سے چل کر گھر جاتا تھا۔

پیر بابا نے لڑکی کے سرہانے کھڑے ہو کر عمل پڑھنا شروع کیا۔ تب ہی ہمایوں کی نظر برآمدے کی طرف اٹھ گئی۔ ستون سے ٹیک لگائے لالہ کھڑی تھی۔ چہرے پر فکر مندی کے آثار تھے اور تمام تر توجہ لڑکی کی طرف تھی۔ ہمایوں نے دانستہ نظریں اس پر سے ہٹا لیں۔ ایڑی سانسیں روکے ہوئے اس تمام منظر کو دیکھ رہا تھا۔

ماحول پر سنّاٹے کی حکمرانی تھی۔ بسیرا لیتی ہوئی چڑیاں بھی جیسے اچانک خاموش

ہوگئی تھیں۔ پیر بابا عمل پڑھ رہے تھے۔ اچانک پیر بابا کی تیز اور گونج دار آواز سناٹے میں گونجی ''آپ نے اس لڑکی کو کیوں کاٹا؟''

نیم مردہ لڑکی کے نیلگوں ہونٹوں کو جنبش ہوئی اور ایک مردانی آواز سنائی دی:

''یہ ہمیں اچھی لگی تھی۔''

ہمایوں کی ریڑھ کی ہڈی میں خوف کی لہر سی دوڑ گئی۔ ایڈی کا چہرہ سفید پڑ گیا۔

پیر بابا کہہ رہے تھے۔

''لیکن یہ لڑکی چارپائی پر سو رہی تھی اور چارپائی پر چڑھنا آپ کی قوم کے اصول کے خلاف ہے۔''

لڑکی کے ہونٹ ہلے۔ ''ہم چارپائی پر نہیں چڑھے تھے۔ یہ سو رہی تھی اس کے بال زمین پر لٹک رہے تھے۔ ہمیں اچھے لگے۔ ہم اس کے بالوں کے سہارے اوپر چڑھے اور اس کے جسم پر ہوتے ہوئے پاؤں سے نیچے اتر رہے تھے کہ اس کے پاؤں کو حرکت ہوئی، ہمیں لگا یہ ہمیں نقصان پہنچائے گی، اس لیے ہم نے اس کے انگوٹھے میں کاٹ لیا۔''

''اصول تو ٹوٹا ہے۔ آپ کو اس کا زہر واپس لینا ہوگا۔''

''نہیں۔ ہم زہر واپس نہیں لیں گے۔ زہر اس کے سارے جسم میں پھیل چکا ہے۔ ہم نے واپس لیا تو ہم مر جائیں گے۔''

''تمھیں زہر واپس لینا ہوگا۔'' پیر بابا کی آواز میں بجلی کی سی کڑک تھی۔ ''اصول ٹوٹا ہے سزا تو کاٹنی ہے، ورنہ میں تمھاری نسل اس ریگستان سے ختم کر دوں گا۔''

تھوڑی دیر خاموشی رہی، پھر لڑکی کے ہونٹ ہلے ''ہم یہاں سے دو کوس دور ہیں۔ آنے میں آدھا گھنٹہ لگے گا''

''جتنا تیز آسکتے ہو آجاؤ۔''

لڑکی کے ہونٹ خاموش رہے۔ پیر بابا عمل پڑھتے رہے۔

لوگوں کی سانسوں تک کی آواز سنائی دے رہی تھی۔ جیسے وقت رک گیا ہو۔

پیر بابا کے چہرے پر وہ جلال تھا کہ نظر نہیں ٹک رہی تھی۔

شبراتی اور ایک چوڑی دار پاجامہ، لمبا کرتا پہنے گھونگھٹ نکالے لمبی سی عورت نے شیشے کے مشعل دانوں میں مشعلیں روشن کر کے چاروں طرف رکھ دی تھیں، جن کی روشنی میں درختوں اور انسانوں کے لرزتے کانپتے لمبے لمبے سائے ماحول کو از حد پر اسرار بنا رہے تھے۔

آدھا گھنٹہ یوں گزرا جیسے آدھی صدی گزر گئی ہو۔ اچانک سانپ کے پھنکارنے کی آواز آئی اور ایک چار فٹ لمبا سیاہ ناگ آ کر لڑکی کی پائنتی بیٹھ گیا۔

''زہر واپس لو۔'' پیر بابا گرجے۔ ''ورنہ اپنی نسل کی تباہی کے لیے تیار ہو جاؤ۔''

سانپ نے لڑکی کے انگوٹھے پر اپنا پھن رکھ دیا۔ وہ زہر چوستا گیا اور لڑکی کے چہرے کی نیلاہٹ زردی میں بدلتی گئی۔ پیر بابا آواز بلند کچھ پڑھ رہے تھے۔ آخر میں سانپ کے جسم میں اینٹھن شروع ہوئی۔ وہ دو چار بار تڑپا اور اس کا مردہ جسم زمین پر گر گیا۔ پیر بابا نے مالی اور شبراتی کو اشارہ کیا۔ انھوں نے لڑکی کے جسم پر پانی کے ڈول ڈالنے شروع کر دیے، لڑکی کے ساتھی کنویں سے پانی کھینچتے رہے اور مالی پانی ڈالتا رہا۔

بیس ڈول ڈالنے کے بعد لڑکی کے جسم میں حرکت ہوئی اور اس نے آنکھیں کھول دیں۔ پیر بابا نے مالی کو ہاتھ کے اشارے سے روک دیا اور کسی سے ایک لفظ بولے بغیر کاٹیج کے اندر چلے گئے۔

ماحول جیسے یک لخت زندہ ہو گیا ہو۔ لڑکی کے ساتھیوں کے چہرے خوشی سے کھلے پڑ رہے تھے۔ لڑکی کی ماں نے اس کا سر اپنے زانو پر رکھ لیا تھا اور دیوانوں کی طرح اسے چوم رہی تھی۔ لڑکی اب پوری طرح ہوش میں تھی۔ اس کے ساتھی پیر بابا کی شان میں گیت گا رہے تھے۔ شبراتی اور مالی نے مردہ سانپ کو ایک طرف گڑھا کھود کر گاڑ دیا تھا۔ تھوڑی دیر میں وہ لوگ لڑکی کو سہارا دے کر لے گئے۔

بھورے خاں دیر تک ہمایوں اور ایڈی کو پیر بابا کی کرامتوں کے قصّے سناتے رہے۔ ماحول میں بڑی خوشگوار خنکی گھل گئی تھی۔ چاروں طرف اندھیرا چھا چکا تھا۔ سر پر تاروں بھرا آسمان برسوں پرانی کہانیاں سنا رہا تھا۔ جنگ و جدل کی کہانیاں ظلم و جبر کی کہانیاں، امن و آشتی کی کہانیاں، رحم و انصاف کی کہانیاں اور لازوال عشق کی کہانیاں۔

اس رات کھانے پر پیر بابا موجود نہیں تھے۔

شبراتی ان کے لیے کھانا لایا اور انھیں ان کے کمرے تک پہنچا کر واپس چلا گیا۔ برآمدے میں رکھی لالٹین کی ہلکی سی روشنی کمرے کو روشن کر رہی تھی۔ چاروں طرف گہری اور پراسرار خاموشی چھائی ہوئی تھی۔

ہمایوں کی نظریں ایک حسین سراپے کی جھلک کے لیے ترستی رہیں۔

آج ایک دن میں اتنے واقعات ہوئے تھے کہ ان دونوں کے پاس کہنے سننے کو کچھ نہیں رہ گیا تھا۔ دونوں اپنے اپنے بستروں پر خاموش تھے۔

خنکی اتنی بڑھ گئی تھی کہ ہلکی چادر اوڑھنے کی ضرورت تھی۔ یہ چادریں شبراتی جانے سے پہلے ان کے بستروں پر رکھ گیا تھا۔

چوتھا باب

اگلے دن علی الصبح ہمایوں کی آنکھ کھل گئی، حالانکہ وہ دن چڑھے تک سونے کا عادی تھا۔ وہ نماز کا بھی پابند نہیں تھا، لیکن یہاں کا ماحول کچھ اس قدر پاکیزہ تھا کہ دل خدائے برتر کی عظمت کے احساس سے سرشار تھا اور جبیں سجدہ ریز ہونے کو بے تاب تھی۔ ایڈی ابھی سو رہا تھا۔ ہمایوں نے غسل خانے میں جا کر وضو کیا۔ برآمدے کے تخت پر ایک عدد جائے نماز تہہ کی ہوئی رکھی تھی۔ آج نماز میں پہلی بار لطف آیا۔ بہت دیر دعا کے لیے ہاتھ اٹھائے بیٹھا رہا لیکن سمجھ میں نہیں آیا کیا مانگے۔ مانگنے کی عادت نہیں تھی اس کے حصّے کی ساری دعائیں تو امی جان مانگ لیا کرتی تھیں۔ لیکن آج ایک عجیب بے نام سی خواہش پیدا ہو رہی تھی، کچھ مانگنے کی، لیکن کیا؟ جائے نماز تہہ کر کے رکھنے کے بعد وہ باہر نکل آیا۔ صبح اتنی خوبصورت کبھی نہیں لگی تھی۔ ہلکی ہلکی ہوا پیڑوں سے اٹھکھیلیاں کر رہی تھی۔ ماحول بیلا اور چمبیلی کی خوشبو سے مہک رہا تھا۔ نوخیز پودوں کی سبزی آنکھوں میں کھبی جا رہی تھی۔ یکا یک آس پاس کسی کی موجودگی کا احساس ہوا۔ سامنے نظر گئی تو چبوترے کے قریب سنگِ مرمر کی جالی سے گھری سرخ گلابوں کی تین کیاریوں کے قریب لالہ سر جھکائے کھڑی تھی۔ اس نے ہلکے گلابی رنگ کا لباس پہنا ہوا تھا۔ دوپٹہ سر کے بجائے شانوں پر پھیلا ہوا تھا۔ لمبے سیاہ بالوں کی دو موٹی موٹی چوٹیاں سینے پر پڑی تھیں، اس کی آنکھیں غالباً بند تھیں۔ اس کے حسن میں حوروں کا سا تقدس اور معصومیت تھی۔ ہمایوں مبہوت سا رہ گیا۔ شاید وہ یونہی کھڑا رہتا تب ہی اس کی نظر چبوترے پر پڑی۔ پیر بابا غالباً قبر پر

فاتحہ پڑھ رہے تھے۔ ہمایوں ڈرسا گیا۔ اگر پیر بابا نے دیکھ لیا تو کیا سوچیں گے! میں ان کی بیٹی کو گھور رہا ہوں! پیر بابا کی نظروں سے گر جانے کا تصور ہی روح فرسا تھا۔ وہ دبے پاؤں واپس لوٹ گیا۔ دل کی دھڑکن بے ترتیب ہو رہی تھی۔ کہیں ان لوگوں نے اسے دیکھ تو نہیں لیا تھا۔ واپس اپنے کمرے میں لوٹنے کے بعد بھی وہ کھڑکی کے پردے کی آڑ سے باہر کا نظارہ کرنے سے اپنے آپ کو نہیں روک سکا۔ لالہ اپنے آنچل میں بیلے کے سفید پھول سنبھالے سر جھکائے، خراماں خراماں کاٹیج کے پچھلے حصّے کی طرف چلی گئی۔

افق پر سرمئی اور نارنجی رنگ لہریئے بنا رہے تھے۔

صبح کا اجالا کائنات کے بھید کھول رہا تھا۔

''گڈ مارننگ! یہ چوری چوری کیا نظارے بازی ہو رہی ہے؟''

ایڈی نے اپنے جسم کو کھینچ تان کر انگڑائی لیتے ہوئے کہا۔

ہمایوں جیسے ہوش میں آ گیا۔

''تم نے مس کر دیا، اتنی حسین صبح تم نے کبھی نہیں دیکھی ہوگی۔''

''ہاں وہ تو میں کل سے دیکھ رہا ہوں۔ اس سے زیادہ مزے دار کھانا کبھی نہیں کھایا۔ اس سے زیادہ خوبصورت شام کبھی نہیں دیکھی۔ اس سے زیادہ حسین صبح کبھی نہیں دیکھی اور اس سے زیادہ حسین...''

وہ آنکھ دبا کر ہنسا تو ہمایوں نے تکیہ کھینچ کر اس کے اوپر دے مارا۔ ایڈی ہنستا ہوا غسل خانے کی طرف چلا گیا۔ ہمایوں پھر کھڑکی کے پاس چلا آیا۔ اجالا اچھی طرح پھیل چکا تھا۔ کہیں دور گائے کے گلے میں بندھی ہوئی گھنٹیوں کی جھنکار سنائی دے رہی تھی۔ فضا چڑیوں کی چہچہاہٹ سے نغمہ ریز تھی۔ کسی طرف سے مالی نمودار ہوا۔ اس نے دونوں ہاتھوں میں جھاگ بھرے دودھ کی دو بالٹیاں اٹھا رکھی تھیں۔ غالباً گائے کا دودھ نکال کر لا رہا تھا، وہ بھی کاٹیج کی پشت کی طرف چلا گیا۔ ہمایوں کھڑکی کے پاس سے ہٹ گیا۔ غسل کر کے لباس تبدیل کیا اور باہر نکلنے کے بارے میں سوچ ہی رہا تھا کہ شبراتی الہ دین

کے جن کی طرح نمودار ہو گیا۔

''پیر بابا کلیوہ تانی بلا رہے چھے''

''اب یہ تائی کا کلیجہ کیا چیز ہے؟'' ایڈی نے حیرت سے پوچھا۔

ہمایوں کو ہنسی آ گئی۔ ''یار تُو زبان کی ایسی کی تیسی کر کے رکھ دیتا ہے۔ کلیوہ کا مطلب ہے ناشتہ اور تانی کا مطلب ہے ''لیے'' کل ملا کر مطلب یہ ہوا کہ پیر بابا ناشتے کے لیے بلا رہے ہیں''

''بھائی میرا مارواڑیوں سے واسطہ ہی کہاں پڑا ہے۔ پاپا کے پاس کے تو اردلی بھی انگریزی کے الفاظ کا استعمال کیا کرتے تھے۔'' ایڈی نے اٹھتے ہوئے کہا۔ وہ دونوں باہر آئے۔ تخت پر ناشتہ چنا جا چکا تھا اور پیر بابا اپنی مخصوص آرام کرسی پر ان کا انتظار کر رہے تھے۔ ان کے سلام کا جواب دے کر پیر بابا نے پوچھا ''بھئی تم لوگ شہر کے رہنے والے ہو۔ تمھیں بیڈ ٹی کی عادت تو نہیں ہے۔ مجھے اس بات کا دھیان ہی نہیں آیا۔''

''جی نہیں پیر بابا۔ عام طور پر ہم صبح اتنی دیر سے جاگتے تھے کہ ہاسٹل میں ناشتہ ہی بھاگ دوڑ کر ملا کرتا تھا۔''

''شروع کرو۔ یہ ہمارے علاقے کا روایتی ناشتہ ہے۔ شاید تمھیں عجیب لگے۔ لیکن ٹھنڈا ہونے سے پہلے شروع ہو جاؤ۔''

ہمایوں نے پہلی بار دسترخوان پر نظر ڈالی۔ ایک پیالے میں باجرے کا ملیدہ تھا، جگ میں گرم گرم دودھ تھا۔ جوار کی چھوٹی چھوٹی ٹکیاں اور ڈھیر سا تازہ نکلا ہوا مکھن رکھا تھا۔ چائے دانی ٹی کوزی سے ڈھکی ہوئی رکھی تھی۔ پیر بابا نے ایک پیالے میں تھوڑا ملیدہ لیا اور اس میں دودھ ڈال کر کھانے لگے۔ ان دونوں نے بھی پیر بابا کی تقلید کی۔ ملیدہ جو ''چورما'' کہلاتا ہے، بہت مزے دار تھا، پھر مکھن سے لگا کر روٹی کھائی۔ اس کا اپنا ہی مزہ تھا۔ اوپر سے الائچی والی چائے، مزہ آ گیا۔ پیر بابا نے انکسار سے کہا۔

''یہ دیہاتی ناشتہ ہے۔ شہر جانا آنا بہت مشکل ہوتا ہے ورنہ تم لوگوں کے لیے تمھاری

پسند کے ناشتے کا انتظام کر دیا جاتا۔''

''یہ آپ کیا کہہ رہے ہیں پیر بابا۔ ہمیں یہاں کی ہر چیز میں اتنا مزہ آرہا ہے کہ زندگی بھر نہیں بھلا پائیں گے۔ ہمیں تو یہ شرمندگی ہے کہ ہماری وجہ سے آپ سب کو زحمت اٹھانا پڑ رہی ہے۔''

''یہ مت کہو بیٹے۔ مہمان تو خدا کی رحمت ہوتا ہے اور یہ رحمت ہمارے گھر میں تقریباً پندرہ سال بعد آئی ہے۔ ہم سب بے حد خوش ہیں۔ لالہ بھی بہت خوش ہے۔ اس کے ہوش میں پہلی بار باڑی میں کوئی مہمان آیا ہے۔ خیر، تکلف کی ضرورت نہیں ہے، جو کچھ دال روٹی ہے وہ پیش ہے۔ بے تکلف ہو کر کھاؤ پیو۔'' پھر کچھ رک کر بولے ''میرے مطالعہ کا وقت ہو رہا ہے۔ ابھی دن گرم نہیں ہوا ہے۔ تم لوگ چاہو تو باڑی میں گھوم آؤ۔ تم شہری لڑکوں نے کھیتی باڑی کہاں دیکھی ہوگی۔'' پیر بابا اٹھ کھڑے ہوئے۔ تخت پر سے اپنی کتاب اور تسبیح اٹھائی اور چبوترے کی طرف قدم بڑھا دیے۔

یہ دونوں بھی ان کے ساتھ ہی برآمدے سے نیچے اترے تھے۔ شبراتی ناشتے کے خالی برتن اٹھا رہا تھا۔ ہمایوں صبح سے یہ جاننے کے لیے بے چین تھا کہ کاٹیج کے پیچھے کیا ہے۔ ایڈی کا ہاتھ پکڑ کر وہ پچھلے حصّے کی طرف بڑھ گیا۔ پیچھے کی طرف دور تک ہرے بھرے کھیت لہلہا رہے تھے۔ گیہوں کے کھیتوں میں اناج سے بھری سنہری بالیاں بوجھ سے جھکی ہوئی تھیں۔ گیہوں کی فصل کٹنے کے لیے تیار کھڑی تھی۔ ہرے بھرے کھیت کس اناج کے تھے، وہ سمجھ نہیں پائے۔ کاٹیج کے پیچھے ایک بڑا سا آنگن تھا۔ ایک طرف وہ لمبی عورت بیٹھی چھاج میں اناج پھٹک رہی تھی۔ بڑے سے باورچی خانہ میں شبراتی برتن دھو رہا تھا۔ مالی پودوں کی گڑائی کر رہا تھا۔ پتلی پتلی نالیوں سے بہتا ہوا پانی کھیتوں کو سیراب کر رہا تھا۔ پیچھے بھی ایک کنواں تھا، جس پر رہٹ چل رہا تھا۔ ایک بیل رہٹ کھینچ رہا تھا اسی سے کھیتوں میں پانی آرہا تھا۔ کم سے کم پانچ ہزار گز کے رقبے میں پھیلی ہوئی باڑی تھی۔ دور چہار دیواری کے قریب آؤٹ ہاؤز تھے، جہاں غالباً شاگرد پیشہ لوگ رہتے

ہوں گے۔ سیدھے ہاتھ کی طرف ترکاری کی کیاریاں بنی ہوئی تھیں ۔ وہ دونوں اسی طرف مڑ گئے یہ دیکھنے کے لیے کہ آجکل کیا کیا سبزیاں اگ رہی تھیں۔ بھنڈی، بینگن گوار کی پھلیاں دور تک نظر آرہی تھیں۔ بانسوں کے کھانچے پر ترئی اور لوکی کی بیلیں چڑھی ہوئی تھیں۔ ان کے حرکت کرتے ہوئے قدم رک سے گئے۔ سامنے لالہ کھڑی ترئی کی بیلوں سے ترئی توڑ رہی تھی اور ایک آٹھ دس سال کی بچّی بانس کی ٹوکری میں اکٹھا کرتی جارہی تھی۔ ترئی کی بیلیں زرد پھولوں سے لدی ہوئی تھیں اور ان کے درمیان کھڑی لالہ گلاب کے تازہ کھلے ہوئے پھول کی طرح لگ رہی تھی۔ لالہ کی نظر ان کی طرف اٹھی، پھر وہ اپنے کام میں مشغول ہوگئی۔

''یار کہیں یہ گونگی بہری تو نہیں۔'' ایڈی نے دھیرے سے انگریزی میں کہا۔

''نہیں! ایسا نہیں ہوسکتا۔'' ہمایوں نے یقین کے ساتھ کہا۔

''تم کیسے کہہ سکتے ہو؟''

''کیونکہ گونگے بہرے لوگوں کے چہرے پر کچھ خاص تاثرات ہوتے ہیں، جو اس کے چہرے پر نہیں ہیں۔ اس کے علاوہ کیا تم نے سنا نہیں تھا۔ پیر بابا نے کہا تھا کہ اس کے ہوش میں باڑی میں کبھی کوئی مہمان ہی نہیں آیا۔ بے چاری کا Interaction اتنے کم لوگوں سے رہا ہے کہ اجنبیوں سے بات کرتے ہوئے گھبراتی ہوگی۔''

ہمایوں نے جم کر اس کی طرف داری کی۔ ان لوگوں نے جان بوجھ کر اپنی رفتار مدھم کر دی تھی۔ دھیرے دھیرے انگریزی میں بات کرتے ہوئے لالہ کے پیچھے سے گزر رہے تھے۔ لالہ اسی توجہ سے ترئیاں توڑنے میں مصروف تھی۔ ایک بار بھی ان لوگوں کی طرف مڑ کر نہیں دیکھا۔

''ویسے یار ماننا پڑے گا۔ ہے بہت خوبصورت۔ اگر فلموں میں چلی جائے تو مدھو بالا، مینا کماری سب کی چھٹی کر دے گی۔'' ایڈی نے اس کے حسن کو سراہا لیکن ہمایوں برا مان گیا۔ ''حد ہوتی ہے۔ تمھاری ہمت کیسے ہوئی کہ ان اداکاراؤں سے اس کا مقابلہ کر

کے اس کے پاکیزہ اور مقدس حسن کی تذلیل کرو۔ کہاں یہ حوروں کو شرمانے والا حسن اور کہاں وہ مصنوعی خوبصورتی۔'' ہمایوں نے کنکھیوں سے لالہ کو دیکھا، نہ جانے کیوں اسے ایسا لگا کہ لالہ کے لبوں پر ایک مبہم سا تبسم تھا۔ یقیناً وہ کسی اور بات پر مسکرا رہی ہوگی۔

اول تو وہ لوگ بہت دھیرے بات کر رہے تھے، دوسرے انگریزی میں! اگر گونگی بہری نہیں ہے، تب بھی وہ نہیں سمجھ سکتی۔ آدھی باڑی کا چکر بھی نہیں ہوا تھا کہ گرمی تیز ہوگئی اور ہوا کے تیز جھونکے دھول اڑانے لگے۔ لالہ بھی سبزی توڑ کر جا چکی تھی۔ یہ دونوں بھی اندر آگئے۔ برآمدہ خالی پڑا تھا اس کا مطلب پیر بابا ابھی چبوترے پر ہی محوِ مطالعہ تھے۔

ہمایوں کے ذہن میں بہت سے سوال اٹھ رہے تھے۔ پیر بابا اس ویرانے میں کیوں رہتے ہیں؟ چبوترے پر بنا ہوا مزار کس کا تھا؟ پیر بابا کون تھے؟ اپنی بیٹی کو دنیا سے دور اس ویرانے میں انھوں نے کیوں قید کر رکھا تھا؟ اسے تعلیم کیوں نہیں دلوائی؟ لالہ کی ماں کہاں تھی؟ کیا وہ چوڑی دار پاجامے والی لمبی عورت پیر بابا کی بیوی تھی؟

''نہیں نہیں۔'' خود اس کے دل نے اپنے مفروضے کی نفی کی۔ وہ لالہ کی ماں نہیں ہو سکتی! بہت سے سوال تھے کئی راز تھے، جنھیں ہمایوں جاننا چاہتا تھا، لیکن کیسے کہے۔ کیسے پوچھے! پیر بابا کے سامنے جا کر تو بولتی بند ہو جاتی تھی۔ ہمایوں اپنے کمرے میں پلنگ پر لیٹا چھت کو گھورتا رہا۔ ایڈی کو ڈائری لکھنے کا پرانا مرض تھا۔ وہ ڈائری لکھنے بیٹھ گیا تھا۔ سوچتے سوچتے نہ جانے کب آنکھ لگ گئی۔ صبح جلدی جاگ گیا تھا اور کافی لمبی سیر نے تھکا بھی دیا تھا۔

دوپہر کے کھانے کا وقت ہوا اور الہ دین کا جن نمودار ہو گیا۔

ایڈی نے اسے جھنجھوڑ کر جگایا۔ پیر بابا انتظار کر رہے تھے۔

کھانے میں ترئی کی سبزی بھی تھی۔ ہمایوں نے ایسے جذب کے عالم میں کھائی جیسے عبادت کر رہا ہو۔ کھانے کے دوران پیر بابا نے کہا۔ ''یہاں تمھیں گوشت کھانے کو نہیں ملے گا۔ برسوں پہلے میں نے ترکِ حیوانات کر دیا تھا۔ تب سے ہمارے باورچی خانے

میں گوشت نہیں پکتا۔ لالہ کو بھی پسند نہیں ہے۔''

''ہم لوگ بھی روز گوشت کھانے کے عادی نہیں ہیں۔ چار پانچ برس ہاسٹل کی زندگی کے دوران گوشت کھانے کا سوال ہی نہیں تھا۔ صرف جب گھر آتے تھے تو گھر پر والدہ اہتمام سے ہر قسم کا مغلئی کھانا تیار کروایا کرتی تھیں۔'' ہمایوں نے بتایا۔

پیر بابا کچھ سوچ کر دھیرے سے ہنسے پھر بولے: ''ایک زمانہ تھا کہ میں گوشت کے بغیر نوالا نہیں توڑتا تھا۔ ہر ہفتے اپنے انگریز اور ہندوستانی دوستوں کے ساتھ شکار پر جایا کرتا تھا۔ شکار کا گوشت میری محبوب غذا تھی۔ پھر جب یہ باڑی بسائی اور کچھ عمل اعمال سیکھنے کا ارادہ کیا تو گوشت چھوٹ گیا۔ کچھ وظائف کے لیے ترکِ حیوانات ضروری ہوتا ہے۔ میں نے شکار سے بھی پرہیز کیا۔ معصوم جانوروں کا خون اس بے دردی سے بہانا دل کو تڑپانے لگا۔ لالہ چھوٹی تھی، اس کے لیے اکثر گوشت کا اہتمام ہوتا تھا، لیکن وہ جب تعلیم کی غرض سے بنستھلی چلی گئی تو اس کی بھی عادت چھوٹ سی گئی۔ وہ بھی جب باڑی آتی تھی تب ہی نان ونیج ملتا تھا۔ پھر جب وہ بارایٹ لا کرنے لندن جا رہی تھی تو میں نے تاکید کی کہ غیر ملک میں حلال حرام کا کوئی تصور نہیں ہوتا۔ گوشت سے پرہیز کرے۔ دو سال میں اسے بھی گوشت کی طلب ختم ہو گئی۔'' پیر بابا کی ہر بات لالہ پر جا کر ختم ہوتی تھی، جس سے اندازہ ہوتا تھا کہ وہ اپنی بیٹی کو کتنا عزیز رکھتے ہیں۔

ادھر ایڈی اور ہمایوں دل ہی دل میں مارے شرمندگی کے کٹے جا رہے تھے۔ انھوں نے ایک لندن کی تعلیم یافتہ وکیل کو گونگا بہرہ، جاہل کم حوصلہ، کیا کیا نہ صرف سمجھ لیا تھا، بلکہ کہہ بھی دیا تھا یہ سوچ کر کہ وہ انگریزی کیا سمجھے گی۔ اس انکشاف کے بعد تو ان کی بولتی ہی بند ہو گئی۔ ندامت کا بوجھ اتنا تھا کہ منہ سے کوئی بات ہی نہیں نکلی۔ کھانا ختم کر کے پیر بابا کھڑے ہو گئے اور یہ دونوں بھی ہاتھ دھو کر اپنے کمرے میں چلے آئے۔

پانچواں باب

ہمایوں اور ایڈورڈ دونوں اپنے بستروں پر آمنے سامنے پانوں لٹکائے ہوئے بے وقوفوں کی طرح ایک دوسرے کی شکل دیکھ رہے تھے۔ ندامت کا احساس اتنا شدید تھا کہ جی چاہتا تھا کہ جادو کی چھڑی ہو اور وہ کہیں غائب ہو جائیں، تا کہ لالہ کا سامنا نہ ہو۔ ہمایوں کی حالت اور بھی دگرگوں تھی۔ وہ لالہ کو بار بار دیکھنا بھی چاہتا تھا لیکن اس واقعہ کے بعد اس کا سامنا کرنے کی ہمت بھی اپنے اندر نہیں پا رہا تھا۔ باہر ایک بلّی کے بولنے کی آواز آئی اور دونوں چونک پڑے۔ ایڈی نے کھنکار کر گلا صاف کیا۔

''یار حد ہو گئی۔ خدا کی قسم بڑی غلطی ہو گئی۔ وہ ہمارے بارے میں کیا سوچتی ہو گی؟''

''سب تمھارا کیا دھرا ہے۔ تمھیں اس کے گونگے بہرے ہونے کا ذکر اس وقت کرنے کی کیا سوجھی تھی۔'' ہمایوں اسی پر الٹ پڑا۔

یار مجھے کیا پتہ تھا یہ بظاہر دیہاتی سی نظر آنے والی لڑکی London returned نکل آئے گی۔ اور تم بھی تو اظہار خیال میں برابر سے شریک تھے۔''

''جب بات نکل آئی تو میں بھی بے خیالی میں کچھ الٹا سیدھا بول گیا۔ پیر بابا کے اس بیان کو میں نے غلط سمجھ لیا کہ اس نے اپنے ہوش میں باڑی میں کوئی مہمان نہیں دیکھا۔ میں سمجھا اس نے کبھی باڑی سے باہر قدم ہی نہیں نکالا۔ جبکہ ان کے کہنے کا مطلب صرف یہ تھا کہ پندرہ بیس سال سے یہاں کوئی مہمان نہیں آیا۔''

''اب کیا کریں؟ میں تو اس کا سامنا نہیں کر سکتا۔ تم معافی مانگ لینا۔ تم نے تو بظاہر حسن کے حضور کوئی بڑی گستاخی نہیں کی ہے۔ میری طرف سے بھی تم ہی معافی مانگ لینا۔ تمھارے دل کی آواز اگر وہ سن چکی ہے تو زیادہ آسانی سے معاف کر دے گی۔''

ایڈی کی نظروں میں شوخی ابھر آئی۔ ہمایوں نے اسے گھور کر دیکھا پھر دل ہی دل میں اپنے کہے ہوئے الفاظ دہرانے لگا۔ ہاں اس نے حسن کے حضور میں کوئی بڑی گستاخی تو نہیں کی تھی صرف یہی کہا تھا کہ وہ غالباً اجنبیوں سے بات کرنے کا حوصلہ نہیں رکھتی۔ پھر اس کے حسن کی تعریف بھی تو کی تھی۔ اگر وہ برا مان گئی ہو تو! اگر اس نے مجھے عام سا چھچھورا لڑکا سمجھ لیا ہو تو! دل ڈوبنے سا لگا۔ وہ لالہ کی نظروں سے بھی گرنا نہیں چاہتا تھا۔ اس نے طے کیا کہ وہ لالہ سے اپنی غلط فہمی کی معافی مانگ لے گا۔ آخر کو وہ کوئی عام سی لڑکی نہیں ہے۔ اعلیٰ تعلیم یافتہ ہے، وکیل ہے۔ وکیلوں میں لوگوں کو جانچنے پرکھنے کی سمجھ ہم جیسوں سے کہیں زیادہ ہوتی ہے۔ یہ فیصلہ کر کے دل کو کچھ ڈھارس بندھی اور وہ لیٹ گیا۔ دل دماغ لالہ کے محور سے ہٹنے کو تیار نہیں تھا۔ اتنی پڑھی لکھی ہے، ولایت میں رہ چکی ہے، پھر بھی اتنی سادہ اتنی معصوم ہے، کوئی غرور نہیں، کوئی برتری کا احساس نہیں کوئی گرم مزاجی نہیں۔ دوسری کوئی لڑکی ہوتی تو اسی وقت ان دونوں کی طبیعت صاف کر دیتی، لیکن اس کے ابرو پر بل تک نہیں آیا۔ ہمایوں کو وہ مبہم سی مسکراہٹ یاد آئی جسے وہ اس وقت کوئی معنی نہیں پہنا سکا تھا۔ اب سمجھ میں آیا کہ وہ ان کی ذہنی قلاشی پر مسکرا رہی تھی۔ اتنی سادہ اور عاجزانہ مزاج رکھنے والی کہ مہمانوں کے لیے باپ کا ایک اشارہ پا کر کھانا بھی تیار کر دیتی ہے۔ نوکروں کو تکلیف دیے بغیر خود کھانا لے کر آتی ہے۔ ایک عام سی لڑکی کی طرح باڑی سے سبزیاں توڑتی ہے۔ گھر کی دیکھ بھال کرتی ہے۔ اس کی نگرانی میں سارا کاروبار چل رہا ہے، ورنہ پیر بابا کو تو اپنے مطالعے اور عبادتوں سے ہی فرصت نہیں ہے۔ یقیناً یہ پیر بابا کی تربیت کا اثر ہوگا۔ ہوسکتا ہے ماں کی تربیت بھی شامل ہو، لیکن ماں کہاں تھی؟ ہمایوں نے طے کیا کہ آج ہمت کر کے پیر بابا سے پوچھ ہی لے گا۔

نیند آنکھوں سے دور تھی، آج گرمی بھی بڑھ گئی تھی۔

وہ دھیرے دھیرے پنکھے کی ڈوری کھینچتا رہا۔

ایڈی نے اس دن اپنی ڈائری میں لکھا:

''انسان کو سمجھنا بہت مشکل ہے۔ کبھی اس کی ظاہری حالت سے اس کی اصلیت کے بارے میں غلط رائے قائم نہیں کرنی چاہیے۔ شرمندگی بھی ہوسکتی ہے اور دھوکا بھی۔''

اس دن شام کو، قبل اس کے کہ الہ دین کا جن یعنی شبراتی بلانے آئے، وہ دونوں خود ہی باہر نکل آئے۔

آج دوپہر کو تیز آندھی آئی تھی۔ برآمدے کے فرش پر دھول کی موٹی تہہ جمی ہوئی تھی۔ انھوں نے اپنے کمرے کی کھڑکیاں اور دروازے بند کر لیے تھے، اس لیے انھیں اندازہ نہیں ہوسکا تھا۔ وہ بند دروازوں میں ہوا کی سیٹیاں سنتے رہے تھے۔ لیکن اپنے خیالوں میں اتنے گم تھے کہ اس طرف زیادہ دھیان نہیں دے پائے تھے۔ اب جو برآمدے میں نکلے تو اندازہ ہوا۔ ہر چیز پر منوں مٹی تھی۔ شبراتی باہر چھڑکاؤ کر کے مونڈھے بچھا چکا تھا اور برآمدے کی جھاڑو لگا رہا تھا۔ وہ چھوٹی سی لڑکی جو لالہ کے ساتھ صبح تر ئیاں توڑ وا رہی تھی، وہ جھاڑن سے تخت اور کرسیاں صاف کر رہی تھی۔

لالہ باہر رکھے ہوئے مونڈھے اور پیر بابا کی کرسی صاف کر رہی تھی۔

ایڈی اسے دیکھ کر واپس کمرے میں جا گھسا۔ ہمایوں ہمت کر کے باہر آیا۔

لالہ نے سر اٹھا کر اسے دیکھا پھر اپنے کام میں مصروف ہوگئی۔

ہمایوں کچھ دیر کشمکش کے عالم میں کھڑا الفاظ ترتیب دیتا رہا۔ اتنے میں لالہ اپنا کام ختم کر کے واپس جانے کو مُڑی۔ ہمایوں کو لگا ابھی یا کبھی نہیں۔ وہ تیزی سے آگے بڑھا۔

''مس، ذرا سنیے۔ میں آپ سے معافی مانگنا چاہتا ہوں۔ صبح ہم لوگوں نے جو بدتمیزی کی اس کے لیے پلیز مجھے اور میرے دوست کو معاف کر دیں۔ وہ تو آپ کا سامنا کرنے کی بھی ہمت نہیں کر پا رہا ہے۔''

لالہ کے چہرے پر وہی مبہم سا تبسم بکھر گیا۔

دھیرے سے لمبی لمبی پلکیں اٹھیں اور وہ بولی:

''اس میں بدتمیزی کی کوئی بات نہیں ہے اور نہ ہی معافی کی کوئی ضرورت ہے۔ آپ لوگ انجان تھے، اس لیے قیاس آرائی کا حق پہنچتا تھا آپ کو۔ میں نے بُرا نہیں مانا۔''

ہمایوں نے پہلی بار اس کی آواز سنی۔

یوں لگا جیسے شہد قطرہ قطرہ کر کے کانوں میں گھل رہا ہو۔

''پھر بھی ہمیں اس قسم کی بے ہودہ قیاس آرائی نہیں کرنی چاہیے تھی۔ آپ کہہ دیجیے کہ آپ نے معاف کر دیا ورنہ ہمارا ضمیر ہمیں چین نہیں لینے دے گا۔''

''چلیے میں نے معاف کر دیا۔'' وہ دھیرے سے ہنسی جیسے ننھے ننھے چاندی کے گھنگھرو بج اٹھے ہوں۔ سفید دانتوں کی قطار بجلی کی طرح اک جھلک دکھا کر گلابی ابر میں جا چھپی۔

اسی وقت پیر بابا برآمدے کی سیڑھیاں اترتے ہوئے نظر آئے اور لالہ دوسرے ہاتھ میں تھامی ہوئی ان کی تسبیح انھیں پکڑا کر اندر چلی گئی۔

ہمایوں کی یہ حالت جیسے چوری کرتے پکڑا گیا ہو۔ پیشانی پر پسینے کے قطرے ابھر آئے۔ پیر بابا کیا سوچ رہے ہوں گے۔ میں ان کی بیٹی کو پٹا رہا ہوں۔ اسی وقت ایڈی بھی باہر نکل آیا وہ شاید کمرے کی کھڑکی سے باہر کا منظر دیکھ رہا تھا۔ میدان صاف دیکھ کر باہر نکل آیا۔

پیر بابا ایڈی سے ریگستان کی آندھیوں کی بات کر رہے تھے کہ کبھی کبھی ریت کے ٹیلے کے ٹیلے اڑ کر ایک جگہ سے دوسری جگہ چلے جاتے ہیں۔ ہمایوں نے اپنے دل کو سمجھایا۔ اگر کسی مہذب اور تعلیم یافتہ لڑکی سے بات کر لی تو کیا ہوا! پھر اسے لالہ کا رویہ یاد آیا۔ وہ تو باپ کو دیکھ کر ذرا بھی نہیں گھبرائی پھر وہ خود کیوں ذرا ذرا سی بات پر مرنے لگتا ہے۔ اس نے اپنے حواس مجتمع کیے۔ شبراتی چائے لے آیا تھا۔

آج بھورے خاں موجود نہیں تھے۔

چائے پیتے ہوئے پیر بابا، اس کی طرف متوجہ ہو گئے۔

''مجھے یہ خیال ہی نہیں آیا کہ تمھارے گھر والے، والدین وغیرہ پریشان ہوں گے۔ یہاں سے پیغام رسانی کا کوئی ذریعہ نہیں ہے۔''

ہمایوں کا اعتماد بحال ہو چکا تھا۔ ''دراصل ہم چھٹیاں منانے نکلے ہوئے ہیں۔ دس پندرہ دن کا پروگرام تھا۔ پشکر میں ایڈورڈ کو کچھ سانس کی تکلیف ہو گئی تھی، اس لیے واپسی کا ارادہ کرلیا تھا۔ والدین کو اطمینان ہے کہ ہم سیر سپاٹے میں مصروف ہوں گے۔ اس لیے وہ فکر مند نہیں ہوں گے۔''

''ہاں تم لوگوں سے تمھارے بارے میں کچھ پوچھا ہی نہیں۔ کہاں پڑھتے ہو، کیا پڑھتے ہو اور ہاں اب تمھاری طبیعت کیسی ہے؟'' وہ ایڈورڈ سے مخاطب ہوئے۔

''پیر بابا۔ یہاں پہنچتے ہی تکلیف کراماتی طور پر جاتی رہی، اب میں بالکل ٹھیک ہوں۔'' پیر بابا مسکرائے پھر ہمایوں کی طرف دیکھا جیسے اپنے پہلے سوال کا جواب مانگ رہے ہوں۔

''جی ہم دونوں نے پلانی کے برلا انسٹی ٹیوٹ سے میکینکل انجینئرنگ پاس کی ہے۔ خوش قسمتی سے ہم دونوں ہی کو بھارت پیٹرولیم میں نوکری بھی مل گئی ہے۔ اگلے ماہ کی پہلی تاریخ سے نوکری جوائن کرنا ہے۔ سوچا کہ پھر زندگی فرصت دے نہ دے۔ زمانۂ طالب علمی کے خاتمے کی یادگار کے طور پر راجستھان کے بعض مشہور مقامات دیکھ لیں۔ شروعات اجمیر شریف میں حاضری سے کی تھی، پھر پشکر گئے۔ چتّوڑ اور رنتھمبور دیکھنے کی بھی خواہش تھی۔''

''خوشی ہوئی کہ آزادی کے بعد ہماری نئی نسل باپ دادا کی ساکھ کو کیش کرانے اور زمین داری کے کھنڈروں پر اپنی عمارت کی بنیاد رکھنے کے بجائے اپنی زندگی خود بنا رہی ہے۔ انشاءاللہ ترقی اور کامیابی تمھارے قدم چومے گی۔ میں نے دراصل اس لیے پوچھا

کہ تمھاری جیپ کی مرمت میں دو تین دن لگ جائیں گے۔ آج صبح بھورے خاں شہر گئے ہیں۔ اگلی فصل کے لیے بیج اور کھاد وغیرہ لینے۔ میکینک کو وہ اپنے ساتھ ہی لے کر آئیں گے۔ اتنے دن تمھیں تکلیف اٹھانی پڑے گی۔"

"پیر بابا آپ کے اس نخلستان میں تکلیف کیسی! اس ریگستان میں جنت کا نمونہ ہے۔ زحمت تو آپ لوگوں کو ہوگی۔ یوں بھی ہم نے آگے جانے کا ارادہ ملتوی کر دیا تھا۔ ہمیں اندازہ نہیں تھا کہ اپریل کی شروع تاریخوں میں ہی ریگستان اتنا گرم ہو جائے گا۔ مان گڑھ کا موسم تو کافی مختلف ہوتا ہے۔"

"ہاں مان گڑھ تو صوبے کے مشرقی حصّے میں ہے۔ وہاں اتنی گرمی کہاں ہوتی ہے۔ دوسری بات یہ کہ مجھے پیر بابا نہ کہا کرو۔ میں کوئی پیر ویر نہیں ہوں۔ ہاں فقیر بابا ضرور کہہ سکتے ہو۔" وہ مسکرائے۔

ایڈی عقیدت سے بولا "نہیں پیر بابا۔ آپ سچ مچ ہی پیر بابا ہیں۔ اس دن آپ نے جیسے اس مردہ لڑکی کے جسم میں جان ڈال دی تھی، مجھے تو لگا کہ یسوع مسیح زمین پر اتر آئے ہوں۔"

اب کے پیر بابا آواز سے ہنسے "وہ کوئی کرشمہ نہیں تھا بیٹے۔ وہ سانپ کے کاٹے کو جھاڑنے کا عمل ہے۔ تھوڑی ریاضت سے کوئی بھی سیکھ سکتا ہے۔"

وہ کچھ رک کے پھر بولے "ریگستان میں سانپ بکثرت ہوتے ہیں۔ جب میں نے یہ باڑی آباد کی تو دیکھا کہ لوگ سانپ کے کاٹے سے مرجایا کرتے تھے، نہ کوئی علاج تھا نہ دوا نہ دعا۔ میں نے سن رکھا تھا کہ سانپ کے کاٹے کا عمل ہوتا ہے، لیکن اس کو سیکھنے کے لیے کچھ شرطیں تھیں، ریاضت تھی۔ جوانی کا دور تھا۔ میں یہ محنت کرنے کی ہمت نہیں کر سکا، لیکن پھر ایک واقعہ ہو گیا۔ جب میں یہاں آیا تو میرے ساتھ میرے دو قدیم نمک خوار کلو خاں اور بابو خاں بھی اپنے بیوی بچّوں کے ساتھ آ گئے تھے۔ یہ لوگ بھی جوان تھے۔ یہاں آنے کے دو سال بعد بابو خاں کی بیوی سانپ کاٹے سے مر گئی۔ میں کھڑا

دیکھتا رہا، کچھ نہیں کر سکا۔ بابو خاں اس کے غم میں پاگل سا ہو گیا۔ کلو خاں اور اس کی بیوی بسم اللہ نے سارا کام سنبھال رکھا تھا۔ لالہ سال بھر کی تھی جب اس کی والدہ بھی اس دنیا سے چلی گئیں۔ بسم اللہ نے ہی لالہ کی پرورش کی۔ اس کی اپنی بیٹی بھی اسی عمر کی تھی۔

میری زندگی سے جیسے جینے کا مقصد ختم ہو گیا تھا۔ بسم اللہ نہ ہوتی تو شاید لالہ بھی نہ بچ پاتی۔ میں ان دونوں میاں بیوی کا احسان مند تھا، جنھوں نے میرے گھر کو، بچّی کو اور اس باڑی کو سنبھال رکھا تھا، لیکن اللہ کو کچھ اور ہی منظور تھا۔ دو سال بعد کلو خاں بھی سانپ کے کاٹے کا شکار ہو گیا اور میں مجبور، اسے بھی مرتے ہوئے دیکھتا رہا۔ میں جانتا تھا کہ سانپ کا کاٹا فوراً مرتا نہیں ہے، بلکہ سو جاتا ہے اور نیند میں زہر اس کے جسم میں پھیل جاتا ہے۔ اگر وقت پر علاج ہو جائے تو اسے بچایا جا سکتا ہے۔

لیکن پھر میں نے ارادہ کر لیا کہ اب کسی اور کو اس طرح نہیں مرنے دوں گا۔ میں نے سانپ کے کاٹے کا عمل سیکھا۔ جو جو ریاضتیں درکار تھیں وہ کیں۔ میری لگن اور میرے پیر کا کرم کہ مجھے یہ علم حاصل ہوا۔ اس عمل کی سب سے بڑی شرط یہی ہے کہ اس کا عامل اگر کوئی واقعہ سنے تو جس حال میں ہو فوراً چلا جائے۔ اگر نوالا ہاتھ میں ہے تو وہ منہ میں نہ جائے ورنہ عمل کا اثر کم ہو جاتا ہے۔ اب میں نے اس باڑی کو بھی کیل دیا ہے۔ اس چار دیواری کے اندر کوئی سانپ کسی کو نہیں کاٹ سکتا"

پیر بابا دھیرے دھیرے بول رہے تھے۔ ہمایوں اور ایڈی سانس روکے سن رہے تھے۔ پیر بابا خاموش ہوئے تو ہمایوں نے پوچھا:

"تو یہ مالی جو کام کرتے ہیں بابو خاں ہیں؟"

"انھیں مالی نہ کہو۔ یہ میرے بھائی کی طرح ہیں۔ یہ اپنی بیوی کھو چکے تھے اور بسم اللہ اپنا شوہر گنوا چکی تھی۔ ان لوگوں میں قاعدہ ہوتا ہے کہ شوہر کی موت کے بعد شوہر کا بھائی اس کے سر پر چادر ڈال کر اسے بیوی بنا لیتا ہے۔ لیکن میری باڑی میں ایسا کوئی غیر شرعی کام نہیں ہو سکتا تھا۔ اس لیے عدت پوری ہونے کے بعد میں نے ان دونوں کا

نکاح پڑھا دیا۔شبراتی اور بنو انھیں کے بچّے ہیں۔''

ہمایوں جو بڑی دیر سے ہمت جمع کررہا تھا۔ بول ہی دیا۔

''پیر بابا ہم آپ کی کہانی سننا چاہتے ہیں۔آپ کون ہیں اور اس ویرانے میں کیوں رہتے ہیں؟''

ہمایوں کا دل دھڑک رہا تھا۔کہیں پیر بابا ناراض نہ ہو جائیں،لیکن پیر بابا خاموش ہو گئے۔ کچھ دیر تک آسمان کو دیکھتے رہے، جہاں شام کا پہلا ستارہ زہرہ نمودار ہو چکا تھا۔

''میری کہانی۔'' انھوں نے بدستور آسمان کو دیکھتے ہوئے کھوئے کھوئے انداز میں کہا پھر چونک کر اٹھ کھڑے ہوئے۔''مغرب کا وقت قضا ہو رہا ہے۔''

ہمایوں مایوس ہو گیا،تب ہی پیر بابا جاتے جاتے مُڑے اور بولے

''تمھیں اپنی کہانی ضرور سناؤں گا،تمھیں بھی اور گل لالہ کو بھی۔ وہ بھی میرے ماضی کے بارے میں کچھ نہیں جانتی لیکن اس کے لیے تمھیں کئی دن رکنا پڑے گا۔''

''ہم رکیں گے۔'' دونوں ساتھ بولے۔

پیر بابا جا چکے تھے۔

ایڈی واپس اسی مونڈھے پر بیٹھ گیا اور شبراتی سے باتیں کرنے کی کوشش کرنے لگا، جو مونڈھے اٹھا کر برآمدے میں رکھنے آیا تھا۔

ہمایوں نماز کی نیت سے اندر چلا گیا۔ جب سے یہاں آیا تھا خود بخود سر عبادت کے لیے جھکنے کی طلب کرنے لگا تھا۔

چھٹا باب

رات کا کھانا شبراتی ہی لے کر آیا تھا۔ وہ ان دونوں سے کافی بے تکلف ہو گیا تھا۔ آدھی مارواڑی آدھی ہندی میں بات کرنے کی کوشش کرتا تھا۔ کھانے کے دوران انھیں کے پاس زمین پر بیٹھا رہا۔ ایڈی کو خاص طور پر اس سے بڑی دلچسپی ہو گئی تھی۔ وہ اس سے مارواڑی کے لفظ سیکھ کر ڈائری میں لکھتا پھر ہمایوں سے ان کا مطلب پوچھتا۔ ہمایوں کو جتنی آدھی ادھوری بولی آتی تھی اس کے مطابق مطلب سمجھ لیتا تھا۔ کھانا کھاتے ہوئے ہمایوں نے شبراتی سے پوچھا ''پیر بابا نے کھانا کھا لیا؟''

''پیر بابا سندھیا کو روٹی کونی کھاتے۔''

ایڈی نے سوالیہ نظروں سے ہمایوں کو دیکھا۔

''پیر بابا رات کو کھانا نہیں کھاتے۔'' ہمایوں نے سمجھایا۔

''تم پڑھتے نہیں ہو۔'' ایڈی نے شبراتی سے پوچھا، شبراتی اٹھ کر تیزی سے دوڑتا ہوا اندر چلا گیا۔ ''اسے کیا ہوا؟ کیا میں نے کوئی خوفناک سوال کر دیا تھا؟'' ایڈی نے حیرت سے پوچھا۔ ہمایوں نے لاعلمی کے اظہار میں کندھے اچکائے۔ وہ لوگ کھانا ختم کر چکے تھے۔ اتنے میں شبراتی اسی رفتار سے دوڑتا ہوا واپس آیا، جس رفتار سے گیا تھا۔ اس کے ہاتھ میں ہندی کی ایک ابتدائی کتاب تھی اور اردو کا ایک قاعدہ، سلیٹ اور کھریئے کی بتی بھی لایا تھا۔ اس نے ایڈی کو اپنی کتابیں دکھائیں۔

''کون پڑھاتا ہے تمھیں؟'' ہمایوں نے پوچھا۔

’’ججّی۔‘‘

’’جی جی یعنی لالہ۔‘‘ ہمایوں نے تشریح کی۔شبراتی زور زور سے اثبات میں سر ہلانے لگا۔اس نے سلیٹ پر ہندی کے حروفِ تہجی لکھ کر بھی دکھائے۔ایڈی تھوڑی دیر تک شبراتی کے ساتھ مغزماری کرتا رہا۔پھر شبراتی اپنی کتابیں اور کھانے کے برتن لے کر چلا گیا۔ہمایوں نے لالٹین اٹھا کر برآمدے میں رکھ دی اور اس کی بتّی نیچی کر دی۔زیادہ روشنی کی ضرورت ہی کیا تھی۔ان کے پاس پڑھنے کو کوئی کتاب بھی نہیں تھی۔رات کے نو بجے تھے،لیکن لگتا تھا۔آدھی رات گزر گئی ہو۔ہر طرف سنّاٹے کی حکمرانی تھی۔کبھی کبھی کسی بلّی کے بولنے یا بلّیوں کے لڑنے کی آواز سنّاٹے کے سحر کو توڑ دیتی تھی۔ایسے میں اگر نیند نہ آئے تو وقت کاٹنا دشوار ہو جاتا ہے۔ہمایوں کو گھڑی کی ٹک ٹک اپنے دل کی دھڑکن سے ہم آہنگ ہوتی ہوئی محسوس ہو رہی تھی۔ایڈی کی نیند میں ڈوبی ہوئی آواز آئی

’’یار صبح کنوئیں پر جا کر کپڑے دھونے ہوں گے۔سارے کپڑے گندے ہو گئے۔پہننے کو کپڑے نہیں ہیں۔‘‘

ہمایوں نے ہاں میں ہاں ملائی۔واقعی کپڑے سارے گندے ہو رہے تھے۔گھر سے نکلے ہوئے ہفتہ بھر ہو گیا تھا اور شاید ابھی ایک ہفتہ اور رکنا پڑے۔پیر بابا نے یہی تو کہا تھا کہ اگر کہانی سننی ہے تو کئی دن رکنا پڑے گا۔ایڈی کے خراٹے گونجنے لگے تھے۔ہمایوں پیر بابا کے بارے میں اندازے لگاتا ہوا نہ جانے کب نیند کی باہوں میں سما گیا۔

صبح ذرا دیر سے آنکھ کھلی۔ضروریات سے فارغ ہو کر ہمایوں نے کھڑکی سے دیکھا پیر بابا چبوترے کی طرف سے غالباً فاتحہ پڑھ کر واپس آ رہے تھے۔ان کے کاٹیج میں جانے کے بعد ہمایوں باہر نکلا اور ٹہلتا ہوا چبوترے کی طرف چلا۔لالہ گلاب کی کیاریوں پر جھکی ہوئی غالباً وہ سوکھے پتّے صاف کر رہی تھی جو کل کی آندھی کی وجہ سے کیاریوں میں بھر گئے تھے۔

آج ہمایوں واپس نہیں لوٹا،بلکہ قریب پہنچ کر کھنکھارا۔

لالہ نے سر اٹھایا۔

''السلام علیکم۔''

''وعلیکم السلام۔''

''صفائی ہو رہی ہے؟''

''ہاں کل کی آندھی سے سوکھے پتّے جمع ہو گئے ہیں۔ پودوں کی جڑوں کو پانی اور ہوا نہیں پہنچ پائے گی۔'' اس نے سادگی سے جواب دیا۔

''ایک بات پوچھوں؟ بلکہ دو باتیں؟''

اس کی سادگی سے متاثر ہو کر ہمایوں کی ہمت بڑھی۔

''پوچھیے'' وہ مسکرائی۔ وہی مبہم مدھم سی مسکراہٹ۔

''پہلی بات، یہ مزار کس کا ہے؟''

''یہ میری والدہ کی قبر ہے۔''

''اوہ!''

''اور دوسری بات؟'' لالہ نے پوچھا۔

''دوسری بات یہ کہ کیا ان تین کیاریوں کی کچھ خاص اہمیت ہے؟ صرف انھیں کو سنگِ مرمر کی جالیوں سے گھیرا گیا ہے۔ کل بھی میں نے آپ کو یہاں کھڑے دیکھا تھا۔''

لالہ چند سیکنڈ تک خاموش رہی، پھر بھاری آواز میں بولی ''میری ماں کا قتل ہوا تھا۔ یہ تینوں وہ مقامات ہیں، جہاں ان کا خون گرا تھا۔ جہاں مزار ہے، وہاں پہنچ کر انھوں نے دم توڑ دیا تھا۔'' اس کی آواز میں آنسوؤں کی نمی بھی تھی اور لرزش بھی۔

''اوہ!'' ہمایوں پھر صرف اتنا ہی کہہ پایا۔ چند ثانیے گزر گئے۔

''کون تھا وہ بدبخت؟'' ہمایوں کا دل درد سے بھر گیا۔

''پتہ نہیں۔ میں تو بہت چھوٹی تھی۔ بابا کہتے ہیں کچھ ریگستانی لٹیرے تھے، لیکن میرا خیال ہے کہ خاندانی دشمنی کا چکر تھا۔ بابا نے اپنی پسند کی شادی کی تھی، اس لیے ان

کے گھر والے ان سے ناراض تھے۔ رشتے داروں کی نظر بابا کی زمین جائیداد پر بھی ہوگی۔''

''پیر بابا نے قاتلوں کو پکڑوایا نہیں؟'' ہمایوں نے پوچھا۔

''بابا نے مجھے کچھ نہیں بتایا۔ جب میں پوچھتی تھی تو وہ یہی کہہ دیتے تھے کہ تمھاری ماں واپس نہیں آسکتی تھی۔ پھر اس سب کا کیا فائدہ ہوتا۔ میں بابا کے جواب سے کبھی مطمئن نہیں ہوسکی۔ مجھے ہمیشہ لگتا رہا، جیسے وہ مجھے حقیقت نہیں بتانا چاہتے۔''

لالہ بے خیالی میں اپنے دل کے بھید کھولتی رہی۔ شاید اسے بھی پہلی بار ہی کوئی ایسا ملا تھا، جس کے سامنے اس نے دل کھول کر رکھ دیا تھا۔ پھر وہ چونک کر جیسے ہوش میں آگئی۔ غالباً اسے محسوس ہوا تھا کہ ایک اجنبی کو وہ یہ سب کیوں بتا رہی ہے۔ گوکہ یہ اجنبی نہ جانے کیوں اپنا سا لگنے لگا تھا۔ بابا بھی تو اسے پسند کرنے لگے تھے۔ اپنے ہاتھ جھاڑ کر اٹھتے ہوئے وہ بولی ''ناشتے کو دیر ہورہی ہے۔ بابا انتظار کررہے ہوں گے۔'' اور وہ چلی گئی۔

ہمایوں کی نظریں مٹی لگی ہوئی گلابی مائل سفید مخروطی انگلیوں میں الجھی رہیں۔ لالہ کے جانے کے بعد ہمایوں نے عقیدت سے سنگِ مرمر کی ان جالیوں کو چھوا۔ پھر قبر پر جا کر فاتحہ پڑھی۔ واپس لوٹ رہا تھا تو راستے میں شبراتی ملا، جو اسی کو بلانے آرہا تھا۔ پیر بابا ناشتے پر انتظار کررہے تھے۔

''کدھر نکل گئے تھے؟'' انھوں نے ایک روٹی اور مکھن اپنی پلیٹ میں رکھتے ہوئے پوچھا۔ وہ براہِ راست اس کی طرف نہیں دیکھ رہے تھے۔ ہمایوں نے جھوٹ بولا

''جی وہ میں کنویں کی طرف نکل گیا تھا۔ جائزہ لے رہا تھا کہ کپڑے کہاں دھوئے جاسکتے ہیں۔ گھر سے نکلے ہوئے آٹھ دن ہو گئے۔ سارے کپڑے گندے ہو گئے ہیں۔''

''تم مہمان ہو، ہمارے ہاں مہمانوں کو کام نہیں کرنے دیا جاتا۔ تم کپڑے شبراتی کو دے دینا۔ بسم اللہ دھودے گی، ہمارے کپڑے بھی وہی دھوتی ہے۔''

''انھیں تکلیف نہ دیں۔ہمیں عادت ہے۔ہم ہاسٹل میں بھی اپنے کپڑے خود ہی دھویا کرتے تھے۔'' ہمایوں نے تکلف کیا۔

''ہاسٹل کی ایک اچھی بات یہ ہے کہ لڑکوں کو اپنا کام خود کرنے کی عادت پڑ جاتی ہے۔ورنہ ہمارے سماج میں تو مردان کاموں کو ہاتھ بھی نہیں لگاتے۔ یہ سب عورتوں کا شعبہ ہوتا ہے۔خیر وہ الگ بات ہے لیکن یہاں تم کپڑے نہیں دھوؤ گے۔''انھوں نے حکم دیا اور ہمایوں نے سر جھکا دیا۔ ہمایوں کا دل آج پھول کی طرح کھلا ہوا تھا، اسے محسوس ہو رہا تھا جیسے وہ ہواؤں میں اڑ رہا ہو۔ ہونٹ خود بخود مسکرانے کے لیے بے چین تھے، لیکن پیر بابا کی موجودگی کے احساس واحترام میں وہ سر جھکائے بیٹھا تھا۔شبراتی ان کے کپڑے دھلنے کے لیے لے جا چکا تھا، تب ہی پیر بابا اس سے مخاطب ہوئے۔

''اور سناؤ ،غریب نواز کے دربار کا کیا حال ہے؟ بہت دن ہو گئے حاضری نہیں ہو پائی۔''

''پیر بابا، غریب نواز کے دربار کا حال تو کیا بیان کروں ، ہمیشہ ہی ایک میلہ سا لگا رہتا ہے۔عقیدت مند ،ضرورت مند، سیاح، بیمار، نادار سب ہی اپنی عرضیاں لیے سر جھکائے نظر آتے ہیں۔ پہلے دن ہم لوگ دوپہر کے وقت گئے تھے۔اتنی بھیڑ تھی کہ سکون سے حاضری نہیں ہو سکی۔ ہمارے وکیل نے کہا کہ صبح فجر کا وقت حاضری کے لیے بہترین ہوتا ہے۔انھوں نے اپنا آدمی بھیج دیا تھا۔اگلے دن ہم صبح منہ اندھیرے پہنچ گئے تھے، حالانکہ اس وقت بھی بہت لوگ تھے لیکن پھر بھی بہت سکون تھا۔ہم بہت دیر تک جالیوں کے پاس بیٹھے رہے۔یوں لگتا تھا جیسے نور کی بارش ہو رہی ہو۔دل کو ایک عجیب سا اطمینان کا احساس، ٹھنڈک کا احساس تھا کہ جسے میں بیان نہیں کر سکتا میں تو پہلی بار گیا تھا۔ یہ سب میرے لیے بہت نیا، انوکھا لیکن روح کو تازگی اور دل و دماغ کو سکون دینے والا ماحول تھا۔''

''سبحان اللہ!'' پیر بابا نے ایک وجد کے عالم میں کہا''اس دربار کے کیا کہنے، میں

جب بھی بے چین و مضطرب ہو جاتا ہوں، ہر شے سے دل اٹھ جاتا ہے تو اسی دربار میں جا کر تسکینِ قلب اور روح کی بالیدگی حاصل ہو جاتی ہے۔''

ایڈورڈ بولا ''لیکن پیر بابا، مانگنے والے بہت پیچھے پڑتے ہیں۔ان سے بڑی کوفت ہوتی ہے۔''

پیر بابا مسکرائے۔''اللہ رزاق ہے، اس نے ہر جاندار کو رزق کا وعدہ کیا ہے اور کسی نہ کسی کو اس رزق کے پہنچانے کا ذریعہ بنایا ہے۔سوچو اتنے لوگوں کو ان کا رزق اسی طرح غریب نواز کے وسیلے سے مل جاتا ہے۔صحیح اور غلط، جائز اور ناجائز، اچھے اور بُرے کا فیصلہ کرنے والے ہم کون ہیں۔ یہ تو اسی کی رضا ہے۔ہم سب بھی تو بھکاری ہیں۔ ہمہ وقت اللہ کے دربار میں کچھ نہ کچھ مانگتے رہتے ہیں، پیچھے پڑ جاتے ہیں۔اگر وہ بھی عاجز آ جائے، دھتکار دے تو ہم کہاں جائیں گے؟''

ایڈی نے قائل ہو کر سر ہلایا۔ کچھ رک کر انھوں نے پھر ان دونوں سے پوچھا۔

''اور پشکر میں کیا دیکھا؟''

ہمایوں نے جواب دیا'' وہ تو مندروں کا شہر ہے پیر بابا۔اتنی چھوٹی جگہ میں اتنے بہت سے مندر ہم نے کہیں نہیں دیکھے تھے۔پشکر کی جھیل خوبصورت ہے، برہما کا مندر بھی شاندار ہے۔ہم نے اصل میں پشکر کے میلے کا بہت چرچا سنا تھا،لیکن یہ نہیں معلوم تھا کہ میلہ کب لگتا ہے۔وہاں جا کر پتہ چلا کہ میلہ تو سردیوں کی آمد کے قریب ہوتا ہے۔پھر وہاں ایڈی کی طبیعت خراب ہوگئی تو ہم جلد ہی واپسی کے لیے روانہ ہو گئے۔''

''کیا تم جانتے ہو کہ برہما کا پورے ہندوستان میں ایک ہی مندر ہے۔''

''جی ہاں! ہوسٹل میں لڑکوں کی زبانی سنا تھا۔'' ایڈی نے کہا۔

''وجہ بتائی تھی کسی نے؟''

''جی نہیں۔ عام طور پر لڑکوں کو اپنے مذہب کے بارے میں گہرائی سے علم نہیں ہوتا۔'' ہمایوں نے تصریح کی۔

’’ہاں سچ کہہ رہے ہو۔نئی نسل کا علم بڑا سطحی ہوتا جا رہا ہے۔پشکر میں لگ بھگ پانچ سو مندر ہیں۔ سب سے بڑا برہما کا مندر ہے، جس میں برہما اور ان کی دوسری بیوی گائتری کی مورتیاں نصب ہیں۔ کہا جاتا ہے یہ دو ہزار سال پرانا ہے، لیکن موجودہ عمارت چودھویں صدی میں ایک راجہ نے بنوائی تھی۔پشکر کے متعلق ہندو مذہب میں بڑی دلچسپ روایت ہے، سنو گے؟‘‘ پیر بابا آج باتوں کے موڈ میں تھے۔

’’جی ضرور۔‘‘ ہمایوں نے پورے ذوق وشوق کا مظاہرہ کیا۔

پیر بابا نے قصّہ شروع کیا ’’ہندو عقیدے کے مطابق بھگوان کے تین روپ ہیں۔ برہما، دنیا کی تخلیق کرنے والا، وشنو، دنیا کو پالنے والا اور شِو، دنیا کو تباہ کرنے والا۔سب سے زیادہ مندر شِو کے ہوتے ہیں تاکہ وہ ناراض نہ ہوں اور دنیا کو تباہ نہ کریں۔ وشنو جو پالن ہار ہے ان کے بھی کافی مندر ہیں، لیکن برہما کا صرف یہی ایک مندر ہے، اس کی وجہ ہندو مائتھالوجی کے مطابق یہ ہے کہ ایک مرتبہ وجر نبھا نامی ایک راکشش نے برہما کے بچّوں یعنی انسانوں کو قتل کرنے اور ڈرانے کی کوشش کی۔ برہما نے اپنے کمل کی شکل کے ہتھیار سے اس پر حملہ کیا۔ اس حملے میں کمل کی تین پتّیاں ٹوٹ کر گریں، جہاں گریں وہاں تین جھیلیں بن گئیں۔ یہ تینوں جھیلیں پشکر اور آس پاس کے علاقوں میں ہیں۔ پشکر میں سب سے بڑی جھیل ہے۔ راکشس مارا گیا۔اس کی خوشی میں برہما نے یگیہ کرنے کا ارادہ کیا۔ یگیہ سکون سے ادا ہو اس لیے انھوں نے چاروں طرف چار پہاڑیوں سے اس علاقے کو گھیر دیا۔ جنوب میں رتنا گری، شمال میں نیل گری، مغرب میں سنچورا اور مشرق میں سوریہ گری۔ یگیہ میں ان کی بیوی سرسوتی کا بیٹھنا ضروری تھا لیکن سرسوتی وقت پر نہیں پہنچ سکیں۔ یگیہ کا وقت نکل رہا تھا تو برہما نے وشنو اور اِندر سے کہا کہ وہ ان کے لیے کسی اور لڑکی کو تلاش کریں۔ اِندر کو جلدی میں ایک گوجر لڑکی ملی، جسے گائے کے جسم سے گزار کر پاک کیا گیا۔ گائتری نام رکھا گیا اور برہما سے شادی کر دی گئی۔ گائتری کے ساتھ برہما نے اس نئے علاقے میں یگیہ شروع کیا۔ تب ہی سرسوتی لوٹ آئیں۔ اپنی

جگہ برہما کے پہلو میں کسی اور لڑکی کو بیٹھے دیکھ کر وہ آگ بگولا ہوگئیں۔ غصے میں انھوں نے شراپ دیا کہ برہما کی پوجا پشکر کے سوا کہیں اور نہیں کی جائے گی۔ اِندر جو اچے تھے انھیں بددعا دی کہ وہ جنگ میں ہار جائیں گے، وشنو کو بددعا دی کہ وہ اپنی بیوی سے بچھڑ جائیں گے اور برہمن جو یگیہ کروا رہے تھے، انھیں شراپ دیا کہ وہ ہمیشہ غریب رہیں گے۔ گائتری نے سرسوتی کے شراپ کو اپنی ریاضت سے کم کر دیا اور دعا دی کہ پشکر سبھی تیرتھ استھانوں کا راجہ کہلائے گا۔ وشنو، رام کی شکل میں اوتار لیں گے اور اپنی بیوی سے مل جائیں گے اور برہمن ودھوان بن کر پیدا ہوں گے۔"

پیر بابا بڑی بشاشت سے کہانی سنا رہے تھے۔ ایڈی اور ہمایوں کے علاوہ شبراتی اور بابو خاں بھی غور سے سن رہے تھے۔

"بڑی دلچسپ کہانی ہے پیر بابا۔ آپ کا علم بہت وسیع ہے۔ آپ ہر مذہب کے بارے میں معلومات رکھتے ہیں۔" ہمایوں نے کہا

"میں کیا اور میرا علم کیا۔ علم تو ایک سمندر ہے اور میں تو ابھی ایک بوند ہی کو ترس رہا ہوں۔ ہاں مطالعہ کا شوق ہے۔" پھر چونک کر بولے۔

"تم لوگوں سے باتوں میں دھیان نہیں رہا۔ مطالعہ کا وقت گزرا جا رہا ہے۔" وہ اٹھ کھڑے ہوئے۔ "تم سے باتیں کر کے مجھے بھی اچھا لگتا ہے۔"

ان کے جانے کے بعد ایڈی اور ہمایوں اپنے کمرے میں آ گئے۔

ہمایوں ایڈی کو بتانے کے لیے بے قرار تھا کہ آج اسے کیا دولت ملی تھی۔

آج لالہ نے اس سے بات کی تھی۔

ساتواں باب

دو پہر کے کھانے کے دوران پیر بابا نے بتایا کہ انھیں شام کو اپنے کسی شناسا کی عیادت کو جانا ہے۔ یہاں سے قریب ترین گاؤں چار میل کے فاصلے پر ہے۔ وہاں کے مکھیا میرے پرانے شناسا ہیں، بہت خیال رکھتے ہیں۔ ادھر کچھ دن سے بیمار چل رہے ہیں، لیکن میں دیکھنے نہیں جا سکا۔ اب سنا ہے۔ حالت زیادہ خراب ہے۔ بیمار کی عیادت یوں بھی سنتِ نبویؐ ہے، پھر پرانے تعلقات بھی ہیں۔ جب لالہ آئی ہوئی ہوتی ہے تو اس کی تنہائی کے خیال سے کم ہی کہیں جاتا ہوں۔ اس وقت تم دو چوکیدار ہو ماشاء اللہ، بابو خاں ہیں۔ میں شبراتی کو لے کر جاؤں گا اور مغرب بعد تک لوٹ آؤں گا۔''

اسی وقت لالہ ہاتھ میں بھنی ہوئی ثابت بھنڈیوں کی ڈش لے کر آئی۔

پیر بابا نے اس کے ہاتھ سے ڈونگا لیتے ہوئے کہا۔

''لالہ، ان لوگوں کو شام کی چائے وقت پر پلا دینا۔ میں مغرب تک لوٹ آؤں گا۔''

''آپ فکر نہ کریں''لالہ نے آہستہ سے کہا۔

''شبراتی کہاں ہے؟''

''آپ کے ساتھ جانے کی خوشی میں نہا دھو کر تیار ہو رہا ہے۔''وہ مسکرائی۔

پیر بابا بھی شفقت سے مسکرائے''بہت اچھا بچّہ ہے۔ چاہتا ہوں کچھ پڑھ لکھ لے۔ اب کے عدالتِ عالیہ کی تعطیل کے بعد جب لالہ شہر جائے گی تو سوچ رہا ہوں، اس کے ساتھ بھیج دوں۔ وہاں اسکول میں داخل کروا دے گی۔ پڑھ بھی لے گا اور لالہ کی

دوسرات بھی ہوجائے گی۔''

لالہ پہلے ہی جا چکی تھی۔کھانا کھا کر پیر بابا اٹھ کھڑے ہوئے۔

''کچھ دیر آرام کرلوں پھر نکلنا ہے۔''

''پیر بابا۔اپنی کہانی کب سنائیں گے؟''

ہمایوں نے یاد دلایا۔

''رات کے کھانے کے بعد۔رات کو جاگنا پڑے گا''

"You will have to burn the midnight oil for it"

پیر بابا مسکرائے۔دونوں پیر بابا کی انگریزی دانی پر ہکّا بکّا رہ گئے۔پیشتر اس کے کہ پیر بابا اندر چلے جاتے، ہمایوں سنبھلا اور جلدی سے بولا۔

''بابا ہم اس کے لیے رات بھر جاگ سکتے ہیں۔''

''ٹھیک ہے، پھر رات کے کھانے کے بعد چبوترے پر آجانا۔''اور وہ ادھ کھلے دروازے کی طرف مُڑ گئے۔یہ دونوں بھی اپنے کمرے میں چلے آئے۔

ایڈی کی حیرانی ابھی تک دور نہیں ہوئی تھی۔

''یار یہ پیر بابا تو بڑے کمال کی چیز ہیں۔انھیں انگریزی بھی آتی ہے۔''

''شکر ہے تم نے ان کے بارے میں انگریزی میں اظہار خیال نہیں کیا تھا۔'' ہمایوں نے چھیڑا۔

''مت یاد دلاؤ اس بات کو۔خواہ مخواہ شرمندگی ہونے لگتی ہے۔خیر تمھاری تو اب لالہ صاحبہ سے دوستی ہوگئی ہے۔تمھارے طفیل ہم بھی معاف کردیے گئے ہیں۔''

''سنو ایڈی تھوڑا سا سو لیتے ہیں۔پیر بابا کی کہانی کے دوران اگر نیند آئی تو بڑی شرمندگی ہوجائے گی۔''

''ہاں ٹھیک کہہ رہے ہو۔میں تو یوں بھی نیند کا کچا ہوں۔''ایڈی نے ڈائری لکھنے کا ارادہ ملتوی کردیا اور کروٹ لے کر سونے کی کوشش کرنے لگا۔

آج موسم نسبتاً بہتر تھا۔ دھول بھرے جھکّڑ بھی نہیں چل رہے تھے۔

تھوڑی دیر میں دونوں ہی سو گئے۔

شام کو بابو خاں نے آ کر دروازہ کھٹکھٹایا تو آنکھ کھلی۔ چھ بجنے والے تھے۔ منہ پر پانی کے چھپکے مار کر باہر آئے تو باہر مونڈھوں پر لالہ چائے کے ساتھ انتظار کر رہی تھی۔ ہمایوں کا دل سرشار ہو گیا۔ پیر بابا کے حکم کے مطابق وہ مہمان نوازی کا فرض نبھا رہی تھی۔ ہمایوں بہت محتاط تھا۔ وہ نہیں چاہتا تھا کہ کوئی ایسی بات منہ سے نکلے کہ لالہ کو محسوس ہو کہ وہ پیر بابا کی غیر موجودگی کا فائدہ اٹھا رہا ہے۔ ایڈی نے کہا۔

''لالہ صاحبہ، امید ہے آپ نے میری اس دن کی بدتمیزی کو معاف کر دیا ہوگا۔''

''ارے بھول جایئے اسے۔ میں تو بھول بھی گئی۔ ایسی چھوٹی موٹی باتوں کا میں بُرا نہیں مانتی۔''

ہمایوں نے پوچھا ''آپ کس عدالت میں پریکٹس کرتی ہیں؟''

''ابھی پریکٹس کہاں۔ ہائی کورٹ میں بابا کے ایک دوست سینئر ایڈوکیٹ ہیں۔ انھیں کے ساتھ تجربہ حاصل کر رہی ہوں۔ ابھی صرف دو ماہ ہی ہوئے ہیں۔''

''آپ لندن سے کب لوٹیں؟''

''گزشتہ دسمبر میں واپس آئی تھی۔ جنوری سے وکیل انکل کو جوائن کیا ہے۔''

''آپ نے لندن میں رہ کر بھی اپنی تہذیب کو نہیں چھوڑا۔'' ایڈی نے حیرت ظاہر کی۔

''یہ میرے بابا کی تربیت ہے۔ وہ کہا کرتے ہیں کہ جو شخص اپنی جڑوں سے اکھڑ جاتا ہے وہ بے اعتبار ہو جاتا ہے۔ انھوں نے مجھے کبھی کسی بات سے نہیں روکا۔ اپنے فیصلے خود کرنے کا اختیار دیا، لیکن یہ شعور پیدا کیا کہ میں صحیح اور غلط میں تمیز کر سکوں اور اپنی حدود پہچانوں۔ میں ان کے بھروسے کو توڑنے کے بارے میں کبھی سوچ بھی نہیں سکتی۔''

''میں پیر بابا کی عظمت کو سلام کرتا ہوں'' ہمایوں نے بے حد عقیدت سے سر جھکایا۔

''میرے بابا بہت عظیم ہیں۔ انھوں نے مجھے کبھی ماں کی کمی محسوس نہیں ہونے دی۔ کسی محرومی کا شکار نہیں ہونے دیا۔ اپنی زندگی میری دیکھ بھال اور لوگوں کی بھلائی کے لیے وقف کر دی۔ میرے اندر کوئی نفسیاتی الجھن نہ پیدا ہو جائے شاید اسی لیے انھوں نے مجھے اپنے ماضی کے بارے میں کچھ نہیں بتایا۔''

لالہ کا ہر لفظ اپنے والد کی محبت اور قربانیوں کا معترف تھا۔

''شاید آپ کو علم ہو کہ آج رات پیر بابا نے اپنی کہانی سنانے کا وعدہ کیا ہے۔'' ہمایوں نے پوچھا۔

''ہاں، انھوں نے کل رات مجھے بتایا کہ وہ مجھے اور آپ دونوں کو اپنی گزری ہوئی زندگی کے واقعات سنائیں گے۔ آپ دونوں پر ان کے اس اعتبار سے متاثر ہو کر ہی میں نے آج آپ کو اپنی والدہ کے بارے میں بتایا تھا۔ ورنہ اس سے پہلے میں نے یہ ذکر اپنی کسی عزیز دوست کے سامنے بھی نہیں کیا تھا۔'' لالہ نے تصریح کی۔

شام اتر آئی تھی۔ بابو خاں بدستور پودوں کو پانی دے رہے تھے۔ لالہ نے چائے کے خالی برتن سمیٹے اور اندر چلی گئی۔ ہمایوں اور ایڈورڈ بھی اپنے کمرے میں آ گئے۔

تھوڑی دیر بعد اسٹیشن ویگن رکنے کی آواز آئی۔ غالباً پیر بابا واپس آ گئے تھے۔ ایڈی اور ہمایوں اپنے اپنے خیالوں میں گم بے صبری سے رات کا انتظار کر رہے تھے۔

رات کا کھانا حسب سابق شبراتی لایا۔ بہت خوش نظر آ رہا تھا۔ صاف ستھرا پاجامہ کرتا پہنا ہوا تھا۔ بڑے جوش و خروش سے اس نے اپنی ٹوٹی پھوٹی زبان میں بتایا کہ وہ پیر بابا کے ساتھ ''گھنی دُور'' گھومنے گیا تھا۔ وہاں گڑ چنے کھائے، چھاچھ پی۔

کھانے کے بعد ہمایوں اور ایڈی نے اپنی اپنی چادریں کندھے پر ڈالیں اور چبوترے کی طرف روانہ ہو گئے۔ چبوترے پر چھتری ضرور بنی ہوئی تھی لیکن چاروں طرف سے کھلا تھا، پھر سنگِ مرمر کا ٹھنڈا فرش اور ریگستان کی ٹھنڈی راتیں۔ ٹھنڈی چاندنی ہر طرف پھیلی ہوئی تھی۔ ماحول پھولوں کی خوشبو سے مہک رہا تھا۔ درختوں نے

اپنا سایہ اپنے وجود میں سمیٹ لیا تھا، ماحول کا سکون اور حسن روح کی گہرائیوں میں اترا جا رہا تھا۔

پونم کے چاند کی کھلی ہوئی چاندنی سے آسمان اس قدر روشن تھا کہ صرف روشن ترین تارے ہی اپنا وجود قائم رکھنے کے اہل ہو پائے تھے اور ایسے خوابناک ماحول میں پیر بابا ستون پر ہاتھ ٹکا کر کھڑے ہوئے ہزاروں سال پرانی کسی اساطیری داستان کا کوئی کردار لگ رہے تھے۔ ان کا سفید چغہ، سفید داڑھی، کاندھوں پر بکھرے ہوئے سفید بال، ہاتھ میں سفید موتیوں کی ہزاری تسبیح انھیں ایک قسم کی ماورائیت عطا کر رہی تھی جیسے وہ کسی دوسری دنیا کی مخلوق ہوں اور ابھی ابھی آسمان سے اترے ہوں۔ ہمایوں اور ایڈورڈ اس ماحول سے اس حد تک متاثر تھے کہ اپنی کیفیت کو خود بھی کوئی نام دینے سے قاصر تھے۔ خوف بھی نہیں تھا، رعب بھی نہیں تھا، تجسس بھی نہیں تھا، بس خالقِ کائنات کی عظمت کے احساس سے دل معمور تھے۔ آج چبوترے کے فرش پر قالین بچھا ہوا تھا اور قبر کے پتھر سے لگا کر ایک گاؤ تکیہ رکھ دیا گیا تھا۔ ابھی یہ لوگ جوتے اتار ہی رہے تھے کہ پیچھے سے لالہ کے قدموں کی آواز سنائی دی۔ ہمایوں نے تھوڑا سا سر گھما کر دیکھا۔ اس وقت لالہ بھی سفید ہی لباس میں تھی۔ سر پر سفید دوپٹہ اسی طرح کشمیری اسٹائل میں باندھا تھا، جیسے وہ اکثر باندھ لیتی تھی۔ سفید لباس پر بالوں کی چوٹیاں دو ناگوں کی طرح اس کے حسن کی پہرے داری کر رہی تھیں۔ اس کے صبیح رخساروں پر چاندنی کا عکس لہریں لے رہا تھا۔ ماحول میں جو حسن تقدس اور ماورائیت گھلی ملی تھی، لالہ بھی اس کا ہی ایک حصّہ لگ رہی تھی۔

ان لوگوں کو آتا دیکھ کر پیر بابا ستون کے پاس سے ہٹ آئے اور گاؤ تکیے سے لگ کر بیٹھ گئے۔ ان کے سیدھے ہاتھ پر ان کے پاس لالہ دوزانوں بیٹھی تھی۔ ہمایوں اور ایڈورڈ سامنے بیٹھ گئے۔ سب اس قدر خاموش تھے جیسے کسی مقدس راز سے پردہ اٹھنے کے منتظر ہوں۔ پیر بابا کچھ دیر تک آسمان کی پنہائیوں میں نظر جمائے رہے، پھر دھیرے

دھیرے ان کے لب ہلے۔ ان کی آواز میں رات کا پُرسکون سنّاٹا بول رہا تھا۔

''آخر کار وہ گھڑی آ ہی گئی، جب میں دل کی گہرائیوں میں دفن وہ حقیقتیں باہر نکالوں، جنھیں کبھی کسی سے نہ کہنے کا میں نے خود اپنے آپ سے وعدہ کرلیا تھا، لیکن پچھلے تین چار دنوں سے میرے اندر ایک جنگ سی چل رہی تھی۔ میری عقل اور میرا ضمیر اس عہد کو توڑنے پر بضد تھا، جو میں نے اس راز کو ہمیشہ راز رکھنے کے لیے خود سے کیا تھا۔ آخر عقل جیت گئی اور میں ہار گیا۔ آج تم تینوں کو یہ کہانی سنانے کا فیصلہ میں نے اس لیے کیا کہ میری عقل نے سمجھایا کہ یہ ایک میراث ہے اور میراث کو وارثوں تک پہنچانا میرا فرض ہے۔ میری بیٹی گُلِ لالہ جو اس میراث کی صحیح وارث ہے، اس نے اپنی سمجھ داری، معاملہ فہمی اور علمیت سے یہ ثابت کر دیا ہے کہ اب وہ اس میراث کو سنبھالنے کے قابل ہوگئی ہے اور تم دونوں ہمایوں ظفر اور ایڈورڈ ولیم، تم دونوں بھی کہیں نہ کہیں اس داستان سے جڑے ہو اس لیے تمھیں بھی اس کا حق پہنچتا ہے کہ اس حقیقت کے حصّے دار بنو۔''

پیر بابا سانس لینے کو رکے، ان کے آخری جملے پر ان تینوں نے چونک کر ایک دوسرے کی طرف دیکھا۔ ان تینوں کی نظروں میں ایک سوال تھا۔

آٹھواں باب

آج سے تقریباً پینتالیس سال پرانی بات ہے۔ ہمارے ملک میں انگریزوں کی حکومت تھی ۔ ملک کی سیاست اور معیشت پوری طرح انگریزوں کے ہاتھ میں تھی۔ مغلیہ سلطنت کا چراغ گل ہونے کے بعد سے ہندوستان پر برطانوی تاج کی حکومت تھی۔ ملک میں قومی جذبہ عروج پر تھا۔ وطن پرست ملک کو آزاد کرنے کے لیے سر سے کفن باندھ چکے تھے۔ آزادی کی تحریکیں زور پکڑ رہی تھیں۔ گاندھی جی کی قیادت میں کانگریس پورن سوراج کی مانگ کر رہی تھی۔ انگریزوں کے ظلم وستم اپنی حدوں کو پار کر رہے تھے اور آزادی کے متوالے سینے پر گولیاں کھا رہے تھے۔

لیکن کچھ رجواڑے تھے، جنھوں نے انگریزوں کے خلاف تلوار اٹھا کر نیست و نابود ہو جانے کے بجائے ان کی برتری کو تسلیم کر لیا تھا۔ انگریزوں کی مہربانی سے ان کا راج پاٹ چل رہا تھا۔ اگرچہ ان کے درباروں میں بھی انگریز حکومت کا نمائندہ موجود رہتا تھا اور اس کے مشورے کے بغیر کوئی اہم حکم نہیں دیا جاتا تھا۔ ان رجواڑوں کو ہر سال انگریزی سرکار کو بھاری بھرکم خراج بھی دینا پڑتا تھا اور انگریزی فوج کی تربیت بھی کرنی ہوتی تھی۔ ایسے ہی رجواڑوں میں ایک مان گڑھ بھی تھا۔ انگریز حکومت کی عمل داری کے باوجود مان گڑھ کے راجہ پوری آن بان کے ساتھ راج کرتے تھے۔ رعایا اپنے راجہ اور راج گھرانے سے بے انتہا محبت اور عقیدت رکھتی تھی اور انھیں اپنا مائی باپ سمجھتی تھی۔ اس حقیقت سے بے خبر کہ ان کے اپنے حقوق محدود تھے۔ راجیہ کے والیِ سلطنت

مہاراجہ بھیروسنگھ جی نہایت بہادر، عقل منداور انصاف پسند انسان تھے۔ اپنی غریب پروری، انسان دوستی اور علم و ہنراورفن کی سرپرستی کے لیے دوردور مشہور و مقبول تھے۔ وہ مذہبی رواداری کے قائل تھے۔ ان کے دربار کے عہدے داروں جاگیرداروں اور زمین داروں میں ہندوؤں کے ساتھ مسلمان امراء بھی شامل تھے۔ مہاراجہ یوں تو روز ہی دربار کیا کرتے تھےلیکن خاص مواقع جیسے تیج تہواراورتقریبات پران کے خصوصی دربار ہوا کرتے تھے، جو دربارِ خاص کی حیثیت رکھتے تھے۔ ان درباروں میں سبھی عہدے دار، سردار، جاگیرداراور مہاراج کے رشتے دار شریک ہوتے تھے۔ مہاراج کے رشتہ دار بھائی بند ٹھاکر کہلایا کرتے تھے اور ریاست میں بڑی عزت کی نظر سے دیکھے جاتے تھے۔ تقریباً سبھی ٹھاکر جاگیردار یا فوج کے عہدے دار اور سردار تھے۔ ایسا کرنا ملکی سیاست کا تقاضا بھی تھا تاکہ یہ لوگ خوش رہیں اور مہاراج کے خلاف کسی سازش میں شامل نہ ہوں۔ چندر بھان سنگھ مہاراج کے چچیرے بھائی تھے، جو شاہی فوج کے سیناپتی ہونے کے ساتھ بڑی سی جاگیر کے مالک بھی تھے۔ نیک بہادر، منصف مزاج اور وفادار آدمی تھے۔ غرض ایک سچّے راجپوت کی سبھی خوبیاں ان میں موجود تھیں۔ وہ مہاراج سے بہت قریب تھے۔ مہاراج کے دوسرے معتمد سرداروں میں ایک میر سعادت علی تھے۔ یہ خود بھی نوابی خاندان سے تعلق رکھتے تھے۔ صوفی منش انسان تھے۔ ایمان دار، محتاط، قول کے پکے اور قابلِ اعتماد، مہاراج کو ان پر اتنا بھروسہ تھا کہ ریاست سے وصول ہونے والی چوتھ کا سارا حساب کتاب انھیں کے سپرد تھا۔ کس علاقے سے کتنا وصول ہوا، انگریز سرکار کا حصّہ کتنا نکالا گیا اور شاہی خزانے میں کتنا جمع ہوا، ایک ایک پائی کا حساب ان کے پاس رہتا تھا اور مہاراج کو ان پر اتنا بھروسہ تھا کہ کبھی کوئی حساب نہیں مانگا۔ میر صاحب تو اپنی زمین داری سے وصول ہونے والی چوتھ بھی اپنا جائز حصہ نکالے بغیر مہاراج کے سامنے پیش کر دیتے تھے۔ مہاراج کے بارہا اصرار کے باوجود انھوں نے کبھی اپنا حصّہ خود نہیں لیا۔ مہاراج کو خاص طور پر منشی کو ہدایت دے کر میر صاحب کا جائز

حق ان کے گھر پہنچوانا پڑتا تھا۔ میر سعادت علی اور ٹھاکر چندر بھان سنگھ میں بڑی دوستی تھی، کیونکہ دونوں کی فطرت اور مزاج میں بڑی یکسانیت تھی۔ ان کی دوستی کے درمیان مذہب کبھی وجہ مخاصمت نہیں بنا تھا۔ اس سال ٹھاکر چندر بھان نے کچھ باغی سرداروں کا سر کچل کر ان کے علاقوں کو مہاراج کا باج گزار بنا دیا تھا اور میر سعادت علی نے فصل اچھی ہونے کی وجہ سے اور اپنی حکمتِ عملی سے بھی دوگنی چوچھ کی رقم خزانے میں جمع کروائی تھی۔ مہاراج ان دونوں سے بہت خوش تھے۔ امید تھی کہ اس ماہ پورن ماشی کے دربار میں ان دونوں کو انعام و اکرام سے نوازا جائے گا۔

پورن ماشی کا دربار سال میں دو مرتبہ لگا کرتا تھا۔ اکتوبر میں اور اپریل میں۔ پورن ماشی کے دربار کے لیے ایک خاص محل کی تعمیر کی گئی تھی۔ یہ سنگِ مرمر کا بنا ہوا تھا اور اس کی چھت سنگِ مرمر کی حسین اور باریک کام والی جالیوں سے گھری ہوئی تھی۔ مہاراج کے آسن کے لیے ماہِ نو کی شکل کی برجی بنی ہوئی تھی اور منتریوں اور اعلیٰ عہدے داروں کے لیے گول چھتریاں تھیں۔ دربار کے دن پوری چھت پر سفید قالینوں کا فرش ہوتا۔ سفید بادلے کے پردے جن میں روپہلی مقیش کی ڈوریاں بندھی ہوتی تھیں، ستونوں سے لپیٹ دیے جاتے، مہاراج کے لیے چاندی کی اونچی کرسی رکھی جاتی اور منتریوں کے لیے چاندی کا پترہ منڈھی ہوئی پیڑھیاں رکھی جاتیں۔ درباریوں کے لیے سفید گاؤ تکیے فرش پر سجائے جاتے۔ بیلے اور موتیے کے موٹے موٹے گجرے ہر ستون سے لپیٹے جاتے اور برجیوں پر سجائے جاتے، مہاراج کا آسن تو عروسِ نو کی نشست کا تاثر دیتا۔ چاندی کی تھالیوں میں چاندی کا ورق چڑھی الائچیاں چنی جاتیں اور چاندی کی صراحیوں میں کیوڑہ ملا ہوا دودھ چاندی کے گلاسوں میں پیش کیا جاتا۔ مہاراج کی کرسی کے پیچھے سفید اور روپہلی گوٹے سے سجے جھالر دار پنکھے لیے سفید لباس میں پنکھا بردار کھڑے ہوتے۔ چوبداروں کے ہاتھوں میں چاندی کا موٹھ چڑھی لاٹھیاں ہوتیں۔ درباریوں کو اس موقع کے لیے سفید لباس دربار سے عطا کیا جاتا۔ سفید چوڑی دار پاجامہ، سفید اچکن اور روپہلی

شملے والی سفید پگڑیاں، مہاراج کے بائیں طرف انگریز ریزیڈینٹ کی کرسی اور بائیں طرف پردھان منتری کی کرسی ہوتی تھی۔

مہاراج خود سفید اور روپہلی لباس زیب تن کرتے، گلے میں موتیوں کا نولڑا ہار، پگڑی میں موتی کی جھالر اور پیچ میں پانچ ہیروں کا چاند بنا ہوتا۔ کلائیوں میں بیلے کے پھولوں کا زیور۔ درباریوں اور عہدے داروں کو دروازے پر ہی بیلے کے ہار پیش کر دیے جاتے تھے۔ کچھ گلے میں ڈال لیتے اور کچھ کلائی میں لپیٹ لیتے۔ کیسا سماں ہوتا تھا کہ بیان نہیں کیا جا سکتا۔ وہ دربار گویا چاند کا ایک خوش وضع ٹکڑا ٹوٹ کر زمین پر آ گیا ہو۔

مہاراج سفید گھوڑوں والے چاندی کے رتھ میں بیٹھ کر تشریف لائے۔ ان کے ساتھ سفید سوٹ میں ریزیڈینٹ بہادر اور پردھان منتری تھے۔ لوگوں نے جھکے ہوئے سروں کے ساتھ کھڑے ہو کر مہاراج کو تعظیم دی۔ بیلے کی پتّیاں نچھاور کی گئیں۔ چاندی کے گلاب پاشوں سے حاضرین پر گلاب پاشی کی گئی۔ مہاراج کی جے جے کار کے بعد بھاٹ نے کھڑے ہو کر مہاراج اور ان کے آبا و اجداد کی شجاعت نجابت، دولت، عظمت، سخاوت کے قصیدے پڑھے۔ لوگوں نے حسبِ حیثیت چاندی کے سکّوں کی نذریں گزاریں۔ مہاراج نے ہاتھ رکھ کر نذریں قبول کیں اور چوبدار نے تھال ایک طرف رکھ دیے۔ وزیرِ اعظم نے اس سال ریاست میں ہونے والے واقعات اور ترقیات کی رپورٹ پیش کرتے ہوئے مہاراج کی دولت و اقبال کو دعا دی اور بتایا کہ امسال ٹھاکر چندر بھان سنگھ نے قابلِ قدر کارنامہ انجام دیا ہے۔ ریاست کے جنوب میں کچھ سردار باغی ہو گئے تھے اور مہاراج کے خلاف سازشیں کر رہے تھے۔ ان کی سرکوبی کی اور انھیں بندی بنا لیا گیا۔ نئے سردار مقرر کیے گئے، جو ہمیشہ مہاراج کے باج گزار رہیں گے۔ ٹھاکر چندر بھان نے اٹھ کر مہاراج کے پاؤں چھوئے۔ مہاراج نے خادم کی پیش کردہ تھالی میں سے موتیوں کا ہار لے کر چندر بھان کو پہنایا اور انھیں ''رانا'' کے لقب سے نوازا۔ نقیب نے مہاراج کی جے اور رانا چندر بھان سنگھ جی کی جے کے نعرے لگائے۔

چندر بھان کو دوسرے خادم نے مہاراج کے اشارے پر خلعت اور چاندی کے سکّوں سے بھرا تھال پیش کیا۔ رانا نے اٹھ کر مہاراج کے سامنے ماتھا ٹیکا۔

اس کے بعد پردھان منتری نے بتایا کہ میر سعادت علی کی کوششوں سے اس سال ریاست کے مختلف علاقوں سے وصول ہونے والی چوتھ کی رقم دگنی ہوگئی، جس سے ریاست کے خزانے میں قابلِ قدر اضافہ ہوا۔ میر صاحب نے اٹھ کر مہاراج کو تعظیم دی۔ مہاراج نے انھیں بھی موتیوں کا ہار پہنایا۔ خلعت عطا ہوئی اور امیر الامراء کا خطاب عطا ہوا۔ میر صاحب دوبارہ اٹھ کر کورنش بجالائے۔ مہاراج نے میر صاحب کی ایمان داری اور وفاداری کی تعریف کرتے ہوئے کہا۔ آج تک صرف مہارانیاں، راج کماریاں اور راج کمار پاؤں میں سونا پہنتے تھے۔ عوام کو اس کی اجازت نہیں تھی لیکن آج سے ہم میر صاحب کو یہ توقیر دیتے ہیں کہ ان کے گھرانے کی مہیلائیں پاؤں میں سونا پہن سکتی ہیں۔ ایک خادم تھالی میں سونے کا موٹا سا کڑا لے کر آیا۔ مہاراج نے اس پر ہاتھ رکھا اور دوسرے خادم نے میر صاحب کے پاؤں میں کڑا پہنایا۔ فضا ایک بار پھر مہاراج کی جے جے کار اور امیر الامراء میر سعادت علی کی جے سے گونجنے لگی۔

اس کے بعد رقص و سرود کی محفل جمی۔ راج گائک نے راگ درباری گایا اور راج نرتکی نے جو سر سے پاؤں تک روپہلی رقص کے لباس میں تھی، ایک رقص پیش کیا۔ دربار برخواست ہوا تو چاند مغرب کی طرف جھک چکا تھا۔

مہاراج کی سواری روانہ ہوئی ساتھ ہی ریزیڈینٹ بہادر بھی اپنی موٹر میں بیٹھ کر رخصت ہو گئے۔ لوگوں نے رانا چندر بھان سنگھ اور میر سعادت علی کو مبارکباد دی۔ دونوں اٹھ کر گلے ملے اور ایک دوسرے کو دعائیں دیں۔ اس طرح پورن ماشی کا دربار برخواست ہوا۔

نواں باب

پورن ماشی کے دربار کے اگلے دن راج محل میں راج بھوج کا اہتمام تھا۔ رات کے دربار میں جتنے سردار موجود تھے، سب کو مدعو کیا گیا تھا۔

مہاراج بھیرو سنگھ، مہارانی کلاوتی اور مہاراج کمار اودے سنگھ بھی بھوج میں بیٹھے۔ راجپوتانے کی روایت کے مطابق شدھ شاکاہاری کھانا تھا۔ ہندو اور مسلمان امراء بلاتفریق مذہب وملت جیونار (دعوت) میں شریک تھے۔ پنڈتوں کا بھوج پہلے ہی ہو چکا تھا اس لیے اعتراض کرنے والا کوئی نہیں تھا۔ راج بھوج کے بعد ٹھاکر اور میر صاحب ایک دوسرے کا ہاتھ تھامے ہوئے راج محل سے نکلے۔ ٹھاکر نے کہا۔

''میر صاحب آپ جانتے ہیں کہ یہ میرے پورے خاندان کے لیے بڑے گروَ کی بات ہے، مجھے رانا کی اپادھی ملی ہے۔ اس موقع پر میں ایک چھوٹے سے بھوج کا آیوجن کر رہا ہوں۔ میری آپ سے ہاتھ جوڑ کر ونتی ہے کہ آپ اپنے پریوار کے ساتھ ضرور آئیں۔ پردے کا پورا دھیان رکھا جائے گا۔ ٹھکرائن خود بھی پردے میں رہتی ہے۔ بھابی سا آئیں گی تو کوئی سیوک بھی اندر نہیں آئے گا۔''

میر صاحب نے ٹھاکر کے جڑے ہوئے ہاتھ تھام لیے۔ ''یہ کیسی بات کر رہے ہو۔ خدا کی قسم مجھے تم پر اتنا ہی بھروسہ ہے، جتنا اپنے سگے بھائی پر ہوتا ہے۔ مشکل یہ ہے میں ابھی ایک بیٹی کا باپ بنا ہوں۔ بیگم چلّے میں ہیں اور چالیس دن سے پہلے زچہ کو کہیں آنے جانے نہیں دیا جاتا۔ اس لیے وہ تو ابھی نہیں آ پائیں گی۔ آپ ایسا کیوں نہیں کرتے،

پہلے میری دعوت قبول فرمائیے۔ بھابی صاحب اور بچّوں کو لے کر غریب خانے پر آیئے۔ روکھا سوکھا جو بھی ہے، نوش کیجیے۔ میں بھی یقین دلاتا ہوں کہ برہمن کو بلا کر کھانا پکواؤں گا۔"

"ارے نہیں میر صاحب ہم راجپوت لوگ اتنا بھید بھاؤ نہیں کرتے۔ راجپوتوں اور مسلمانوں کے تو دوسو سال سے متر تا کے سمبندھ چلے آرہے ہیں۔ ہم تو مانس مچھی بھی کھا لیتے ہیں۔ ہاں ٹھکرائن بالکل شاکاہاری ہے اور رہی بات بچّوں کی تو میر صاحب، ایشور نے ہمیں اس دولت سے تو نوازا ہی نہیں۔"

ٹھاکر کافی اچھی اردو بول لیتے تھے کیونکہ ان کی فوج میں مسلمان سپاہی اور افسروں کی کافی بڑی تعداد تھی۔ رانا کے چہرے پر گھلی مایوس کو دیکھ کر میر صاحب کا دل ہمدردی سے بھر گیا۔

"اللہ کی ذات سے مایوس نہ ہوں ٹھاکر صاحب، اس کے گھر دیر ہے، اندھیر نہیں ہے۔ ویسے آپ نے کچھ علاج وغیرہ کروایا؟"

"میر صاحب اولاد کی چاہ بہت بُری ہوتی ہے، جس نے جو کہا وہ کیا۔ دوا بھی، جھاڑ پھونک بھی، منت مراد بھی۔ کئی مندروں میں رات رات بھر پانی میں کھڑے ہو کر پراتھنا تک کی۔ لیکن کہیں سے کوئی امید کی کرن نظر نہیں آئی۔" ٹھاکر نے بتایا۔

"راج جیوتشی کیا کہتے ہیں؟"

"راج جیوتشی کہتے ہیں میری کنڈلی میں پُتر اور کنیا دونوں کا یوگ ہے۔"

"تو پھر کیوں پریشان ہیں۔ دیر سویر آپ انشاء اللہ صاحبِ اولاد ہو جائیں گے۔"

ٹھاکر جھجھکتے ہوئے بوئے "ماں سا کہتی ہیں ٹھکرائن بانجھ ہے۔ دوسرا لگن کرلو۔ ہر دن کسی نہ کسی کنیا کی جنم پتری منگا کر بیٹھ جاتی ہیں۔"

میر صاحب سوچ میں پڑ گئے۔ "ٹھاکر صاحب جلد بازی مت کیجیے گا۔ کچھ انتظار

اور کر لیجیے۔ میں بیگم سے ذکر کروں گا۔ فی الحال تو یہ ہے کہ منگل کے روز آپ اور بھابی صاحب غریب خانے پر آرہے ہیں۔"

باتیں کرتے ہوئے دونوں اپنی اپنی بگھیوں تک پہنچ گئے۔

حویلی پہنچ کر میر صاحب نے بیگم کو ٹھاکر کی محرومی کی داستان سنائی نیز یہ بھی کہ اگر اولاد نہ ہوئی تو بے چاری ٹھکرائن کو سوت کو جھیلنا پڑے گا اور اگر دوسری والی سے اولاد بھی ہو گئی تو ٹھکرائن کی ساری زندگی تنہائی اور بے توجہی میں رو رو کر گزرے گی۔"

بیگم کو جیسے کچھ یاد آ گیا "سنیے! آپ ٹھکرائن کو وہ دعا اور تعویذ کیوں نہیں دیتے، جو آپ نے اپنے محرر رضا خاں کی بیوی کو دیا تھا۔ اللہ کے کرم سے آج وہ تین بچّوں کی ماں ہے؟"

"خیال تو مجھے بھی آیا تھا، لیکن مشکل یہ ہے کہ تعویذ کے ساتھ جو عمل ہے، وہ عورت کو غسل کر کے تین جمعوں کو لگاتار پڑھنا ہوتا ہے۔ وہ غیر مذہب کی ہے۔ قرآنی آیات کیسے پڑھے گی، کیونکہ عمل سے پہلے ایک تسبیح کلمہ اور درود کی بھی پڑھی جاتی ہے۔"

بیگم خاموش ہو گئیں، لیکن مطمئن نہیں ہوئیں۔ "ایسا نہیں ہو سکتا کہ یہ عمل آپ اس کے لیے پڑھ لیں۔"

"ہاں ہو سکتا ہے اگر شوہر بیوی کا ہاتھ پکڑ کر وظیفہ پڑھے۔ میں نامحرم کا ہاتھ کیسے پکڑ سکتا ہوں۔"

بیگم نے یاد دلایا "جب آپ عورتوں کو بیعت کرتے ہیں تو ڈور کا ایک سرا انھیں پکڑا دیتے ہیں اور ایک سرا خود پکڑ لیتے ہیں۔ کیا یہاں ایسا نہیں ہو سکتا؟"

میر صاحب سوچ میں پڑ گئے۔ "ہاں ہو تو سکتا ہے، لیکن میں یہ بات خود ٹھاکر سے نہیں کہہ سکتا، نہ جانے وہ کیا سمجھیں گے۔"

"یہ آپ مجھ پر چھوڑ دیں۔ میں ایک مرتبہ مہاراج کی گدّی نشینی کی تقریب میں ٹھکرائن سے ملی تھی۔ بہت خوبصورت اور سلجھے ہوئے مزاج کی خاتون ہیں۔ کچھ پڑھی

لکھی بھی ہیں۔ زبان بھی صاف ہے۔ منگل کی دعوت میں میں انھیں تیار کرلوں گی۔''

ابھی یہ بات ہو ہی رہی تھی کہ انّا نوزائیدہ بچّی کو ہاتھوں پر لیے ہوئے اجازت لے کر اندر آئی۔ پیچھے پیچھے میر صاحب کا دس سالہ بیٹا تھا۔ انّا نے شکایت کی ''بیگم صاحب، صاحب زادے صاحب بی بی کو گود میں لینے کی ضد کر رہے ہیں۔''

صاحب زادے مچل گئے ''امّاں جان یہ ہمیں گڑیا کو گود میں نہیں لینے دیتیں۔''

بیگم نے سمجھایا ''بیٹے گڑیا ابھی بہت چھوٹی ہے۔ دیکھیے کتنے نازک ہاتھ پیر ہیں۔ اگر ہاتھ پاؤں مڑ گیا تو اسے تکلیف ہو جائے گی اور ابھی تو اسے ہنسنا بھی نہیں آتا۔ ذرا بڑی ہو جائے تو شوق سے آپ اسے گود میں لیجیے گا، اس کے ساتھ کھیلیے گا۔ آخر کو آپ ہی تو اس کے اکیلے بھائی جان ہیں۔''

صاحب زادے نے تھوڑی دیر اس گول مٹول سرخ و سفید وجود کو دیکھا، جو گہری نیند سو رہی تھی اور ماں کا کہنا مان کر ایک طرف چھپر کھٹ پر بیٹھ گئے۔ میر صاحب نے یاد دلایا ''میاں آپ کے استاد کے آنے کا وقت ہو رہا ہے۔ جائیے اور سبق یاد کیجیے۔''

میر صاحب بچّی کو تھپتھپا کر مردانے میں چلے گئے اور اپنے ساتھ صاحب زادے کو بھی لے گئے۔ بیگم ٹھکرائن سے متوقع ملاقات کے بارے میں سوچنے لگیں کہ وہ کیسے ٹھکرائن کو اس عمل کے لیے رضامند کریں گی۔

دسواں باب

منگل کے روز حویلی میں دعوت کا خاص اہتمام کیا گیا تھا۔ کھانا پکانے کے لیے راج دربار سے برہمن مہاراج بلوائے گئے تھے۔ انھوں نے حویلی کے لمبے چوڑے باورچی خانے کو رگڑ رگڑ کر دھویا۔ چولھوں کو تازی مٹی سے لیپا پوتا گیا۔ صبح ہی سے باورچیوں کے مددگار سبزی ترکاری کاٹنے میں مصروف تھے۔ میر صاحب نے بیس پچیس ٹھاکروں اور درباری عہدے داروں کو مدعو کیا تھا، لیکن زنان خانے میں صرف چندر بھان سنگھ کی ٹھکرائن گنگا دیوی کی ہی دعوت تھی۔ شام کو سیاہ لکڑی کی خوبصورت نقشین پالکی، جس پر راجپوتانہ چتر کلا سے سجاوٹ کی گئی تھی۔ حویلی کے زنانے دروازے پر آ کر لگی۔ پردہ کروایا گیا۔ کہار پالکی رکھ کر باہر چلے گئے۔ بیگم صاحب خود ٹھکرائن کو اتروانے کنیزوں کے ساتھ آئیں۔ بیگم نے سبز رنگ کا فرشی پاجامہ اور اسی رنگ کا تین گز لمبا بنت لگا ہوا کارچوبی کام کا دوپٹہ پہن رکھا تھا۔ ٹھکرائن سرخ اور زرد گوٹے پٹّے کے کام والے لہنگا چولی اور بڑی سی اوڑھنی میں ملبوس جھلملاتی ہوئی، پالکی سے باہر آئیں۔ ساتھ میں ان کی چار مخصوص خادمائیں تھیں۔ بیگم صاحب اور ٹھکرائن گلے ملیں۔ ٹھکرائن نے انھیں بیٹی کی مبارکباد دی۔ بیگم صاحب نے انھیں اپنے سجے سجائے کمرے میں چاندی کے پایوں والے چھپر کھٹ پر بٹھایا، جس پر سرخ تن زیب کی چھت گیری لگی ہوئی تھی اور جالی کے گلابی پردے لہرا رہے تھے، جنھیں سنہری ڈوریوں سے باندھ دیا گیا تھا۔ پاس ہی بڑے سے لکڑی کے چاندی کے گھنگروؤں سے سجے پالنے میں ریشم کے گدّوں تکیوں کے

درمیان گلابی مچھر دانی میں میر صاحب کی بیٹی ماہِ نور محوِ خواب تھی۔ سیاہ نقشین لکڑی کی تپائی پر گنبد نما چاندی کا جالی دار پاندان رکھا ہوا تھا۔ ٹھکرائن نے پہلے ایک چاندی کا کلدار روپیہ بچّی پر سے نچھاور کر کے پاس بیٹھی ہوئی انّا کو دیا۔ پھر سنہری تھیلی میں سونے کی پانچ گنّیاں بچّی کے سرہانے رکھ دیں۔ بیگم صاحب نے تکلف کیا۔

''ٹھکرائن صاحبہ، اس تکلف کی کیا ضرورت تھی۔''

''تکلف کیسا بہن سا۔ لکشمی کی آرتی تو لکشمی سے ہی کی جاتی ہے۔ آپ سوبھاگیہ وتی ہیں کہ آپ کے گھر لکشمی نے درشن دیے ہیں۔''

ٹھکرائن تکیہ لگا کر بیٹھ گئیں تو بیگم نے سوتی ہوئی بچّی کو اٹھا کر ٹھکرائن کی گود میں ڈال دیا۔

''نہ نہ بہن سا۔ مجھ ابھاگن کی گود میں اپنی بچّی کو نہ دیں۔ میں بانجھ ہوں۔ ہمارے پریوار کے لوگ تو اپنے بچّوں پر میرا سایہ بھی نہیں پڑنے دیتے۔''

ٹھکرائن کی کجراری آنکھوں میں آنسو بھر آئے۔ بیگم نے ٹھکرائن کے کندھے پر محبت سے ہاتھ رکھا۔

''آپ نے مجھے بہن کہا ہے، میں بہن کا دھرم نبھاؤں گی۔ آپ اپنے کو بانجھ نہ سمجھیں۔ اللہ نے چاہا تو آپ کی گود بھرے گی۔ میں ان جہالت کی باتوں میں یقین نہیں رکھتی۔ میں نے اپنی بیٹی آپ کی گود میں ڈالی ہے۔ یہ نیک شگون ہے۔ مجھے اپنے اللہ سے پوری امید ہے کہ وہ جلدی ہی آپ کی گود بھرے گا۔ آپ کی گود میں بھی لکشمی کھیلے گی۔''

ٹھکرائن بیگم کے تسلی بھرے الفاظ سے بہت متاثر ہوئیں۔ جذباتی لہجے میں بولیں

''بہن سا، آپ نے میرا مان بڑھا دیا، لیکن دھائی ماں، وید حکیم سب اپنی سی کر کے مایوس ہو چکے ہیں۔ منت مرادوں سے بھی کچھ نہیں ہوا، میرے بھاگیہ میں ہی سنتان نہیں ہے۔''

بیگم صاحب نے بچّی کی انّا سے کہا کہ وہ باہر چلی جائے۔ پھر ٹھکرائن سے رازدارانہ لہجے میں مخاطب ہوئیں ''شاید آپ جانتی نہیں، آپ کے بھائی، میر صاحب بڑے عامل ہیں۔ ان کے پاس ایسے تعویذ اور عمل ہیں کہ بانجھ عورت کی بھی گود ہری ہوجاتی ہے۔''

بیگم مہرالنسا نے ٹھکرائن کے سامنے کئی ایسے واقعات کا ذکر کیا، جہاں میر صاحب کے دیے ہوئے تعویذ کی بدولت اللہ نے کئی گھروں کو چراغوں سے روشن کر دیا تھا۔ ان کے محرر کی بیوی تو چالیس سال کی ہوگئی تھی۔ کسی کو کوئی امید نہیں تھی، لیکن اللہ نے اس کی گود اس ہی وسیلے سے بھر دی۔ ٹھکرائن کی آنکھوں میں امید کی جوت جاگی۔ بیگم مہرالنساء نے ٹھکرائن کو میر صاحب کے اس عمل کے بارے میں تفصیل سے بتاتے ہوئے کہا کہ وہ رانا سے مشورہ کر کے فیصلہ کرلیں اور ہمیں مطلع کر دیں۔

ادھر مردانے میں جیونار سج چکی تھی۔ بڑے سے ہال میں زمین پر سرخ قالین کے فرش پر سفید دسترخوان بچھایا گیا اور ہندو تہذیب کے مطابق ہر مہمان کے سامنے روپہلی دھات کا پترا چڑھا ہوا، پٹرا رکھ کر تھالی پروسی گئی۔ کھانے میں کئی طرح کی سبزیاں، دالیں، کڑھی، باٹیاں، کچوریاں پوریاں، سات رنگ کا ملیدہ (چورما) کھیر، حلوہ، جلیبی امرتی، دہی، رائتہ غرض ان گنت کھانے چنے ہوئے تھے۔ برہمن خود لا لا کر پروس رہے تھے۔ لوگوں نے پیٹ بھر کر کھایا اور جی بھر کر تعریف کی۔ برہمنوں کو انعام واکرام سے نوازا گیا۔ رات کا پہلا ہی پہر تھا، جب چندر بھان سنگھ کو چھوڑ کر سب ہی مہمان چلے گئے۔ میر صاحب نے کھڑے ہو کر ایک ایک کو رخصت کیا۔ رانا چندر بھان جانے کے لیے اٹھے تو بولے ''بھائی۔ آپ کے گھر لکشمی پدھاری ہیں۔ ان کے درشن نہیں کرائیں گے۔''

میر صاحب نے خادمہ سے زنان خانے میں پیغام بھجوایا اور رانا کو لیے ہوئے زنانی ڈیوڑھی کی طرف آئے۔ ڈیوڑھی پر انّا کے ساتھ ٹھکرائن لمبا سا گھونگھٹ نکالے ماہِ نور کو گود میں لیے کھڑی تھیں۔ میر صاحب رخ موڑ کر کھڑے ہوگئے۔ ٹھکرائن نے بچّی کو رانا کی گود میں دے دیا۔ ماہِ نور جاگ رہی تھی۔ اس نے اپنی کالی کالی آنکھوں سے رانا کو دیکھا

تو رانا کا گندمی چہرہ شدتِ جذبات سے سنولا گیا۔ انھوں نے جیب سے موتیوں کی مالا نکال کر بچّی کے گلے میں ڈالی اور بچّی کو واپس ٹھکرائن کو دیتے ہوئے میر صاحب سے بولے ''میر صاحب بہت بہت مبارک ہو۔'' ٹھکرائن نے بچّی کا ماتھا چوم کر اسے واپس انّا کے سپرد کر دیا۔ ٹھکرائن اپنی پالکی اور رانا اپنی بگھی کی طرف بڑھ گئے۔

اسی رات ٹھکرائن نے رانا کے سامنے اپنی اور بیگم مہر النساء کی گفتگو دہرائی۔ وہ جانتی تھیں کہ اس وقت لوہا گرم ہے۔ میر صاب کی نوزائیدہ بچّی کو دیکھ کر رانا کے دل میں اولاد کی خواہش اور زیادہ شدید ہو گئی تھی۔ رانا نے اس وقت تو کوئی جواب نہیں دیا، لیکن ساری رات ٹہلتے رہے۔ وہ گنگا دیوی سے بہت محبت کرتے تھے۔ گنگا دیوی نے ان کے دل و دماغ پر اس طرح قبضہ جما رکھا تھا کہ وہ کسی دوسری عورت کا تصور بھی نہیں کرنا چاہتے تھے، لیکن گنگا دیوی کی سونی گود اور بانجھ پن کا الزام، ماں سا کا جذباتی دباؤ اور اولاد کی تمنا اکثر ان کے قدم ڈگمگا دیتے تھے۔ وہ جانتے تھے کہ وہ زیادہ عرصے اس دباؤ کے آگے دیوار بن کر کھڑے نہیں رہ سکیں گے۔ اب تک وہ ان گنت سادھو، سنتوں، پنڈتوں کے در پر ماتھا ٹیک چکے تھے۔ اب اگر میر صاحب کا عمل بھی آزمالیں تو کیا ہرج ہے! دوسری طرف یہ خیال کہ قلعہ سے بات باہر نکل گئی تو لوگ کیسی کیسی باتیں بنائیں گے۔ سگے سمبندھی تو جان کو آ جائیں گے۔ اگر بات صرف تعویذ گلے میں ڈالنے کی ہوتی تو وہ ایک لمحہ بھی نہیں سوچتے لیکن یہاں بات تین ہفتے جمعہ کے دن میر صاحب کے گھر جانے کی تھی۔ لوگوں کی گندی ذہنیت اسے کیا رنگ دے سکتی ہے وہ تصور کر سکتے تھے۔ ٹھکرائن کا حویلی سے باہر جانا ہی افواہوں کو ہوا دینے کے لیے کافی ہوگا کہ رانا اتنا گر گئے کہ ایک مسلمان سے گربھ دان لینے کے لیے ٹھکرائن کو بھیج دیا۔ رانا کو اس خیال سے ہی جھرجھری آ گئی۔ حالانکہ ایسا کچھ نہیں تھا۔ میر صاحب جیسے نیک اور پاکباز آدمی کے بارے میں ایسا سوچنا بھی پاپ تھا، لیکن اپنے رشتہ داروں کی ذہنیت سے وہ واقف تھے۔ ساری رات گزر گئی۔ سپیدۂ سحر نمودار ہوا۔ مسجد میں اذان کی آواز ہوئی، مندر کی گھنٹیاں بجنے

لگیں۔ رانا ایک عزم کے ساتھ اٹھے، صافے کے شملے سے منہ پر ڈھاٹا باندھا اور اصطبل سے گھوڑا کھول کر نکل گئے۔ حویلی میں نیند کی دیوی نے اپنی چادر پھیلا رکھی تھی۔ رانا جب میر صاحب کی حویلی پہنچے تو میر صاحب فجر کی نماز کے لیے حویلی کی مسجد کی طرف جا رہے تھے۔ رات بھر کا تھکا ہارا چوکیدار شاید سو گیا تھا۔ میر صاحب نے خود حویلی کا پھاٹک کھولا۔ رانا گھوڑے سے اتر پڑے۔ میر صاحب زیر لب مسکرائے جیسے وہ رانا کے منتظر ہوں۔ رانا نے میر صاحب کے ہاتھ تھام لیے۔

''بھائی سا، میں اولاد کی چاہ میں پاگل ہو رہا ہوں۔ میری ونتی ہے کہ آپ ٹھکرائن پر وہ عمل پڑھ کر پھونک دیں، جس کا ذکر کل بھابی سا نے کیا تھا۔ ہاں میں اپنی برداری سے ڈرتا ہوں۔ لوگ باتیں نہ بنائیں اس لیے میں اسی سمے شکروار کو ٹھکرائن کو لے کر آؤں گا تاکہ اجالا ہونے سے پہلے ہم واپس حویلی میں پہنچ جائیں۔''

میر صاحب نے رانا کے سر پر ہاتھ رکھ کر دعا دی ''اللہ تمھاری مراد ضرور پوری کرے گا۔ وہ اپنے بندوں کے یقین کی لاج رکھتا ہے۔ آپ اطمینان رکھیں، اس حویلی سے یہ بات کبھی باہر نہیں جائے گی۔''

رانا نے منہ پر ڈھاٹا باندھا اور فوراً واپسی کے لیے پلٹ گئے۔ میر صاحب نے آسمان کی طرف نظر کی اور دونوں ہاتھ دعا کے لیے اٹھا دیے۔

اتنی کہانی سنانے کے بعد پیر بابا خاموش ہو گئے۔ ہمایوں نے اپنی ریڈیم ڈائل والی گھڑی پر نظر ڈالی۔ دو بج رہے تھے۔ ''باقی کل'' اور پیر بابا اٹھ کھڑے ہوئے۔ لالہ نے انھیں سہارا دیا اور ان کے کندھوں پر سفید شال ڈال دی۔ وہ خود بھی سیاہ شال اوڑھے ہوئے تھی۔ رات کی خنکی بڑھ گئی تھی۔ چاند مغرب کی طرف جھک رہا تھا۔ ہمایوں سوچ رہا تھا کہ لوگ چاند سے اپنے محبوب کو کیوں تشبیہہ دیتے ہیں۔ بھلا چاند میں وہ صباحت وہ ملاحت کہاں! آدھی رات کے اس سنّاٹے میں پھیلی ہوئی پراسرار سی چاندنی میں آگے آگے چلتے ہوئے وہ باپ بیٹی کسی دوسری دنیا کی مخلوق معلوم ہو رہے تھے۔

گیارہواں باب

دوسری رات پیر بابا نے بغیر کسی تمہید کے کہنا شروع کیا

''میر صاحب کی ذمہ داریاں کچھ اور بڑھ گئی تھیں۔ رانا چندر بھان سنگھ نے جن علاقوں کو باغی سرداروں سے آزاد کروایا تھا، وہاں کی زمین کی پیمائش اور چوتھ کی رقم کا تخمینہ انھیں اسی ماہ پورا کرنا تھا، لیکن ٹھکرائن پر کیے جانے والے عمل کی وجہ سے انھوں نے اپنا جانا تین ہفتے کے لیے ملتوی کر دیا۔ اگلے جمعہ کو رانا نے سیوک جیسے کپڑے پہنے اور ٹھکرائن نے بھی داسیوں جیسا گھاگھرا چنی پہنی، بڑا گھونگھٹ نکالا۔ رانا نے منہ پر ڈھاٹا باندھا اور منہ اندھیرے ٹھکرائن کو گھوڑے پر بٹھا کر میر صاحب کی حویلی لے آئے۔ میر صاحب نے پھاٹک کھول رکھا تھا۔ ڈیوڑھی میں ریشم کے دبیز پردے کے پیچھے ٹھکرائن اور بیگم بیٹھیں اور دوسری طرف کرسیوں پر میر صاحب اور رانا بیٹھ گئے۔ میر صاحب نے ریشم کی ڈوری کا ایک سرا رانا کو دیا کہ وہ ٹھکرائن کو پکڑا دیں۔ رانا نے پردہ تھوڑا سا اونچا کر کے ڈوری ٹھکرائن کو تھما دی۔ دوسرا سرا میر صاحب کے ہاتھ میں تھا۔ میر صاحب کا چہرہ ایک جلال آمیز نور سے چمک رہا تھا۔ انھوں نے باآواز بلند عمل پڑھنا شروع کیا۔ دس منٹ کی قرآت کے بعد انھوں نے ڈوری چھوڑ دی، منہ پر ہاتھ پھیرے اور رانا کو اشارہ کیا کہ وہ ٹھکرائن کو لے جائیں۔ رانا کی نظر میر صاحب کے چہرے پر ٹھہر نہیں سکی۔ انھوں نے ٹھکرائن کا ہاتھ تھاما اور جیسے آئے تھے ویسے ہی چلے گئے۔ کسی نے ایک لفظ بھی منہ سے نہیں نکالا۔ تین ہفتے اسی طرح بخیر و خوبی گزر گئے۔

تیسرے اور آخری جمعہ کو میر صاحب نے سونے کے خول میں منڈھے ہوئے دو تعویذ بیگم کو دیے۔ ''ایک ٹھکرائن گلے میں پہن لیں اور دوسرا کمر میں باندھ لیں اور کسی حالت میں اپنے آپ سے الگ نہ کریں۔'' بیگم مہر النساء نے اپنے ہاتھ سے ریشم کی ڈوری میں پرو کر ایک تعویذ ٹھکرائن کے گلے میں ڈال دیا اور دوسرا کمر میں باندھ دیا۔ گلے لگا کر انھیں رخصت کیا۔ رانا کا دل نہ جانے کیوں پھول کی طرح ہلکا پھلکا ہو رہا تھا۔ واپسی میں اجالا پھیل گیا تھا۔ ڈر یہ تھا کہ حویلی میں جاگ ہو گئی ہو گی۔ اس لیے وہ ٹھکرائن کے ساتھ حویلی کے بڑے مندر میں گئے۔ بھگوان کے چرنوں کا سندور ٹھکرائن کی مانگ میں بھرا۔ ٹھکرائن نے رانا کے ماتھے پر تلک لگایا۔ حویلی میں پہنچے تو ماں سا جاگ چکی تھیں اور اشنان کے لیے جا رہی تھیں۔ ان دونوں کو باہر سے آتا دیکھ کر انھوں نے رانا کی طرف سوالیہ نظروں سے دیکھا۔ رانا جواب کے لیے تیار تھے ''ہم نے منت مانی ہے سات شکروار ماتا کے مندر جا کر پرارتھنا کریں گے۔'' ماں سا نے برا سا منہ بنایا، لیکن بولیں کچھ نہیں۔ ٹھکرائن نے سکھ کی سانس لی اور اپنے کمرے میں چلی گئیں۔

اگلے ہی دن میر سعادت علی نے سفر کی تیاری کر لی۔ اپنی ذاتی جاگیر کا دورہ کرتے ہوئے وہ چندن گڑھ، دیوگڑھ اور ہری نگر کے علاقوں کی پیمائش کے لیے روانہ ہونے والے تھے۔ میر صاحب کی چار گھوڑوں والی بگھی تیار کی گئی۔ ساتھ میں دو بیل گاڑیوں پر سفر کا سامان، گھوڑوں کا چارہ، پانی اور کھانے پینے کا سامان لادا گیا۔ جس پر کارندے اور خادم سوار تھے۔ چار گھوڑوں پر راج سینا کے چار بندوق دھاری سپاہی ساتھ تھے۔ میر صاحب رخصت ہونے کے لیے حویلی میں گئے۔ بیگم مہر النساء نے صدقہ اتارا، امام ضامن باندھا۔ میر صاحب نے ماہِ نور کو پیار کیا۔ صاحب زادے کو ہدایت کی کہ اپنی تعلیم کی طرف سے غافل نہ ہوں۔ پھر ان سے پوچھا ''بتایئے ہم آپ کے لیے سفر سے کیا لے کر آئیں گے؟'' صاحب زادے نے ایک لمحہ سوچا اور فوراً جواب دیا۔ ابّا جانی ہمارے لیے ایک دوست لے کر آیئے گا۔ ہمارے ساتھ کھیلنے کو کوئی دوست نہیں ہے۔ ہم

بہت تنہا محسوس کرتے ہیں۔ ماہِ نور تو ابھی بہت چھوٹی ہے۔''

میر صاحب مسکرائے۔ ''بیٹا ہم وعدہ تو نہیں کرتے، لیکن پوری کوشش کریں گے کہ آپ کے کوئی ہم جولی لے آئیں۔'' اور میر صاحب اپنے سفر پر روانہ ہو گئے۔

ان کی پہلی منزل رتن گڑھ تھا جو ان کی اپنی آبائی جاگیر تھی۔ میر صاحب کے دادا میر ذوالفقار علی سمرقند سے ہندوستان آئے تھے۔ ان کا پہلا قیام پشاور میں ہوا۔ یہاں ان کی ملاقات فتح محمد خاں نامی ایک سرحدی پٹھان سے ہوئی، فتح محمد کے انگور کے باغات تھے۔ وہ سات بھائی تھے، جو انگور کی کاشت کرتے تھے۔ خوشحالی تھی لیکن جائیداد کو لے کر بھائیوں میں چپقلش رہا کرتی تھی۔ فتح محمد خاں سب سے بڑے تھے۔ وہ ان حالات سے دل برداشتہ رہتے تھے۔ میر صاحب سے ملاقات ہوئی جو صوفی منش بزرگ تھے، جو علم حاصل کرنے اور علم پھیلانے کے لیے اکثر سفر اختیار کرتے رہتے تھے۔ فتح محمد خاں ان سے اس درجہ متاثر و معتقد ہوئے کہ جب میر صاحب نے پشاور سے اجمیر شریف جانے کا قصد کیا تو مع بیوی بچّوں کے وطنِ عزیز کو خیر باد کہہ کر ان کے ساتھ چلے آئے۔ اجمیر شریف حاضری کے بعد میر صاحب نے مان گڑھ کو اپنے قیام کے لیے منتخب کیا۔ مان گڑھ کا راجہ بھی ان کا معتقد ہو گیا۔ اس نے باصرار دربار میں کرسی پیش کی اور رتن گڑھ کی جاگیر نذر کر دی۔ میر صاحب نے فتح محمد خاں کو اپنا کارندہ اور مختارِ کل بنا کر رتن گڑھ بھیج دیا اور خود مان گڑھ میں حویلی تعمیر کی اور یہیں کے ہو رہے۔ تب سے ہی میر صاحب کے گھرانے کا رشتہ دربار سے جڑ گیا۔ میر ذوالفقار علی کے بعد ان کے بیٹے میر ہدایت علی اور ان کے بعد ان کے بیٹے میر سعادت علی مان گڑھ دربار سے منصب اور جاگیر حاصل کرتے رہے۔ نسلاً بعد نسل فتح محمد خاں کی اولاد بھی رتن گڑھ کی جاگیر کی دیکھ بھال کی ذمہ داری پوری ایمان داری، وفاداری اور جانفشانی سے نبھاتی رہی۔ فتح محمد خاں کے بعد ان کے بیٹے ولی محمد خاں کارندے بنائے گئے اور اب ان کے بیٹے دین محمد خاں اسی وفاداری سے میر سعادت علی کا دستِ راست بنے ہوئے تھے۔ میر صاحب انھیں

کارندہ نہیں، بلکہ بھائی کا درجہ دیتے تھے۔ دین محمد خاں شاذ و نادر ہی مان گڑھ جاتے تھے لیکن میر صاحب پابندی سے شاہی جاگیر اور ذاتی جاگیر کا معائنہ کرنے کے لیے سفر اختیار کرتے تھے۔ میر صاحب کا پہلا پڑاؤ رتن گڑھ ہی ہوا کرتا تھا۔ اس مرتبہ بھی میر صاحب نے رتن گڑھ میں کئی دن قیام کیا۔ ایک دن صبح میر صاحب اپنی بگھی پر کھیتوں اور باغوں کا معائنہ کرتے ہوئے ایک باغ کے قریب سے گزرے تو بانسری کی میٹھی آواز سن کر انھوں نے سائیس کو بگھی روکنے کا اشارہ کیا۔ دین محمد خاں ان کے ساتھ تھے۔ وہ کچھ بے چین سے ہو گئے۔ انھوں نے کچھ بولنا چاہا، لیکن میر صاحب نے ہاتھ کے اشارے سے انھیں چپ کروا دیا۔ میر صاحب ایک وجد کے عالم میں بانسری کی دھن سن رہے تھے کہ جو لڑکا درخت پر بیٹھا بانسری بجا رہا تھا اس کی نظر اس قافلے پر پڑی۔ اس نے بانسری بجانا بند کر دیا اور کود کر درخت سے اتر آیا۔ اس نے تمیز سے میر صاحب کو سلام کیا۔ میر صاحب نے سلام کا جواب دیتے ہوئے لڑکے کو غور سے دیکھا۔ وہ لڑکا جس کی عمر دس گیارہ سال تھی، ہاتھ میں بانسری لیے پورے اعتماد کے ساتھ میر صاحب کے سامنے کھڑا تھا۔ وہ نہ شرمایا نہ گھبرایا، میر صاحب نے پوچھا ''بانسری تم بجا رہے تھے؟''

لڑکے نے جواب دیا ''جی ہاں۔''

''بہت اچھی بانسری بجاتے ہو۔ صرف بجاتے ہی ہو یا سمجھتے بھی ہو کہ یہ بانسری کیا کہہ رہی ہے؟''

لڑکے نے فوراً مولانا روم کا شعر پڑھا

خشک تار و خشک چوب و خشک پوست
از کجا می آید ایں آوازِ دوست

میر صاحب لڑکے کی حاضر جوابی پر بے حد متحیر، لیکن محظوظ ہوئے۔ انھوں نے پوچھا ''یہ جو شعر تم نے پڑھا اس کا مطلب سمجھتے ہو؟''

لڑکے نے نفی میں گردن ہلا دی۔

’’پھر کہاں سے سنا؟‘‘

لڑکے نے جواب دیا ’’ایک بار مسجد میں ایک بابا آئے تھے، جتنے دن رکے مجھے بلا کر بانسری سنا کرتے تھے اور یہ شعر پڑھا کرتے تھے۔ میں نے یاد کرلیا۔‘‘

’’تم نے بابا سے شعر کا مطلب نہیں پوچھا؟‘‘

’’نہیں۔ بابا کا رعب بہت تھا۔ ڈر لگتا تھا۔‘‘ لڑکے نے صاف گوئی سے کہا۔

’’اس کا مطلب ہے کہ سوکھا ہوا تار ہے، سوکھی لکڑی ہے، سوکھا چھلکا ہے، پھر اس میں سے میرے دوست یعنی اللہ تعالی کی آواز کہاں سے آرہی ہے۔‘‘ میر صاحب نے سمجھایا۔

’’تم تو بڑے سمجھدار لرکے ہو۔ پڑھا لکھا بھی ہے یا صرف بانسری ہی بجائی ہے؟‘‘

’’جی میں نے اسی سال حافظہ پورا کیا ہے۔‘‘ لڑکے نے فخر سے بتایا۔

’’سبحان اللہ۔‘‘ میر صاحب وجد میں آگئے ’’کیا نام ہے؟‘‘

’’ایبک خان‘‘

’’کس کے بیٹے ہو؟ والد کیا کرتے ہیں؟ لڑکے نے دین محمد خاں کی طرف دیکھا۔

’’سرکار۔ یہ غلام زادہ ہے‘‘

’’ارے یہ آپ کا بیٹا ہے! کبھی آپ نے اپنے بچّوں سے ملوایا ہی نہیں۔ کتنے بچّے ہیں آپ کے؟‘‘

’’سرکار دو لڑکیاں اور تین لڑکے ہیں۔ لڑکیوں کی پچھلے سال شادی کردی۔ آپ کو یاد ہوگا ایک ماہ کی چھٹی لے کر پشاور گیا تھا۔ ہمارے یہاں رشتے ابھی تک وطن میں رشتہ داروں میں ہی ہوتے ہیں۔ دونوں بیٹیاں ماموں کے گھر بیاہی ہیں۔ لڑکوں میں ایبک خاں سب سے بڑا ہے، اس سے چھوٹا شمس خاں ہے اور گلزار خاں ابھی پانچ سال کا ہے، لیکن ایبک کی طرح پڑھنے میں تیز ہے۔ پہلا سپارہ حفظ کر رہا ہے۔ البتہ شمس خاں کا ذہن کمزور ہے۔ اسے کھیل کود سے زیادہ دلچسپی ہے۔‘‘

میر صاحب کے کہنے پر ایبک خاں بھی بگھی میں بیٹھ گیا تھا۔ بگھی ایک ایسے خطّے سے گزر رہی تھی، جہاں کی زمین بغیر فصل کے سونی پڑی تھی۔ میر صاحب نے دین محمد سے پوچھا ''خاں صاحب اس زمین پر کاشت کیوں نہیں ہو رہی ہے۔ بظاہر تو مٹی بھی پتھریلی یا بنجر معلوم نہیں ہوتی۔''

''سرکار، یہاں دو بار گیہوں کی فصل کے لیے بیج ڈالے گئے، پودے نکلے، لیکن سوکھ گئے۔''

ایبک خاں بولا ''ابّا میں نے پہلے بھی آپ سے کہا تھا کہ یہ مٹی گیہوں کے لیے ٹھیک نہیں ہے۔ یہاں تلہن بوئی جائے گی تو فصل اچھی ہوگی۔''

''بڑوں کے بیچ میں مت بولا کرو۔'' دین محمد نے ڈانٹا۔

''نہیں نہیں، بولنے دیجیے خاں صاحب۔ بیٹے تمھیں مٹی کی اتنی پہچان کیسے ہے اور یہ تم کیسے کہہ سکتے ہو کہ یہاں تلہن پیدا ہو سکتی ہے۔'' میر صاحب نے براہِ راست ایبک سے پوچھا۔

''پچھلے سال جب یہاں گیہوں کے بیج بوئے جا رہے تھے تو میں نے ایک کیاری میں تل بو دیے تھے۔ گیہوں کے پودے تو مہینہ ڈیڑھ مہینے میں ہی سوکھ گئے، لیکن میری کیاری میں تلوں کی فصل اچھی گئی۔''

''خاں صاحب آپ کے بیٹے میں تو یہ خدا داد صلاحیت ہے۔ اس سے فائدہ اٹھائیے۔'' پھر میر صاحب نے ایبک سے کہا۔ ''اس سفر میں ہم کچھ نئی زمینوں کی جانچ کرنے جا رہے ہیں۔ ہمارے ساتھ چلو گے؟''

ایبک نے فوراً جواب دیا ''اگر ابّا اجازت دیں گے تو بہت خوشی سے جاؤں گا۔''

خاں صاحب نے سر جھکا دیا ''میر صاحب آپ کا غلام ابنِ غلام ہے۔ میرے لیے فخر کی بات ہے کہ آپ اسے یہ عزت بخش رہے ہیں۔''

انھوں نے ایبک سے کہا ''تو پھر اپنا بکس بھی بیل گاڑی میں رکھوا دینا ہم کل صبح ہی

روانہ ہو جائیں گے اور ہاں اپنی بانسری رکھنا نہیں بھولنا۔''

''حضور یہ بانسری تو جان کے ساتھ ہے۔'' ایبک نے پیار سے بانسری کو سہلاتے ہوئے اعتماد سے کہا۔

اگلے دن ایبک خان میر صاحب کا ہم سفر تھا۔ میر صاحب نے ایبک کو اپنے ساتھ بگھی میں جگہ دی تھی۔ ایبک کی ذہانت سے وہ بہت متاثر تھے۔ ایبک کا حافظہ بھی اچھا تھا۔ میر صاحب دورانِ گفتگو عادتاً فارسی کے اشعار پڑھتے، ایبک انھیں یاد کر لیتا۔ پھر میر صاحب اسے اشعار کا مطلب بتاتے۔ ایبک کو خداداد صلاحیت کے طور پر مٹی کی پہچان کا ہنر ملا تھا۔ نئے علاقوں میں ایبک جگہ جگہ کی مٹی اٹھا کر دیکھتا اور میر صاحب کو بتاتا کہ اس مٹی میں کون سی فصل اچھی رہے گی۔ بعض مٹیوں کو دیکھ کر اس نے کہا کہ یہاں باجرا اور راگی کے سوا کچھ نہیں اُگے گا۔ میر صاحب نے علاقے کے کسانوں سے دریافت کیا تو انھوں نے ایبک کے اندازے کی تصدیق بھی کر دی۔ میر صاحب نے فیصلہ کیا کہ وہ دین محمد خان سے ایبک کو مانگ لیں گے، اسے اعلیٰ تعلیم دلوائیں گے اور اس کی صلاحیتوں کو نکھرنے اور سنورنے کا موقع دیں گے۔ اپنے بیٹے سے کیا ہوا وعدہ بھی انھیں یاد تھا کہ اگر ممکن ہوا تو اس کے لیے ایک دوست لے کر آئیں گے۔ ایبک سے اچھا دوست صاحبزادے کے لیے اور کون ہوگا۔ ایبک کی ذہانت اور طلب علم صاحبزادے کے لیے بہتر ہی ثابت ہوگی۔ تقریباً دو ماہ کا عرصہ میر صاحب کو نئے علاقوں کا دورہ کرنے اور پچھلے سال کی بقایا چوتھ وصول کرنے میں لگا۔ ان دو ماہ میں میر صاحب نے ایبک کو ہر طرح آزمایا اور ہر طرح کھرا پایا۔ وہ ہر کام سیکھنے میں دلچسپی دکھاتا تھا اور بہت جلد سیکھ بھی جاتا تھا۔ زمین کی پیمائش اور حساب کتاب کا اس نے اس عرصے میں گہرائی سے مشاہدہ کیا تھا اور کارندوں کا ہاتھ بھی بٹایا تھا۔ واپسی میں جب میر صاحب نے رتن گڑھ میں قیام کیا تو انھوں نے دین محمد خاں کے سامنے اپنی خواہش کا اظہار کیا۔

''خاں صاحب آپ کا لڑکا ماشاءاللہ بہت سمجھدار اور ذہین ہے۔ حافظہ آپ کرواہی

چکے ہیں۔ اگر آپ راضی ہوں تو اسے اپنے ساتھ مان گڑھ لے جاؤں۔ وہاں میں اسے بہترین تعلیم دلواؤں گا، میرا بیٹا بھی تقریباً اسی کا ہم عمر ہے۔ یقن جانیے یہ بھی میرا بیٹا بن کر ہی جائے گا اور میں کبھی دونوں میں کوئی تفریق نہیں کروں گا۔''

دین محمد کچھ تذبذب میں نظر آئے'' سرکار یہ نہ کہیں۔ یہ تو غلام زادہ ہے، آپ کی خدمت میں رہ کر کچھ سیکھ جائے گا تو قسمت بن جائے گی ،لیکن سرکار میں اس کی ماں اور اپنی والدہ سے مشورہ کرنے کے بعد ہی کچھ عرض کرسکوں گا۔ ماں کا دل ہے، پتہ نہیں بیٹے کی جدائی برداشت کرنے کو تیار ہو یا نہ ہو۔''

''خاں صاحب آپ شوق سے اس کی ماں اور دادی سے مشورہ کر لیجیے اور ان کو یقین دلا دیجیے کہ میں اسے بیٹا بنا کر لے جا رہا ہوں۔ دوسرے یہ پابندی سے آپ لوگوں سے ملنے آتا رہے گا۔ اس طرف سے بے فکر رہیے۔ میری کل صبح روانگی ہے۔ اس سے پہلے فیصلہ کر لیجیے گا۔''

شام کو خان صاحب نے بتایا کہ اس کی ماں اور ماں سے زیادہ دادی کسی طرح اسے دُور بھیجنے پر راضی نہیں ہیں۔ ابھی سے رونا دھونا شروع کر دیا ہے۔ میر صاحب خاموش رہ گئے۔ اگلے دن صبح میر صاحب روانگی کے لیے تیار تھے۔

سامان بیل گاڑیوں پر لادا جا چکا تھا۔ رتن گڑھ کا تحفہ سبزیاں، گڑ، تیل کے ڈبّے، اناج کی بوریاں ایک الگ بیل گاڑی پر لا دی گئیں تھیں ۔ میر صاحب بگھی پر سوار ہو رہے تھے تو دیکھا وہ اپنا ٹین کا بکس اور بستر بندا اٹھائے بھاگا چلا آ رہا ہے۔ میر صاحب کے چہرے پر ایک اطمینان آمیز مسکراہٹ دوڑ گئی۔ سامان بیل گاڑی پر رکھنے کے بعد دین محمد خاں اس کا ہاتھ پکڑ کر میر صاحب کے پاس لائے اور کہا

''سرکار ایبک خان کو آپ کے حوالے کر رہا ہوں ۔ رات کو میں نے اس کی ماں اور دادی کو سمجھایا کہ سرکار کے پاس رہ کر اس کی زندگی سنور جائے گی۔ گاؤں میں رہ کر بانسری بجانے اور کھیتی باڑی کرنے کے سوا اور کیا کر پائے گا۔ بڑی مشکل سے دونوں

خواتین کو راضی کیا۔ ایبک خاں خود بھی آپ کے ہمراہ جانے پر بضد تھا۔''

میر صاحب نے ایک مرتبہ پھر دین محمد خاں کو یقین دلایا کہ وہ ان کے گھر پر ان کے بیٹے کی طرح رہے گا اور اس طرح ایبک کی زندگی کا نیا سفر شروع ہوا۔

مان گڑھ پہنچے تو رات ہو چکی تھی۔ بچّے سو گئے تھے۔

میر صاحب نے مہمان خانے میں ایبک کے ٹھہرنے کا انتظام کروایا اور ملازم کو ہدایت کی کہ اس کا ہر طرح خیال رکھے۔

اگلے دن صبح نماز اور عمل اعمال سے فارغ ہو کر میر صاحب بچّوں سے ملے۔ ماہِ نور کو پیار کیا۔ صاحبزادے کے سر پر بوسہ دے کر ان سے تعلیم کے بارے میں دریافت کیا۔ صاحبزادے نے دھیمی آواز میں پوچھا ''ابّا جانی کیا ہمارا تحفہ نہیں لا سکے؟''

میر صاحب مسکرائے۔ صاحب زادے کا ہاتھ پکڑ کر مہمان خانے میں لائے۔ ایبک نہا دھو کر تیار بیٹھا تھا۔ میر صاحب نے صاحبزادے سے کہا ''لیجیے ہمارا وعدہ اور آپ کا تحفہ۔ آپ کا دوست ایبک خاں اور ایبک خاں یہ ہمارے صاحب زادے ہیں، میر ظفریاب۔ آج سے آپ دونوں دوست بھی ہیں اور بھائی بھی۔''

صاحبزادہ ظفریاب کا چہرہ خوشی سے تمتما رہا تھا۔ وہ ایبک کی طرف بڑھے اور ایبک نے بھی والہانہ انداز میں ان سے مصافحہ کیا۔ ظفریاب ایبک سے بغل گیر ہو گئے۔ قبل اس کے کہ میر صاحب اور کچھ کہتے۔ ملازم نے رانا چندر بھان کی آمد کی اطلاع دی۔ میر صاحب نے کہا ''یہیں بلا لو۔''

رانا چندر بھان مہمان خانے میں داخل ہوئے۔ پیچھے دو ملازم مٹھائی کے ٹوکرے سر پر اٹھائے ہوئے ساتھ تھے۔ ملازم ٹوکرے ایک طرف رکھ کر چلے گئے تو رانا میر صاحب کے قدموں پر گر پڑے۔ خوشی ان کے چہرے سے پھوٹی پڑ رہی تھی اور آنکھوں سے عقیدت اور محبت کے آنسوؤں کی لڑیاں بہہ رہی تھیں۔ میر صاحب نے انھیں اٹھا کر گلے سے لگا لیا، وہ سمجھ تو گئے تھے لیکن رانا کے منہ سے سننا چاہتے تھے کہ جو

کچھ سمجھے ہیں وہ صحیح ہے یا نہیں۔ خیر و عافیت پوچھی تو رانا نے میر صاحب کا ہاتھ اپنے ماتھے سے لگاتے ہوئے خوشی سے لرزتی ہوئی آواز میں اطلاع دی۔

''بھائی سا، ٹھکرائن امید سے ہے۔ تیسرا مہینہ چل رہا ہے۔ بھائی سا، آپ تو بھگوان کا روپ ہیں۔ آپ نے انہونی کو ہونی کر دیا۔ میں تو ساری عمر آپ کے چرن دھو کر پیوں تب بھی آپ کا احسان نہیں چکا سکتا۔''

میر صاحب نے رانا کو ہاتھ پکڑ کر اپنے پاس بٹھایا۔

''رانا میں تو اس ذاتِ باری تعالیٰ کا ایک گناہ گار بندہ ہوں۔ قادر مطلق تو وہ ہے۔ اسی نے میرے عمل اور دعا کو قبولیت دی۔ اس کا لاکھ لاکھ شکر ہے۔ آپ کو بہت بہت مبارک ہو۔ اب آپ کے گھر بھی لکشمی آنے والی ہے میر صاحب نے رانا کو گلے لگا کر مبارکباد دی اور ملازم کو بلا کر ہدایت کی کہ رانا کے ساتھ پھل اور مٹھائی کے ٹوکرے کر دیے جائیں۔''

پیر بابا خاموش ہوئے تو وہ تینوں جیسے ہوش میں آ گئے۔

لالہ نے کہا ''بابا۔ آپ بہت تھک گئے ہیں۔ اب آرام کیجئے۔''

اس نے سہارا دے کر پیر بابا کو اٹھایا۔

یہ دونوں بھی اٹھ کھڑے ہوئے۔

ہمایوں ظفر اپنے اندر ایک عجیب سی بے چینی کا احساس لیے ایڈورڈ کے ساتھ اپنے کمرے کی طرف روانہ ہو گیا۔

بارہواں باب

اگلے دن صبح ہمایوں اور ایڈی بہت دیر تک سوتے رہے۔ آنکھ کھلی تو نو بج رہے تھے۔ ہمایوں گھبرا کر اٹھا، ایڈی کو جگایا۔ باتھ روم کے باہر بہشتی بھری ہوئی مشک لیے بیٹھا ان کا انتظار کر رہا تھا۔ بہشتی روزانہ ضروریات کے لیے کنویں سے پانی کھینچ کر بھرا کرتا تھا۔ ان دونوں کے غسل وغیرہ سے فارغ ہونے کے بعد دن بھر کی ضرورت کا پانی بالٹیوں اور ٹنکی میں بھرنے کے بعد ہی وہ جاتا تھا۔ ہمایوں نہا کر نکلا تو بہشتی نے دوبارہ ایڈی کے لیے بالٹیوں میں پانی بھر دیا اور مشک لے کر کنویں کی طرف چلا گیا۔ آج انھیں ناشتہ اکیلے ہی کرنا پڑا۔ دیر اتنی ہوگئی تھی کہ پیر بابا نے تو ناشتہ کر ہی لیا ہوگا۔ رمضانی ان کی مہمان نوازی کے لیے موجود تھا۔ ہمایوں نے شرمندگی کے جذبے کے تحت کہا۔

"آج ہمیں جاگنے میں بہت دیر ہوگئی، پیر بابا کیا سوچتے ہوں گے۔"

"یار سوئے بھی تو رات کے تین بجے تھے۔ تین گھنٹے کی نیند لے کر چھ بجے کیسے اٹھ سکتے تھے۔"

"دوپہر بھر بھی تو ہم سوتے ہی ہیں اور کام ہی کیا ہے یہاں۔"
ہمایوں ماننے کو تیار نہیں تھا۔

"یار رات کی نیند کی کسر دن میں سو کر پوری نہیں ہوتی۔" ایڈی نے توجیہہ پیش کی۔

"یار تُو تو انگریز باپ کا بیٹا ہے۔ انگریز تو بڑے اسمارٹ ہوتے ہیں، تُو اتنا کاہل کیسے ہوگیا؟"

''میری ماں تو ہندوستانی ہی تھی نہ!'' دونوں نے قہقہہ لگایا۔

آج باہر کچھ غیر معمولی چہل پہل تھی۔ کئی اجنبی چہرے نظر آئے۔ رمضانی سے پوچھا تو اس نے آسمان کی طرف اشارہ کر کے کچھ کہا جو ان کے پلّے نہیں پڑا۔ یہ دونوں بھی باہر نکل آئے۔ آج آسمان پر زردی سی کھنڈی ہوئی تھی۔ کہیں کہیں کچھ سیاہی بھی نظر آ رہی تھی۔ عجیب بے رس سا موسم تھا، لیکن باڑی کی چہل پہل نے اس موسم میں زندگی کی رمق دوڑا دی تھی۔ گاؤں کی عورتیں اناج کی پونیاں سروں پر رکھے ہوئے تیزی سے گودام کی طرف جا رہی تھیں۔ ہمایوں کو پتہ تھا کہ پچھلے دو دن سے گیہوں کی کٹائی کا کام چل رہا تھا۔ اس کے لیے قریبی گاؤں سے مزدوروں کو بلایا گیا تھا۔ کٹے ہوئے گندم کے گٹھے بنا بنا کر ڈھیر کیے جا رہے تھے۔ آج ان گٹھوں کو گودام تک پہنچانے کا کام کچھ غیر معمولی تیزی سے ہو رہا تھا۔ ایک طرف انھیں لالہ نظر آئی۔ جو رمضانی، بابو خاں اور بسم اللہ کی مدد سے بڑے بڑے ترپال سبزی کی باڑی پر پھیلا کر زمین میں گڑی ہوئی میخوں سے بندھوا رہی تھی۔ یہ لوگ اسی طرف چلے آئے۔

''خیریت تو ہے، لالہ۔ یہ سب کیا ہو رہا ہے؟'' ہمایوں نے ترپال کی مضبوط ڈوری لالہ کے ہاتھ سے لے کر میخ سے باندھتے ہوئے پوچھا۔

''آسمان کا یہ رنگ دیکھ رہے ہیں۔ یہ اس بات کی علامت ہے کہ زبردست آندھی اور طوفان آنے والا ہے۔ بابا کا خیال ہے کہ رات تک اولے بھی پڑ سکتے ہیں۔''

لالہ نے بتایا۔

''اولے اور اس موسم میں!'' ایڈی نے حیرت سے پوچھا۔ وہ دونوں بھی لالہ کے ساتھ ترپال پھیلانے اور بندھوانے میں مدد کرنے لگے۔

''یہاں اسی موسم میں کبھی کبھی اولے پڑ جاتے ہیں، جب دو مخالف سمتوں سے آتی ہوئی ہوائیں ایک دوسرے سے ٹکراتی ہیں۔ شمال کی طرف سے آنے والی ہوا میں اگر نمی زیادہ ہوتی ہے تو گرج چمک کے ساتھ بڑے بڑے اولے گرتے ہیں۔ کئی مرتبہ تو بغیر

بارش کے اولا باری ہوتی ہے، جو پوری فصل تباہ کر دیتی ہے۔ وہ تو شکر ہے کہ گیہوں کٹ چکا ہے۔ صرف دالوں کے کچھ کھیتوں کے تباہ ہونے کا امکان ہے۔ ہم نے یہ ترپال اسی لیے بنوائے کہ کم سے کم سبزی کی فصل کو بچا سکیں۔''

یہ ترپالیں بہت موٹے اور سخت کپڑے کی تھیں، جن پر پلاسٹک منڈھا ہوا تھا۔ شاید وہ مضبوط میخیں بھی اسی لیے گاڑی گئی تھیں۔ تقریباً دو گھنٹے کی محنت کے بعد وہ اپنے خاص خاص کھیتوں اور کیاریوں کو محفوظ کرنے میں کامیاب ہوئی۔ ایک مرتبہ پیر بابا بھی کام کی نگرانی کرنے آئے۔ ان دونوں کو کام کرتے دیکھ کر مسکرائے اور لالہ سے مخاطب ہو کر بولے''تم نے ان شہری لڑکوں کو بھی کام میں جوت دیا!''

ہمایوں جلدی سے بولا''نہیں بابا، ہم لوگ خود ہی مدد کروانے کی کوشش کر رہے ہیں۔ ہمیں یہ تجربہ بڑا نیا اور انوکھا لگ رہا ہے۔'' پیر بابا مسکرائے اور تسبیح کے دانے گھماتے ہوئے پیچھے کی طرف چلے گئے، جہاں عورتیں اناج کے کھلیان کو گودام میں منتقل کر رہی تھیں۔ ترپالیں پھیلانے کے بعد لالہ چبوترے کی طرف متوجہ ہوئی۔ بھورے خاں اور رمضانی لوہے کے موٹے اور مضبوط تاروں سے بنے گنبد نما جنگلے لیے کھڑے تھے۔ لالہ نے اپنی نگرانی میں گلابوں کی تینوں کیاریوں کو جنگلوں سے ڈھک کر چاروں طرف لگے کنڈوں سے بندھوا دیا۔ بھورے خاں آج ہی صبح میکینک کو لے کر شہر سے لوٹے تھے۔ میکنیک نے ان کی جیپ ٹھیک کر دی تھی اور اب پیر بابا کی جیپ کی مرمت کر رہا تھا۔ لالہ نے بھورے خاں کو ہدایت دی کہ تینوں گاڑیاں گیراج کے اندر رکھ دی جائیں۔ ہمایوں نے آج دیکھا کہ چبوترے پار اس شیڈ کے پیچھے ایک بڑا گیراج بھی تھا، جس میں تین گاڑیاں آرام سے کھڑی کی جا سکتی تھیں۔ یہ ساری عمارتیں پتھروں کی بنی ہوئی تھیں، جن پر گرڈر کے ساتھ جودھپوری پٹیوں کی چھت تھی۔ یہ انتظام غالباً موسم اور آب و ہوا کے مطابق ہی کیا گیا ہوگا۔ یہاں تک کہ گایوں کو باندھنے کے لیے بھی ایسا ہی تھان تھا۔ دن میں گائیں اور بیل چھپر کے شیڈ میں کھڑے رہتے اور رات کو انھیں تھان

پر باندھ دیا جاتا تھا۔ لالہ نے بتایا کہ چھپر اور ٹین کے شیڈ اس موسم کو کہاں سہار سکتے ہیں۔ اڑ کر کہیں کے کہیں پہنچتے ہیں اور ٹین میں تو اولوں سے سوراخ تک ہو جاتے ہیں۔ دو پہر دو بجے تک سارے انتظامات مکمل ہو چکے تھے۔ آسمان کا رنگ سیاہی مائل مٹیالا ہوتا جا رہا تھا۔ ہوا ابھی بہت تیز نہیں ہوئی تھی لیکن ایسا محسوس ہو رہا تھا جیسے ریت کے ذرے آسمان سے برسنے شروع ہو گئے ہوں۔ پیر بابا نے آکر ہدایت کی ''کھانا جلدی کھالو۔ ورنہ کھانے کے ساتھ ریت بھی ہضم کرنی پڑے گی۔ مثل مشہور ہے اس موسم میں یہاں آدھ پاؤ چون (آٹا) کے ساتھ پاؤ بھر باتی بھی کھانی پڑتی ہے۔''

دالان میں اندر کی طرف چکوں کے اوپر سبز کپڑا چڑھے پردے کھول دیے گئے تھے، جس کی وجہ سے بالکل ہی اندھیرا ہو گیا تھا۔ آج کھانا اندر کے کمرے میں لگایا گیا تھا، کیونکہ آندھی کے جھکڑ تیز ہونے شروع ہو گئے تھے۔ سامنے کے آسمان پر چکراتے ہوئے بگولے ایسا لگتا تھا جیسے کالے دیو بڑھے چلے آرہے ہوں۔ ہمایوں اور ایڈورڈ نے پہلی مرتبہ اندر کے مکان میں قدم رکھا تھا۔ اونچی چھتوں والے بڑے بڑے کمرے تھے، جس کمرے میں انھوں نے کھانا کھایا وہ غالباً ڈرائنگ کم ڈائننگ روم کے طور پر استعمال ہوتا ہوگا۔ ایک طرف ایک جہازی صوفہ سیٹ رکھا ہوا تھا اور ایک طرف بڑی سی سیاہ لکڑی کی ڈائننگ ٹیبل اور اونچی پشت والی کرسیاں سجی ہوئی تھیں۔ کارنس پر کرسٹل کا خوبصورت سجاوٹی سامان سجا ہوا تھا۔ کونوں میں چینی کے دلفریب قد آور گلدان سجے ہوئے تھے۔ ایک نیچی نقشین لکڑی کی تپائی پر اونچا، لمبا سا حقّہ رکھا تھا۔ درمیانی میز بھی کافی بڑی تھی جس پر چاندی کے گلدان میں تازہ پھول سجے ہوئے تھے۔ کھانے کی میز کے پاس قد آدم شیشے کی الماری میں نفیس کراکری قرینے سے سجی تھی۔ کارنس پر دونوں طرف دو بڑے بڑے بلوری شمع دانوں میں بڑی بڑی شمعیں روشن تھیں۔ چھت پر بہت بڑا جھاڑ فانوس لٹک رہا تھا۔ کھانا ڈائننگ ٹیبل پر ہی کھایا گیا۔ آج کھانے میں لالہ بھی شریک تھی۔

کھانے کے دوران ہی تیز آندھی شروع ہو گئی۔ سارے دروازے اور کھڑکیاں پہلے ہی بند کی جا چکی تھیں۔ اتنا اندھیرا تھا کہ اگر شمعیں اور لالٹین جا بجا روشن نہ ہوتیں تو ہاتھ کو ہاتھ نہ سجھائی دیتا۔ پیر بابا نے اندازہ ظاہر کیا۔

''میرا خیال ہے ایک دو گھنٹوں میں ژالہ باری شروع ہو جائے گی۔ دروازے مت کھولنا۔ اور تم...'' انھوں نے میز کے پاس کھڑے ہوئے شبراتی کو مخاطب کیا۔

''خبردار، اولے سمیٹنے باہر مت نکلنا۔''

''جو حکم۔'' شبراتی نے زور زور سے سر ہلا کر تعمیلِ حکم کی حامی بھری۔

لالہ نے ایڈی کو بتایا تھا۔

''شاید پانچ سال پہلے جب یہاں اولے پڑے تھے تو یہ عالم تھا کہ جیسے کسی نے سفید رنگ کے ترشے ہوئے پتھروں کا ڈھیر لگا دیا ہو۔ ایک ایک اولا کم سے کم آدھا آدھا سیر کا تھا۔''

ایڈورڈ نے حیرانی سے پوچھا ''اتنے بڑے اولوں سے بڑا نقصان ہوا ہوگا؟''

''بہت زیادہ۔ ٹین کے سائبان میں سوراخ ہو گئے تھے۔ درختوں سے سارے پتّے جھڑ گئے تھے۔ اس سال گیہوں کی فصل کٹنے کے بعد کھیتوں میں رکھی تھی، گودام میں نہیں پہنچائی جا سکی تھی۔ گیہوں اور سبزیوں کی فصل تو مکمل طور پر تباہ ہو گئی تھی۔ مجھے یاد ہے اس سال کئی ماہ تک ہمیں صرف آلو پیاز اور دالوں پر گزارا کرنا پڑا تھا۔ اس لیے پھر بابا نے یہ تمام انتظام کروایا۔ ٹین کی چھتیں جہاں جہاں تھیں وہاں پتھر کی چھتیں ڈالی گئیں اور سبزیوں کی فصل کو بچانے کے لیے اسپیشل قسم کی ترپالیں بنوائی گئیں۔''

''کیا اس کے بعد پھر ویسے ہی اولے پڑے؟'' ہمایوں نے پوچھا۔

''میرا خیال ہے کہ نہیں پڑے۔ میرے انگلینڈ کے دورانِ قیام پڑے ہوں تو پتہ نہیں۔ کیوں بابا؟'' لالہ نے پیر بابا سے تصدیق چاہی۔

''نہیں اس سائز کے اولے تو پھر نہیں پڑے، لیکن آج لگتا ہے کہ جو ژالہ باری

ہو گی، ان کا سائز بھی کافی بڑا ہو گا۔ آسمان کا رنگ یہی بتا رہا ہے۔''

ابھی یہ لوگ باتیں کر ہی رہے تھے کہ بڑے زور سے بادلوں کے گرجنے کی آوازیں آنے لگیں۔ بعض گرج تو اتنی تیز تھی جیسے بجلی اب گری کہ تب گری۔ بند دروازوں میں سے بھی بجلی کے چمکنے کی روشنی محسوس کی جا سکتی تھی۔

پیر بابا اٹھ کھڑے ہوئے اور شبراتی سے بولے۔

''تم لوگ بھی جلدی ہی کھانا کھا لو اور باورچی خانہ بند کر کے اپنے گھر چلے جاؤ اور دیکھو، باہر مت نکلنا۔'' پھر لالہ سے مخاطب ہو کر کہنے لگے ''میں اپنے کمرے میں جا رہا ہوں، تم ظہر کی نماز کے بعد سورہ 'رعد' کا ورد کر لو۔''

پیر بابا کے جانے کے بعد یہ دونوں بھی اٹھ کھڑے ہوئے۔ ہمایوں نے لالہ سے کہا

''ایک قرآن شریف مجھے بھی دے دیں۔''

''آپ نے قرآن پڑھا ہے؟'' لالہ نے حیرت سے پلکیں اٹھائیں۔

''جی ہاں۔ ابّا جان نے قرآن ختم کروانے کے بعد ہی اسکول میں داخلہ کروایا تھا۔ ہاسٹل میں تو پابندی نہیں ہوتی تھی لیکن جب گھر جاتا تھا تو ابّا جان بغیر تلاوت کیے ناشتہ نہیں کرنے دیتے تھے۔'' ہمایوں نے ہنس کر بتایا۔ لالہ کچھ بولی نہیں لیکن اس کے چہرے سے ظاہر ہوتا تھا کہ اسے یہ سن کر اچھا لگا۔ بجلی لگاتار چمک رہی تھی۔ لالہ نے ایک چھوٹا سا قرآن مجید جو سبز ریشمی جزدان میں لپٹا ہوا تھا چوم کر ہمایوں کو دے دیا۔ وہ دونوں اپنے کمرے میں آ گئے۔ شبراتی بھی میز سے کھانے کے برتن بڑھا کر جا چکا تھا۔ ہمایوں نے وضو کر کے ظہر کی نماز ادا کی۔ بادلوں کی گرج دل دہلائے دے رہی تھی۔ ایڈورڈ نے برآمدے کی چک ذرا سی ہٹا کر جھانکا۔ باہر گھپ اندھیرا تھا۔ ہوا کی تیزی خدا کی پناہ! اندھیرے میں بڑے بڑے درخت کسی دیو کی طرح جھوم رہے تھے اور بجلی کسی دیو پیکر سفید سانپ کی طرح لہرا کر پل بھر کے لیے ماحول کی ہولناکی میں اضافہ کر دیتی تھی۔ ایک مرتبہ تو بجلی اتنے زور سے چمکی اور ایسی گرج ہوئی کہ کان سماعت سے تھوڑی

دیر کے لیے معذور ہو گئے۔ اس کے بعد تڑاتڑ اولے گرنے کی آواز آئی۔ ٹینس کی بال کے برابر اولوں کا مینہہ برس رہا تھا۔ گرج چمک اور چھت پر اولے گرنے کی کرخت آواز نے ماحول کو ازحد خوفناک بنا دیا تھا۔ تقریباً ایک گھنٹے تک اولے گرتے رہے۔ کبھی زور کم ہو جاتا اور کبھی بڑھ جاتا۔ شام کے قریب طوفان تھما۔ پیر بابا، لالہ، شبراتی اور بھورے خاں باہر نکل کر طوفان کی تباہ کاری کا جائزہ لے رہے تھے۔ ساری زمین ٹوٹے ہوئے پتّوں سے پٹی پڑی تھی۔ ریت کے گڑھوں میں ابھی تک اولے پگھلے نہیں تھے۔

پیر بابا نے شبراتی سے کہا ''اندر سے پرات لے آؤ۔ اولے اکٹھے کرلو اور دھو کر بوتلوں میں ڈال دو۔'' پھر ہمایوں سے مخاطب ہو کر بولے ''میرے مولا کی شان دیکھو۔ ہر شے میں کچھ نہ کچھ مسیحائی کا سامان رکھا ہے۔ اولوں کے پانی کو اگر جلی ہوئی جلد پر لگا لو تو نہ چھالا پڑتا ہے اور نہ جلے کا نشان رہتا ہے۔''

''واقعی۔ تب تو ایک بوتل میں بھی لے جاؤں گا۔ باورچی خانے میں کام کرتے ہوئے۔ اکثر امی جان کا ہاتھ جل جاتا ہے۔''

پیر بابا مسکرائے۔ ''ضرور لے جانا، اللہ تمھاری سعادت مندی میں اضافہ کرے۔''

وہ لوگ ذرا آگے بڑھے تو بعض درختوں کی ٹوٹی ہوئی ٹہنیاں دکھائی دیں۔ کھیت بالکل تہہِ زمین ہو گئے تھے۔ ایک بھی ڈال سلامت نہیں تھی۔ ترپال کے اوپر کے اولے ابھی تک پگھلے نہیں تھے۔ رمضانی خوشی خوشی پراتوں میں اولے بھر رہا تھا اور بسم اللہ انھیں دھو کر بالٹی میں ڈالتی جا رہی تھی۔ جب ترپال ہٹائی گئی تو خدا کی شان کا کرشمہ نظر آیا۔ سبزی کی فصل کو نقصان نہیں پہنچا تھا۔ صرف ذرا اونچے والے پودے دب کر تر چھے ہو گئے تھے۔ ترئی اور لوکی کی جو بیلیں بڑے درختوں پر چڑھی ہوئی تھیں، پیڑوں نے ان کی پوری حفاظت کی تھی۔ البتہ بڑی بڑی توریاں اور لوکیاں کھیت ہو رہی تھیں، جنھیں بھورے خاں سمیٹ کر باورچی خانے میں پہنچا رہے تھے۔ آسمان اس طرح صاف ہو چکا تھا، جیسے کچھ ہوا ہی نہ ہو۔ تارے بچّوں کی طرح آنکھ مچولی کا کھیل کھیل رہے تھے اور

طوفان کی تباہ کاری پر ہنس رہے تھے۔

ٹھنڈ بڑھ گئی تھی۔ پیر بابا اور لالہ اپنے ملازمین کو ہدایت دے کر اندر آ گئے۔

ایڈورڈ اور ہمایوں بھی برآمدے میں چلے آئے۔

ان دونوں نے برآمدے کے پردے باندھنے میں لالہ کی مدد کی۔

شام کی چائے کے دوران پیر بابا نے کہا:

''بچّو، آج تمھاری کہانی تو آگے نہیں بڑھ پائے گی۔ انشاء اللہ کل رات پر رکھتے ہیں۔'' ہمایوں نے سر جھکا دیا۔ پھر وہ لالہ سے مخاطب ہوئے ''لالہ کل صبح ان لوگوں کو لائبریری دکھا دینا۔ دل بہلانے کے لیے کوئی کتاب دیکھ لیں گے۔''

اگلے دن ناشتے کے بعد لالہ ان کو برآمدے کے دوسرے سرے پر بنے ہوئے کمرے میں لے کر آئی ۔ کمرے کا تالہ کھلا تو ایڈورڈ حق دق رہ گیا۔ ایسی شاندار لائبریری اور اس ویرانے میں! وہ سوچ بھی نہیں سکتے تھے۔

گزشتہ رات کو جب پیر بابا نے انھیں لائبریری دکھانے کی بات کی تھی تو انھوں نے سوچا تھا کوئی چھوٹا کمرہ ہوگا، جس میں دو چار الماریوں میں دو چار سو کتابیں رکھی ہوں گی، لیکن یہ تیس فٹ لمبا، پندرہ فٹ چوڑا شاندار کمرہ تھا، جس میں پچیس تیس قدِ آدم الماریاں کتابوں سے بھری ہوئی تھیں۔ الماریوں پر باقاعدہ چٹ لگا کر کتابوں کی فہرست لکھ دی گئی تھی ۔ اردو، انگریزی، ہندی، فارسی، عربی، تاریخ، فلسفہ، شاعری، ادب، دینیات، طب، غرض ہر موضوع پر پچاسوں کتابیں تھیں۔

انگریزی فکشن سے ایک الماری بھری ہوئی تھی ۔ ایڈورڈ تو کھل اٹھا۔ فکشن خصوصاً انگریزی فکشن اس کی کمزوری تھی ۔ اسے افسوس ہو رہا تھا کہ وہ یہاں پہلے کیوں نہیں آیا۔ خواہ مخواہ سو سو کر وقت برباد کرتا رہا۔ کتابیں دیکھنے میں وہ اتنا منہمک ہوا کہ گرد و پیش کا ہوش ہی نہیں رہا۔

کمرے کے وسط میں ایک لمبی سی میز رکھی تھی، جس کے گرد آٹھ دس کرسیاں رکھی

تھیں۔ ہمایوں اور لالہ نے مولانا روم کا دیوان اٹھایا اور میز پر بیٹھ کر باتوں میں مصروف ہو گئے۔ دنیا بھر کی باتیں، اپنے بچپن کی باتیں، اپنی ہابی کی باتیں کالج کی باتیں، اسکول کے قصّے، غرض پہلی بار دونوں کو تنہائی میں باتیں کرنے کا موقع ملا تھا۔ کتاب تو میز پر ہی رکھی رہی۔ باتوں کا سلسلہ ختم ہونے میں ہی نہیں آتا تھا۔

یہاں تک کہ دوپہر کے کھانے کا وقت ہو گیا۔

جب وہ لائبریری سے نکلے تو تینوں ہی کے دل سرشار تھے۔ ایڈورڈ کو ایسی کتابیں مل گئی تھیں، جن کی اسے مدت سے تلاش تھی۔ ہمایوں اور لالہ اپنی زندگی کے ورق پلٹتے رہے اور ایک دوسرے کی کتابِ زندگی کے اندر اترنے کی کوشش کرتے رہے۔

تیرہواں باب

چاند آج بھی چمک رہا تھا۔ فضا پُرسکون تھی۔ گلاب مہک رہے تھے اور دل دھڑک رہے تھے۔ پیر بابا کیونکہ رات کو کھانا نہیں کھاتے تھے، اس لیے پہلے سے آ کر چبوترے پر بیٹھ جاتے تھے۔ قبر کے پتھر سے ٹیک لگا کر یوں آنکھیں بند کر لیتے، جیسے اپنی محبوب بیوی کے لمس کو محسوس کر رہے ہوں۔ لالہ پہلے آئی، پھر ایڈی اور ہمایوں آئے۔ پیر بابا سیدھے ہو کر بیٹھ گئے۔

''ہمایوں۔ میرے بچّے۔ اب تک شاید تم سمجھ گئے ہو گے کہ وہ دس سالہ صاحبزادہ ظفر یاب علی تمھارے والدِ بزرگوار تھے اور ان کی خدمت میں تحفتاً پیش کیا جانے والا وہ دس سالہ لڑکا ایک خاں میں ہی تھا۔ ظفر یاب نے ہمیشہ مجھے بھائی کہا اور بھائی سمجھا۔ ان کا یہ احسان میں کبھی نہیں بھول سکتا۔ میر صاحب جو تمھارے دادا تھے، انھوں نے بھی کبھی مجھے اپنے کارندے کا بیٹا نہیں سمجھا۔ ہمیشہ اپنے بیٹے کے برابر درجہ دیا۔ فی زمانہ ایسے لوگ کہاں پائے جاتے ہیں۔ جہاں اونچے عہدے اور اونچے مراتب ہوئے اور حفظِ مراتب بیچ میں آ جاتا ہے۔ نوکر کے بیٹے کو کون برابری دیتا ہے، لیکن میر صاحب تو ان بزرگوں میں سے تھے کہ جنھوں نے بادشاہت میں فقیری کی۔ کبھی کسی کا دل نہیں دُکھایا۔ کبھی کسی کے ساتھ تذلیل آمیز رویہ نہیں اپنایا۔ انھوں نے میری تعلیم و تربیت کی ذمہ داری بھی انھیں استاد پر ڈالی جو ظفر یاب کو پڑھاتے تھے۔ ظفر کافی آگے تھے۔ وہ اسکول بھی جاتے تھے۔ انگریزوں کے قائم کردہ سینٹ پیٹرس میں پڑھتے تھے۔ شام کو

استاد گھر پر پڑھانے آتے تھے۔ظفر میری مدد کرتے ۔میرے اندر بھی ایک لگن تھی۔ دن رات یہی دھن تھی کہ کسی طرح صاحبزادے کے برابر پہنچ جاؤں کیونکہ صاحبزادے نے وعدہ کیا تھا کہ جب تم ہماری کتابیں پڑھنے کے قابل ہو جاؤ گے تو ہم ابا حضور سے کہہ کر تمھارا داخلہ بھی اپنے اسکول میں کروادیں گے۔صاحبزادے جب اسکول چلے جاتے تو میں ان کی پرانی کتابیں لے کر بیٹھ جاتا اور پڑھنے کی کوشش کیا کرتا،لگن سچّی ہو تو کیا کچھ نہیں ہوسکتا۔ چھ مہینے کے اندر ہی استاد کی شفقت، صاحبزادے کی مدد اور اپنی محنت سے میں دوسرے درجے کی کتابیں آسانی سے پڑھنے کے قابل ہو گیا تھا۔صاحبزادے اس وقت چوتھے درجے میں پڑھ رہے تھے۔میر صاحب بھی علم کے لیے میرا ذوق و شوق دیکھ کر بہت خوش ہوتے اور استاد سے تاکید کرتے ، مجھ پر توجہ دیا کریں۔ اکثر صاحبزادے سے کہتے کہ

"ہمیں خوشی ہے کہ ہم تمھارے لیے ایک اچھا اور سچا دوست تلاش کر سکے۔ہم دیکھ رہے ہیں کہ تم دونوں ماشاءاللہ تعلیمی میدان میں نمایاں کامیابی حاصل کر رہے ہو۔ ورنہ پہلے تمھارا دل پڑھنے میں کہاں لگتا تھا۔ہمیں ہر وقت نظر رکھنی پڑتی تھی۔"

اکثر خالی وقت میں میر صاحب مجھ سے بانسری پر کوئی غزل یا نغمہ بجانے کی فرمائش کرتے اور ان پر وجد کی سی کیفیت طاری ہو جاتی ۔شام کو صاحبزادے کے ساتھ حویلی کے لمبے چوڑے کھیل کے میدان میں میں کرکٹ یا بیڈمنٹن کھیلتا۔ مان گڑھ کی اس حویلی میں مجھے ایسی ذہنی، جسمانی اور روحانی خوشی اور سکون میسر آیا تھا کہ میں اپنے گھر کو بھول گیا تھا۔اماں اور دادی کی یاد آتی تھی ۔ میر صاحب بھی اکثر کہتے جی گھبرا رہا ہو تو گاؤں ہو آؤ، لیکن مجھے لگتا میں گاؤں چلا گیا تو پڑھائی میں پچھڑ جاؤں گا اور شاید اگلے سال صاحبزادے کے ساتھ اسکول میں داخلہ نہیں ہو سکے گا۔ یہ ایک پاگل پن سر پر ایسا سوار تھا کہ میں ہر مرتبہ گاؤں جانے سے منع کر دیتا۔

اسی دوران رانا چندر بھان سنگھ کے یہاں ایک چاند سی بیٹی نے جنم لیا۔رانا کی خوشی

کا ٹھکانہ نہ تھا۔ رانا گاڑی بھر کر مٹھائی، پھل میوے لے کر آئے اور میر صاحب کے قدموں پر گر گئے۔ ان کی آنکھوں سے خوشی کے آنسو نہیں تھمتے تھے، ان کے لبوں سے تو بس یہی کلمہ جاری تھا۔

''بھائی سا، حکم! یہ تو آپ کا چمتکار ہے کہ ہمارے گھر سوکھے دھانوں پانی پڑا ہے۔ اماوس میں چاند نکل آیا ہے۔ صرف آپ کی کرپا سے۔''

میر صاحب لاکھ کہتے کہ ''یہ سب اللہ کا کرم ہے۔ اس کی عنایات بے حساب ہیں، میں تو ایک گنہ گار بندہ ہوں۔ اللہ نے مجھے وسیلہ بنا دیا ہے۔ ورنہ آپ کی قسمت میں تو اولاد لکھی ہی تھی۔''

لیکن رانا کا تو بس نہیں تھا کہ میر صاحب کی پوجا شروع کر دیں۔ رانا کی حویلی میں دیوالی کا سا ماحول تھا۔ پوجا پاٹ، برہمن بھوج، دان دکشنا کا نہ ختم ہونے والا سلسلہ چل رہا تھا۔ بچّی کی چھٹی کے دن سارے راج پریوار اور درباریوں کی دعوت ہوئی۔ مہاراج خود مہارانی اور بچّوں کے ساتھ بچّی کو آشیرواد دینے آئے۔ اگلے دن رانا نے خاص طور پر میر صاحب اور ان کے خاندان کی دعوت کی۔ پردے کا مکمل انتظام کروایا گیا۔ میر صاحب، بیگم صاحب، ماہِ نور، صاحبزادہ ظفریاب اور اس غلام زادے کو لے کر رانا کی حویلی پہنچے۔ ساتھ میں نوکروں کی فوج تھی۔ بیگم صاحب اور ماہِ نور کا خادماؤں کے ساتھ زنانی حویلی میں استقبال کیا گیا۔ میر صاحب، ظفریاب اور میں خادموں کے ساتھ مردانے میں بیٹھے۔ میر صاحب نے میرا تعارف کراتے ہوئے بتایا ''رانا، یہ ایبک خان ہے، میرے رشتے کے بھائی کا بیٹا۔ بہت نیک اور ذہین بچّہ ہے، بانسری غضب کی بجاتا ہے۔ آج اس خوشی کے موقع پر ہم آپ کو اس کی بانسری سنوائیں گے۔''

رانا نے اٹھ کر ظفریاب اور میرے سر پر ہاتھ رکھا۔ میں حالانکہ دس سال کا ناسمجھ بچّہ تھا، لیکن میر صاحب کی اس نوازش کو سن کر جذبات سے سرخ ہو گیا۔ ایک نوکر کے بیٹے کو اپنا بھتیجہ بتانا میر صاحب جیسے عالی ظرف انسان کا ہی عمل ہو سکتا تھا۔ ورنہ بڑے آدمی تو

اپنے غریب رشتہ داروں کو بھی رشتہ دار بتانے سے گریز کرتے ہیں، لیکن میر صاحب جو قول میرے والد کو دے کر آئے تھے کہ ''بیٹا بن کر میرے گھر میں رہے گا۔'' اسے حرف بہ حرف نبھایا۔ ان کا مشفقانہ رویہ شروع سے آخر تک ایک سا رہا۔ غرض کھانے سے فارغ ہونے کے بعد رانا کی خادمائیں رانا کی نوزائیدہ بچّی کو ریشم کے گدّے اور اوڑھنی میں لپیٹ کر میر صاحب کا آشیرواد لینے کے لیے لے کر آئیں۔ سرخ کپڑے میں لپٹی سوتی ہوئی بچّی بالکل سینبھل کی روئی کی گڑیا لگ رہی تھی۔ میر صاحب نے سر پر ہاتھ رکھا۔ صدقہ دیا اور سونے کی کٹوری اور سونے کا چمچہ بچّی کے لیے تحفہ دیا۔ صاحبزادے ظفر اور میں بھی بڑے شوق سے بچّی کو دیکھ کر رہے تھے۔ بہت ہی پیاری بچّی تھی۔ رانا کا رنگ سانولا تھا اور ٹھکرائن بھی گندمی رنگ کی تھیں، لیکن بچّی سرخ وسفید کانچ کی گڑیا کی طرح تھی جسے چھوؤ تو میلی ہو جائے۔ داسیاں بچّی کو اندر لے گئیں تو ساز ونغمہ کی محفل جمی۔ راج گایک کو بلایا گیا تھا، جس نے ٹھمری، دادرے کے علاوہ حضرت امیر خسرو کی غزل ''زِحالِ مسکیں مکن تغافل'' بڑے پرسوز انداز میں گا کر محفل میں رنگ جما دیا۔ پھر میر صاحب کے کہنے پر میں نے بانسری پر ایک دھن سنائی جو میر صاحب کو بہت پسند تھی اور مجھ سے اکثر سنتے رہتے تھے۔ رانا نے اٹھ کر مجھے گلے سے لگا لیا۔ مجھے اور صاحبزادے کو ایک ایک گنّی نذر کی۔ پھر ہم لوگ رخصت ہو کر واپس حویلی آ گئے۔ ابھی حویلی میں میرا پردہ نہیں ہوا تھا۔ میں صاحبزادے کے ساتھ بے روک ٹوک اندر زنان خانے میں چلا جاتا تھا۔ بیگم صاحب بھی مجھ پر خاص عنایت کرتیں اور مجھ سے گاؤں اور میرے والدین، بہن بھائیوں کے بارے میں باتیں کیا کرتیں۔

ماہِ نور سال بھر کی ہو گئی تھی۔ کبھی کبھی میں اسے باغ میں گھمانے لے جایا کرتا تھا۔ بیگم صاحب کو صاحبزادے سے زیادہ مجھ پر بھروسہ تھا کہ میں احتیاط سے بچّی کو سنبھال لوں گا۔ میں اور صاحبزادے ہم عمر تھے، لیکن میں قد میں ان سے نکلتا ہوا تھا۔

وقت گزرتا رہا۔ میں ایک مرتبہ گاؤں گیا اور ہفتہ بھر میں واپس آ گیا۔ اسکول میں

نئے داخلوں کا وقت قریب آ رہا تھا۔ صاحبزادے امتحان میں مصروف تھے اور میں دن رات کتابوں میں سر کھپاتا رہتا تھا۔ میر صاحب نے یہاں بھی اپنی بات کا پاس رکھا۔ اسکول میں داخلے کے لیے میر صاحب خود مجھے اسکول لے کر گئے۔ ہیڈ ماسٹر نے ٹیسٹ لیا اور میں تیسرے درجے میں داخلے کا اہل پایا گیا۔

میری خوشیوں کا ٹھکانہ نہیں تھا۔ میری ہمیشہ سے تمنا تھی کہ اسکول جاؤں، لیکن اول تو گاؤں میں کوئی ڈھنگ کا اسکول ہی نہیں تھا اور دوسرے حافظہ کرنے کی وجہ سے مروجہ تعلیم کا وقت ہی نہیں ملتا تھا۔ قرآن کریم دہرانے کے زمانے میں میں نے گاؤں کے مدرسے کے استاد سے تھوڑا بہت لکھنا پڑھنا اور حساب سیکھ لیا تھا۔ وہ بنیاد کام آئی، میری دن رات کی محنت کا یہ نتیجہ نکلا کہ جب صاحبزادے پانچویں درجے میں پہنچے تو میں تیسرے درجے میں داخل کروا دیا گیا۔ صاحب زادے بھی بہت خوش تھے۔ میرے والدین نے خواب میں بھی نہیں سوچا ہوگا کہ ان کا بیٹا راج دربار کے وزیرِ خزانہ اور انگریز افسروں کے بیٹوں کے ساتھ کانوینٹ میں تعلیم حاصل کرے گا، لیکن یہ میر صاحب کی بے پایاں نوازشوں کا کرشمہ تھا۔ صاحبزادے نے بھی کبھی مجھے بھائی سے کم نہیں سمجھا۔ انھوں نے اصرار کیا کہ میں انھیں اسکول میں صاحبزادے کے بجائے ظفر کہا کروں۔ ہم دونوں اپنی تعلیمی منزلیں طے کرتے رہے۔ گرمی کی تعطیل میں میر صاحب مجھے بہ اصرار گاؤں بھیجتے لیکن میرا دل وہاں قطعی نہیں لگتا۔ ماں اور دادی سے مل کر میں چند دنوں میں ہی لوٹ آتا۔ اپنے بھائیوں کے ساتھ میری کبھی نہیں بنتی تھی۔ شمس کو اکھاڑوں اور پہلوانی کا شوق ہو گیا تھا، وہ ہر وقت ڈنڈ بیٹھک لگاتا رہتا اور گلزار حافظہ کر رہا تھا۔ زیادہ تر مسجد میں وقت گزارتا۔ ابا اپنی زمینوں کی دیکھ بھال میں لگے رہتے۔ وہی گاؤں جہاں میں نے اپنی زندگی کے دس سال گزارے تھے، جہاں کی دھول میں اٹ کر میں نے چلنا سیکھا تھا، جہاں کے چپّے چپّے پر میرے قدموں کے نشان تھے، اب مجھے اجنبی لگنے لگا تھا۔ ماں اور دادی کی محبتوں کو محسوس کر کے اچھا لگتا، لیکن جلد مان گڑھ اور حویلی کی یاد،

ظفر یاب کی رفاقت اور میر صاحب کی شفقت یاد آنے لگتی اور میں لوٹ آتا۔

حویلی کے زنان خانے میں میرا پردہ ہو گیا تھا، لیکن ماہِ نور کا ابھی پردہ نہیں ہوا تھا، وہ اکثر اپنی کتابیں لے کر ظفر سے اور مجھ سے پڑھنے آجاتی تھی۔ رانا کی بیٹی چندر مکھی کی ماہِ نور سے بہت دوستی تھی۔ وہ اکثر ماہِ نور کے ساتھ کھیلنے آجاتی تھی۔ دونوں حویلی کے باغ میں جھولا جھولتیں۔ آنکھ مچولی کھیلتیں۔ میری اور ظفر کی ڈیوٹی لگتی کہ ان کی نگرانی کریں۔ چندر مکھی بچپن میں بھی اتنی دلکش تھی کہ ہر ایک کی توجہ کا مرکز بن جاتی تھی۔ رکشا بندھن پر وہ ظفر کو راکھی باندھنے آتی اور ڈھیروں تحفے تحائف لے کر جاتی۔ ماہِ نور میری کلائی پر راکھی باندھتی اور میں چاندی کا کنگ جارج والا ایک روپیہ کا سکّہ شگن کی تھالی میں رکھ دیا کرتا تھا۔ رانا کے یہاں چندر مکھی کے دو سال بعد ایک بیٹا بھی ہو گیا تھا۔ بہت جشن منائے گئے کہ خاندان کو دیپک مل گیا تھا، لیکن جو بات چندر مکھی کی پیدائش پر دیکھنے کو ملی تھی وہ مفقود تھی۔ چندر مکھی تو نا امیدی کے اندھیروں میں امید کی کرن بن کر آئی تھی۔

رات کے دو بج گئے تھے۔ جب پیر بابا نے لالہ سے پانی مانگا۔ لالہ نے کٹورے میں پانی پیش کرتے ہوئے ان کے کندھوں پر شال ڈالی۔ کٹورہ واپس صراحی پر رکھ کر جب وہ پلٹی تو ہمایوں نے دھیرے سے کہا:

''بابا تھکے ہوئے لگ رہے ہیں۔ انھیں آرام کی ضرورت ہے۔ باقی کہانی کل انشاءاللہ۔''

لالہ نے گردن ہلائی اور بابا کا ہاتھ تھام کر بولی ''چلیے بابا، اب آرام کیجیے۔ کہانی کل سنیں گے۔''

''لیکن ابھی نیند تو میری آنکھوں سے کوسوں دور ہے۔''

''ٹھیک ہے، بستر پر لیٹیں گے تو نیند بھی آجائے گی۔ اتنا جاگنا صحت کے لیے مضر ہے۔''

بابا مسکرائے اور اس کا ہاتھ تھام کر اٹھ کھڑے ہوئے۔

چودھواں باب

اگلے دن لالہ نے یہ اہتمام کیا کہ رات کا کھانا جلدی لگوا دیا۔ انھوں نے دن میں ہی یہ طے کر لیا تھا کہ ''پیر بابا کے لیے روز روز دیر تک جاگنا مناسب نہیں ہے۔ بابا تو رات کا کھانا کھاتے نہیں۔ نماز، وظیفوں سے بھی جلدی فارغ ہو جاتے ہیں اور چبوترے پر ہی سوتے ہیں، کیوں نہ ہم لوگ جلدی پہنچ جایا کریں تاکہ ایک ڈیڑھ بجے تک بابا کہانی ختم کر دیا کریں، اس طرح انھیں آرام کا کچھ موقع مل جائے گا۔''

وہ تینوں ساتھ ہی چبوترے پر پہنچ گئے۔ پیر بابا مسکرائے۔

''یہ لالہ کی سازش ہے، مجھے جلدی سلانے کی۔ اسی لیے تم لوگوں کو جلدی کھانا کھلا دیا۔''

ہمایوں نے کہا ''بابا آپ صبح اتنی جلدی جاگ جاتے ہیں، بمشکل دو تین گھنٹے کی نیند لے پاتے ہیں۔ اس سے آپ کی صحت متاثر ہوگی۔ اس لیے اب تھوڑا پہلے کہانی شروع کر دیں اور پہلے ہی ختم بھی کر دیں۔''

بابا نے ایک لمبی سی ''ہوں'' کی اور تھوڑے سے توقف کے بعد کہنا شروع کیا۔

''ملک میں وہ دَور بڑی افراتفری کا دَور تھا۔ آزادی کی جدوجہد تیز سے تیز تر ہوتی جا رہی تھی۔ آزادی کے متوالے سینوں پر گولیاں کھا رہے تھے۔ پھانسی پر لٹکائے جا رہے تھے۔ جیلوں میں بھرے جا رہے تھے اور کالا پانی کی سزا کاٹ رہے تھے۔ انگریزوں کے ظلم و ستم بڑھتے جا رہے تھے۔ انقلابیوں سے تو انھیں اللہ واسطے کا بیر تھا۔

کانگریس کے لاہور سیشن میں قومی رہنماؤں نے 'پورن سوراج' کی مانگ رکھ دی تھی۔ جلسے جلوس، ستیہ گرہ کا بازار گرم تھا۔ گاندھی جی کی قیادت میں اہنسا کے اصول پر چلتے ہوئے وطن پرست چپ چاپ پولیس کی لاٹھیاں جھیل رہے تھے، لیکن ارادوں اور حوصلوں کی بلندی آسمانوں کو چھو رہی تھی۔ روس کے انقلاب کے بعد سوشلسٹ اور کمیونسٹ تحریکیں بھی زور پکڑنے لگی تھیں۔ زمیندارانہ نظام کے خلاف کامریڈ اپنے غم و غصّے کا کھلم کھلا اظہار کرتے، حکومت کے قانون توڑتے اور جیل جاتے۔ ادھر بین الاقوامی سطح پر بھی دنیا کے حالات بد سے بدتر ہو رہے تھے۔ ہٹلر اور مسولنی کے قصّوں سے اخبارات بھرے ہوتے تھے۔ دوسری جنگِ عظیم شروع ہو چکی تھی۔ ہندوستانی فوجیوں کی بھرتی زوروں پر تھی۔ آپسی حملوں اور جھڑپوں کا سلسلہ چل رہا تھا۔ جہاں چار پڑھے لکھے لوگ بیٹھتے یہی ذکر ہوتا۔ اگرچہ مان گڑھ اس قومی اور بین الاقوامی سیاست سے بہت زیادہ متاثر نہیں تھا۔ مہاراج پوری طرح انگریزوں کے وفادار تھے اور مان گڑھ کی رعایا اور اپنے راجہ کی وفادار تھی، لیکن طلباء ہمیشہ ہی عصری سیاست کا شعور عوام سے زیادہ رکھتے ہیں۔ میں، سینئر کیمبرج میں تھا اور ظفر کالج میں بی۔اے کر رہے تھے۔ میں حالانکہ انگریزوں کے قائم کردہ ادارے میں تعلیم حاصل کر رہا تھا، لیکن بہت سے لڑکے تھے جو قومی تحریک اور کمیونسٹ رجحان سے متاثر تھے۔ اسکول سے باہر نکل کر لڑکوں میں بڑی گرما گرم بحثیں ہوتیں۔ میرا رجحان بھی قومی تحریک کی طرف بڑھ رہا تھا۔ گاندھی جی اور سرحدی گاندھی خاں عبدالغفار خاں میرے آئیڈیل تھے۔ جب انگریزوں کے ظلم و ستم کی داستانیں سنتا تو خون جوش کھانے لگتا۔ ظفر ہمیشہ سے بہت معتدل مزاج کے آدمی تھے۔ وطن کی محبت ان کے دل میں بھی جاگزیں تھی۔ لیکن مان گڑھ کا ماحول، والد کا عہدہ اور مہاراج کی وفاداری انھیں انگریزوں کی کھلی مخالفت سے روکتی تھی۔ ہم دونوں گھنٹوں اس مسئلے پر بحث کرتے۔ اڑتی اڑاتی خبر میر صاحب کے کانوں تک بھی پہنچی۔ ایک دن میر صاحب نے ہم دونوں کو بلا کر سمجھایا اور تنبیہی انداز میں ہمیں آگاہ کیا۔

''دیکھو وطن کی محبت بہت اچھی چیز ہے، الحمدللہ میں بھی اپنے وطن سے محبت کرتا ہوں اور خواہش مند ہوں کہ ہمارا ملک آزاد ہو جائے لیکن دوسری طرف یہ بھی حقیقت ہے کہ مجھے انگریزوں سے کچھ لینا دینا نہیں ہے۔ میں مان گڑھ کے دربار کا تنخواہ دار ملازم ہوں۔ میں نے مہاراج کا نمک کھایا ہے اور نمک حرامی میرا اشعار نہیں ہے۔ میں سیدھا سادہ آدمی ہوں۔ سیاست میرا میدان نہیں ہے۔ میں چاہتا ہوں تم بھی ایمانداری کی زندگی گزارو اور سیاست سے دور رہو۔ جن کا یہ کام ہے، انھیں کرنے دو۔ مجھے یقین ہے ملک محفوظ ہاتھوں میں ہے اور ایک دن آزادی ہمیں ضرور ملے گی۔''

میر صاحب نے دھیمے لہجے میں رسان سے ہمیں سمجھایا۔ میر صاحب کے خلاف جانے کے بارے میں میں خواب میں بھی نہیں سوچ سکتا تھا۔ جدوجہد آزادی کا سپاہی بننے کا خواب میں نے دل کے نہاں خانوں میں دفن کر لیا۔ البتہ گاندھی، نہرو، آزاد، پٹیل وغیرہ کی کارکردگیوں سے لگاتار باخبر رہتا۔ دل سے میں پکّا کانگریسی تھا، لیکن زبان پر پھر میں اس قسم کا کوئی ذکر نہیں لایا۔

سینئر کیمرج میں نے اچھے نمبروں سے پاس کر لیا تھا۔ اسی سال مان گڑھ میں مہاراج نے ایک ایگریکلچرل کالج قائم کیا تھا۔ میر صاحب نے میرا رجحان دیکھتے ہوئے میرا داخلہ اس کالج میں کروا دیا۔ ماہِ نور اور چندر مکھی بھی لڑکیوں کے کانوینٹ اسکول میں پڑھ رہی تھیں۔ ماہِ نور کا پردہ ہو گیا تھا، لیکن راکھی باندھنے کے لیے چادر میں لپٹ کر میرے سامنے آتی اور میں اسے حسبِ سابق ایک روپیہ دیتا۔ چندر مکھی اکثر ماہِ نور سے ملنے آتی۔ وہ چودہ پندرہ سال کی ہی تھی، لیکن اس کا حسن آنکھوں کو چکا چوند کر دیتا تھا۔ رانا کا بیٹا اور چندر مکھی کا چھوٹا بھائی بلبیر راج سانولا سلونا راجپوتی آن بان والا لڑکا تھا، لیکن پڑھائی میں بہت کمزور تھا۔ رانا اس کی طرف سے فکر مند رہا کرتے تھے۔ ایک دن رانا میر صاحب سے ملنے آئے۔ باتوں باتوں میں بچّوں کی پڑھائی کا ذکر نکلا۔ رانا بلبیر کو لے کر فکر مند تھے۔ چندر مکھی ہمیشہ اچھے نمبر لاتی، جبکہ بلبیر گھر پر کئی ٹیوٹرز سے پڑھنے

کے باوجود مارجن سے پاس ہوتا۔ رانا نے میر صاحب سے درخواست کی کہ

’’میں ایبک خاں کو بلبیر کی ذمہ داری سونپنا چاہتا ہوں۔ وہ بہت ذہین اور نیک لڑکا ہے اور اس کی انگریزی بھی اچھی ہے۔ مجھے یقین ہے کہ ایبک خاں بلبیر کو سنبھال لیں گے۔‘‘

میر صاحب نے فوراً حامی بھر لی۔ ’’آپ فکر نہ کریں رانا۔ ایبک دوپہر بعد کالج سے آتا ہے۔ میں اس سے کہوں گا کہ وہ شام کو جا کر بلبیر کو پڑھا دیا کرے۔‘‘

رانا خوش خوش گھر واپس چلے گئے۔ شام کو میں اور ظفر، میر صاحب کی خدمت میں حاضر تھے، اور بھی ملاقاتی بیٹھے تھے۔ لوگوں کے جانے کے بعد میر صاحب نے ہم دونوں سے ہماری تعلیمی مصروفیتوں کے بارے میں دریافت کیا۔ ظفر کا بی۔اے کا آخری سال تھا۔ انھیں محنت سے پڑھنے کی تاکید کی۔ پھر مجھ سے پوچھا کہ مجھے اپنی پڑھائی کیسی لگ رہی ہے۔ میں نے بڑے جوش سے بتایا کہ ’’میرا دل اس پڑھائی میں لگ رہا ہے۔ آپ کو علم ہے، مجھے بچپن سے ہی کھیتی باڑی، باغبانی اور مٹیوں سے بڑی دلچسپی تھی۔ اب اسے باقاعدگی کے ساتھ سائنسی نظریے سے پڑھنا بہت اچھا لگ رہا ہے۔‘‘ میر صاحب نے مسکرا کر گردن ہلائی، پھر کچھ رک کر بولے:

’’بیٹے آج رانا آئے تھے۔ بلبیر راج کی پڑھائی کو لے کر بڑے فکرمند تھے۔ چاہتے تھے کہ تم اس کی مدد کر دو۔ میں نے وعدہ کر لیا ہے کہ تم شام کو اسے پڑھا دیا کرو گے۔ تم سے پوچھا بھی نہیں۔ تم اپنی پڑھائی سے وقت نکال پاؤ گے؟‘‘

’’جی ضرور۔‘‘ میں نے ادب سے کہا۔ ’’شام کو تو میں فارغ ہوتا ہوں۔ میرا کوئی حرج نہیں ہوگا۔‘‘

میرے جواب سے مطمئن ہو کر میر صاحب زنان خانے میں چلے گئے اور ہم دونوں اپنے کمروں کی طرف چلے آئے۔ ظفر کا کمرہ بھی مردان خانے میں میرے کمرے کے برابر ہی تھا۔ میر صاحب نے واقعی ہر طرح مجھے ظفر کے برابر کا درجہ دیا

تھا۔

اگلے دن شام سے میں رانا کی حویلی میں بلبیر کو پڑھانے جانے لگا۔ بلبیر غبی نہیں تھا۔ بس اس کا دھیان کھیل کود میں زیادہ تھا، پڑھائی میں دل نہیں لگتا تھا۔ بلبیر مجھ سے بارہ سال چھوٹا تھا، لیکن میں نے پہلے اس سے دوستی کی، جب وہ مجھ سے بے تکلف ہو گیا، تب پڑھنے پڑھانے کا سلسلہ شروع ہوا۔ اب اس کا دل بھی میرے پاس لگنے لگا تھا اور پڑھائی پر دھیان دینے لگا تھا۔ دو ماہ بعد جب اس کے سہ ماہی امتحان ہوئے تو اس کا نتیجہ بہت اچھا رہا۔ رانا بے حد خوش تھے۔ انھوں نے اس کی کامیابی کا سارا کریڈٹ کھلے دل سے مجھے ہی دیا۔ ٹھکرائن بھی میرا خاص خیال رکھتی تھیں۔ پڑھانے کے دوران بادام کا شربت اور ناشتے کے لوازمات سے میری خاطر ہوتی۔ ایک دن میں بلبیر کو پڑھا رہا تھا کہ چندر مکھی رکتی جھجھکتی اپنی کتاب لیے کمرے میں آئی۔ میں رعبِ حسن سے اٹھ کر کھڑا ہو گیا۔ اس نے کچھ جھینپتے ہوئے پوچھا۔

''حساب کا ایک سوال سمجھ میں نہیں آ رہا، آپ مدد کر دیں گے۔''

''دکھایئے۔ کون سا سوال ہے۔'' میں نے اسے بیٹھنے کا اشارہ کر کے خود بھی بیٹھتے ہوئے کہا۔ اس نے کتاب کھول کر میرے سامنے رکھتے ہوئے انگلی سے ایک سوال کی طرف اشارہ کیا۔ میں ایک ثانیے کے لیے سنگِ مرمر سے ترشی اس کی حنا آلود مخروطی انگلی کے سحر میں کھو سا گیا۔ پھر چونک کر کتاب کی طرف دیکھا۔ الجبرا کا سوال تھا، میں نے سوال حل کر دیا اور اسے سمجھا بھی دیا۔ اس نے شکریہ ادا کیا اور اٹھ کھڑی ہوئی، پھر جاتے جاتے رک کر بولی۔ ''مجھے اکثر حساب اور انگریزی میں مشکل ہوتی ہے۔ کیا میں بھی آپ سے پڑھ سکتی ہوں؟''

میرا دل دھڑک اٹھا۔ چندر مکھی سولہ برس کی نوخیز کلی تھی، جس میں بلا کی خوشبو اور کشش تھی۔ مجھے اپنے دل پہ اعتبار نہیں تھا۔ میں نے کچھ رک کر کہا۔ ''آپ اپنی ماتا جی سے پوچھ لیں۔ وہ کہیں تو مجھے آپ کو پڑھا کر بڑی خوشی ہوگی۔''

وہ خوشی خوشی اندر چلی گئی۔ اگلے دن ابھی مجھے بلبیر کو پڑھاتے ہوئے ایک گھنٹہ ہی ہوا تھا کہ وہ اپنی کتابیں اٹھائے آموجود ہوئی۔ میں نے سوالیہ نظروں سے اسے دیکھا۔ اس نے فوراً تصریح کی۔ ''میں نے ماں سا اور بابا سا، دونوں سے پوچھ لیا ہے۔ انھوں نے کہہ دیا ہے کہ بلّو کو پڑھانے کے بعد آپ مجھے بھی پڑھا دیا کیجیے۔ دیکھیے یہ میرا اسکول میں آخری سال ہے۔ اچھے نمبر نہیں آئے تو لوگ کیا کہیں گے۔ بابا سا نے پریوار جنوں اور دادی سا کی مرضی کے خلاف مجھے اسکول میں داخل کروایا ہے۔ میری ضد کی وجہ سے کیونکہ ماہِ نور بھی اسکول جا رہی تھی اس لیے بابا سا نے مجھے اجازت دے دی۔ اب ماہِ نور تو پاس ہو کر اسکول سے نکل گئی۔ اگر میرے نمبر خراب آئے تو بابا سا مجھے اسکول سے اٹھا لیں گے۔''

وہ بہت بولتی تھی، لیکن آواز ایسی دلکش تھی کہ میں اس کے ترنم میں کھو جاتا تھا۔ مجھ سے انکار بن نہیں پڑا۔ اس کے بعد سے وہ روز مجھ سے پڑھنے آنے لگی۔ بلبیر اس سے لڑتا۔

''تُو پڑھ لکھ کر کیا کرے گی۔ کسی ٹھاکر کے گھر میں چولہا چوکا ہی تو کرنا ہے تجھے۔''

''میں کسی ٹھاکر کے گھر نہیں جانے والی۔ رانی بن کر راج کروں گی۔''

''بڑی آئی راج کرنے والی۔ صورت دیکھی ہے آئینے میں۔ یہ بات مجھے ڈسٹرب کرنے آجاتی ہے۔''

''تیرا خود دل نہیں لگتا پڑھائی میں، مجھے کیوں الزام دیتا ہے اور صورت روز دیکھتی ہوں آئینے میں۔ تجھ سے تو بہت اچھی ہے۔ تجھے تو بابا سا گھورے سے اٹھا لائے تھے۔ رنگ دیکھا ہے اپنا۔ نہ ماں سا اتنی کالی ہیں اور نہ میں۔'' وہ اتراتی۔

''تجھی کو لیا ہے ماں سا نے گوالن سے۔ جب ہی اتنی سفید ہے۔ ہمارے پریوار جیسا رنگ روپ ہی نہیں ہے تیرا۔'' بلبیر اسے چڑاتا۔

ان کے روز کے جھگڑوں سے تنگ آکر میں نے یہ کرنا شروع کیا کہ پہلے بلبیر کو

پڑھاتا پھر اسے سوال حل کرنے کے لیے دے دیتا۔ وہ کمرے کے دوسرے سرے پر جا کر بیٹھ جاتا۔ پھر چندر مکھی کا سبق شروع کرتا۔ میں نے اکثر محسوس کیا کہ جو میں اسے سمجھاتا ہوں وہ اسے پہلے سے ہی آتا ہے، لیکن صرف ضد میں آ کر پڑھتی۔ جب میں اس کی چوری پکڑ کر مسکراتا تو وہ بھی میری آنکھوں میں آنکھیں ڈال کر مسکرا پڑتی۔ اس کی آنکھوں میں بے پناہ کشش تھی۔ مجھے اپنا دل ڈولتا ہوا محسوس ہوتا۔ میں جتنا اس سے دور رہنے کی کوشش کرتا وہ اتنا ہی مجھ سے قریب آتی۔ کبھی کبھی ڈر لگنے لگتا۔ رانا کے بھروسے سے، میر صاحب کی عزت سے اور اپنے دل کی دیوانگی سے۔ کئی بار میں اسے پڑھائے بغیر واپس کر دیتا۔ دو دن بعد وہ آنکھوں میں آنسو بھرے آجاتی اور اپنی نوٹ بک دکھاتی، جہاں کلاس میں ٹیچر نے لال لال گولے بنا رکھے ہوتے۔ میں جانتا تھا کہ غلطیاں وہ جان بوجھ کرتی ہے۔ ورنہ وہ اتنی ذہین تھی کہ کچھ الجھے ہوئے سوالوں کے علاوہ اسے کچھ پوچھنے کی ضرورت ہی نہیں تھی۔ میرے گریز پر وہ ٹھکرائن کی سفارش لے آتی۔ ٹھکرائن آ کر مجھ سے کہتیں۔

''بھایا، تنک اسے بھی دیکھ لیا کرو۔ آج کل اسکول میں بڑی غلطیاں کر رہی ہے۔ مجھے پستک دکھا رہی تھی۔ غلطیوں سے پوری لال ہو رہی ہے۔''

میں مجبور ہو جاتا۔ میں غیر محسوس طور پر اس کی شخصیت کی مقناطیسی کشش کا اسیر ہوتا جا رہا تھا، لیکن حتی الامکان اسے نظر انداز کرنے کی کوشش کرتا۔ میری بے توجہی پر وہ آنکھوں میں آنسو بھر لیتی۔ ان جھیل جیسی آنکھوں میں تلاطم تو پتھر کے جگر کو بھی پگھلا دیتا۔ میں تو ایک کمزور سا انسان تھا۔ پھر خوابوں پر تو میرا بھی حق تھا۔ میں زیادہ دن تک دھارے کی مخالف سمت نہ تیر سکا۔ وہ مجھ سے جہان بھر کی باتیں کرتی۔ اکثر مجھ سے اسلام کے بارے میں دریافت کرتی، جو وہ پوچھتی میں اس کا جواب دے دیتا۔ مجھ سے نبیؐ کریم کی حیاتِ طیبہ کے بارے میں سوال کرتی اور میں اسے مختصراً بتا دیتا۔ ڈر بھی لگتا تھا کہ کسی نے سن لیا تو یہ لوگ سمجھیں گے میں اسے اسلامی تعلیم دے رہا ہوں۔ میں جانتا تھا

اسے میری مدد کی اتنی ضرورت نہیں ہے وہ صرف میرے ساتھ وقت گزارنا چاہتی ہے اور میرے دل کی بھی عین خواہش یہی تھی۔ ایک دن اس نے کہا:

''آپ تو فارسی بھاشا بھی جانتے ہیں۔''

''ہاں۔ میر صاحب کی مہربانی سے۔ مجھے فارسی انھیں کی وجہ سے آئی ہے۔ ظفر کے فارسی کے استاد سے میں نے بھی فارسی کی کچھ شد بدھ حاصل کر لی ہے۔''

''میرے امتحان ہو جائیں تو میں آپ سے فارسی سیکھوں گی۔ ماہِ نور کی زبانی اردو اور فارسی کے شعر سنتی ہوں۔ بہت اچھے لگتے ہیں، لیکن سمجھ میں نہیں آتے۔ میں انھیں سمجھنا چاہتی ہوں۔''

''اچھا پہلے امتحان کی تیاری کرو۔ مہینہ بھر رہ گیا ہے تمھارے سالانہ امتحان میں۔'' میں رعب جماتا۔

وہ تھوڑی دیر کتاب کے سوال حل کرتی، پھر کوئی اِدھر اُدھر کا ذکر لے کر بیٹھ جاتی۔ ایک دن پوچھنے لگی ''اچھا بتایئے میرے نام کا فارسی میں کیا مطلب ہوتا ہے؟''

''ماہِ رخ'' میں نے فوراً جواب دیا۔

''واہ کیا نام ہے!'' وہ خوشی سے اچھل پڑی۔ ''ماہِ نور کی دوست ماہِ رخ۔ کتنا پیارا نام ہے۔ آپ آج سے مجھے ماہِ رخ کہا کیجیے۔ یہ چندر مکھی تو بڑا اسڑا بسا سا بڈھا نام ہے۔'' اس نے ضد کی، میں مسکرا کر رہ گیا۔ اس دن کے بعد سے میں جب بھی اس کا نام لیتا وہ اصرار کرتی ''یوں نہیں، ماہِ رخ کہیے تب مانوں گی۔''

اگر نہ کہتا تو روٹھ جاتی۔ مجبوراً کیلے میں میں اسے ماہِ رخ کہنے لگا۔ اکیلے کا مطلب جب بلبیر کمرے کے دوسرے کونے میں مشق کر رہا ہوتا تھا۔ میرے ماہِ رخ کے نام سے مخاطب کرنے پر وہ بچّوں کی طرح کھلکھلانے لگتی اور میرے دل سے میرا اختیار پھسلنے لگتا۔ وہ بہت شوخ چنچل اور باتونی تھی۔ میں اس کے سحر میں جکڑتا جا رہا تھا۔ میں جانتا تھا کہ میں آگ سے کھیل رہا ہوں۔ لیکن مجبور تھا۔

پندرہواں باب

میری زندگی اچانک ہی بہت مصروف ،لیکن پر بہار ہوگئی تھی۔ صبح کالج چلا جاتا، واپس آ کر تھوڑا آرام کرنے کے بعد رانا کی حویلی جانا ہوتا تھا،جس کا مجھے بے صبری سے انتظار رہنے لگا تھا۔شام کو میر صاحب کی مجلس میں میں اور ظفر دونوں حاضر رہتے۔ وہاں جتنا سیکھنے کو ملتا وہ دس اسکول اور کالج بھی مل کر نہیں سکھا سکتے تھے۔ رات کو میں اور ظفر ایک ہی کمرے میں پڑھائی کرتے۔ میں نے اپنے دل کے چور کے بارے میں ظفر کو بھی کچھ نہیں بتایا تھا،لیکن انھوں نے بھانپ لیا تھا کہ کچھ غیر معمولی حادثہ تو میری زندگی میں ضرور گزر رہا ہے۔ایک رات انھوں نے پوچھ ہی لیا۔

''تمھارے چہرے پر آج کل کچھ نئے رنگ دیکھ رہا ہوں۔ خیریت تو ہے۔کیا تمھارے کالج میں لڑکیاں بھی ہیں؟''

میں ہنس دیا۔''نہیں بھائی۔ ہمارا ملک ابھی اتنا ترقی یافتہ نہیں ہوا ہے کہ لڑکیاں اگیریکلچر کی تعلیم حاصل کریں۔ ہاں میں اپنی تعلیم سے بہت خوش ہوں۔ میر صاحب کا احسان مر کر بھی نہیں ادا کر سکوں گا۔''میں نے بات کا رخ پلٹا،لیکن ظفر مطمئن نہیں ہوئے۔

''بلبیر کی پڑھائی کیسی چل رہی ہے۔''انھیں کچھ شک ہوا۔

''اچھی چل رہی ہے۔بلبیر کافی ذہین ہے،بس تھوڑا لا پرواہے۔کسی استاد نے اس کے ذہن میں جھانک کر دیکھا ہی نہیں تھا۔ میں نے پہلے اس سے دوستی کی پھر پڑھائی کی

طرف توجہ دلائی۔ اب اچھا جا رہا ہے۔ ششماہی امتحان میں بھی اس کے نمبر بہت اچھے آئے تھے۔ رانا بہت خوش ہیں۔''

''کیا چندر مکھی بھی وہاں آتی ہے'' ظفر نے کریدا۔

مجھے ایسا لگا جیسے ظفر نے میری چوری پکڑ لی ہو۔ چہرے پر سرخی دوڑ گئی۔ ظفر غور سے میری طرف دیکھ رہے تھے۔ ''ہاں'' میں نے سچ سچ بتا دیا۔ ''اسے کچھ سوال سمجھ نہیں آتے تھے تو ٹھکرائن نے خاص طور پر آ کر کہا کہ میں تھوڑی دیر اسے بھی پڑھا دیا کروں۔''

''اوہ!'' ظفر نے معنی خیز لیکن فکر مندانہ انداز میں مجھے دیکھا۔ ''ایبک، آگ سے نہ کھیلو میرے بھائی۔ انجام پر نظر رکھو۔ رانا کی مہربانیوں پر نہ جاؤ۔ انھیں بھنک بھی مل گئی تو خون خرابہ ہو جائے گا۔ راجپوت اپنی آن کی خاطر جان دے بھی دیتے ہیں اور لے بھی لیتے ہیں۔''

مجھے کچھ کہتے بن نہیں پڑا۔ شرمندگی کے احساس سے دل خود اپنے آپ سے نفریں کر رہا تھا، لیکن ایک من موہنی صورت ہر احساس پر حاوی آ جاتی تھی۔

اگلے دن میں کالج جانے کے لیے حویلی سے نکلا تو ابّا کے خادمِ خاص رحمان خاں کو دیکھ کر متحیر رہ گیا۔ خیریت پوچھی تو اس نے بتایا کہ دادی کی حالت بہت خراب ہے۔ ابا نے فوراً بلایا ہے۔ میں الٹے پاؤں لوٹ آیا۔ میر صاحب دربار جانے کے لیے بگھّی پر سوار ہو رہے تھے۔ انھیں صورتِ حال سے آگاہ کیا۔ انھوں نے فوراً گاؤں روانہ ہونے کی تاکید کی۔ اردلی کو اشارہ کیا۔ اس نے چاندی کے سکّوں سے بھری ایک تھیلی مجھے پکڑا دی۔ میں نے لاکھ کہا کہ سب آپ کا ہی دیا ہے، اس کی ضرورت نہیں ہے، لیکن انھوں نے میری ایک نہ سنی۔ یہ بھی کہہ دیا کہ اگر ضرورت ہو تو، انھیں شہر لے آؤں۔ یہاں ڈاکٹر کو دکھا دوں۔ یوں تو بڑھاپا لاعلاج مرض ہے لیکن تدبیر فرض ہے۔''

میر صاحب کے دربار جانے کے بعد میں نے کالج میں جا کر چھٹّی کی عرضی دی۔ رانا

کی حویلی میں بلبیر اور چندر مکھی اسکول جا چکے تھے۔ٹھکرائن کو دادی کا حال بتاتے ہوئے کہا کہ میں کچھ دن نہیں آسکوں گا۔ٹھکرائن فکر مند ہو گئیں۔

''رام کرے تمھاری دادی جلدی اچھی ہو جائیں۔ بھایا جلدی آجانا۔ بلبیر کی پریکشا ہونے والی ہے۔بس تمھارا ہی آسرا ہے،بھگوان کے بعد۔''

میں نے ٹھکرائن کو اطمینان دلایا کہ میں جلدی آؤں گا اور اگر نہ بھی آسکا تو فکر کی بات نہیں ہے،بلبیر کی تیاری مکمل ہے۔

ان کاموں سے نبٹ کر میں رحمان خاں کے ہمراہ گاؤں کے لیے روانہ ہو گیا۔ ہم لوگ تانگے سے روانہ ہوئے تھے۔گاؤں چالیس میل کے قریب تھا۔ریلوے اسٹیشن نہیں تھا۔راستے میں کئی جگہ رک کر گھوڑے کو ستانے کا موقع دیا گیا۔غرض شام تک گاؤں پہنچا۔دادی کی حالت بہت خراب تھی۔غشی کی سی حالت میں تھیں،لیکن لوگ کہتے تھے کہ بار بار آنکھیں کھول کر دروازے کی طرف دیکھتی تھیں۔دادی کی عمر اسّی سے اوپر ہی رہی ہوگی،لیکن صحت اتنی اچھی تھی کہ کھانا بھی خود ہی پکایا کرتی تھیں۔امید نہیں تھی کہ اتنی جلدی وہ اس قدر کمزور اور بیمار ہو جائیں گی۔مجھے دیکھ کر ان کی انکھوں کو سکون سا آ گیا۔میں ان کا ہاتھ پکڑ کر ان کے سرہانے بیٹھ گیا۔نیم بے ہوشی طاری ہو جاتی تھی،لیکن جب ہوش میں آتیں مجھے دیکھتیں۔میرے ہاتھ کو محسوس کرتیں اور دھندلی آنکھوں سے آنسو نکل کر تکیے میں جذب ہو جاتے۔وید حکیم دوڑ رہے تھے لیکن کسی دوا سے فائدہ نہیں تھا۔حکیم صاحب نے کہہ دیا تھا کہ''خاں صاحب اب دوا کا نہیں دعا کا وقت ہے۔''

میں نے دھیرے دھیرے ان کا سر اپنی انگلیوں سے سہلانا شروع کیا تو دھک سے رہ گیا۔ان کی سر کی کھال ہڈیوں کو چھوڑ چکی تھی۔میری انگلیوں کی جنبش کے ساتھ ساری کھال سمٹ آئی۔میں سمجھ گیا کہ اب واقعی دعا کا ہی وقت ہے۔میں رات بھر ان کے سرہانے بیٹھا رہا۔امّاں نے کہا بھی کہ ہاتھ منہ دھولو،کچھ کھالو،لیکن میرا دل ہی گوارہ نہیں کر رہا تھا۔ہر گھڑی یہی خیال تھا کہ مجھے دادی کو چھوڑ کر نہیں جانا چاہیے تھا۔مجھ سے انھیں

والہانہ محبت تھی۔ ہمیشہ میرا انتظار کیا کرتی تھیں۔ مجھے وہ دن یاد تھا، جب میر صاحب نے مجھے اپنے ساتھ لے جانے کی بات کی تھی اور دادی کسی طرح راضی نہیں ہوتی تھیں۔ کتنی مشکل سے خوشامدوں اور دھمکیوں کے بعد وہ راضی ہوئی تھیں۔ اس بات کو پندرہ برس گزر چکے تھے۔ حالانکہ میں برابر آتا رہتا تھا اور خاص طور پر دادی اور اماں ہی سے ملنے آتا تھا۔ پچھلی مرتبہ دو ماہ پہلے دو دن کے لیے آیا تھا تو دادی چھوڑتی ہی نہیں تھیں۔ اپنے ہاتھ سے میری پسند کی چیزیں پکائیں یا اماں سے کہہ کر پکوائیں۔ چلتے وقت پہلی بار مجھے گلے لگا کر بہت روئی تھیں۔ میں نے سوچا تھا دادی بوڑھی ہو رہی ہیں۔ دل کمزور ہو گیا ہے، لیکن یہ نہیں سوچا تھا کہ ہوش وحواس میں ان سے میری یہ آخری ملاقات ہوگی۔ رات بھر وہ بار بار آنکھیں کھولتیں، مجھے دیکھتیں اور آنکھوں میں آنسو بھر آتے۔ علی الصبح کچھ ہوش میں آئیں، دھیرے سے کہا کہ نماز پڑھنی ہے۔ میں نے تیمّم کی مٹی لا کر دی۔ تیمّم کر کے لیٹے لیٹے ہی نماز کی نیت باندھی۔ میں بھی نماز پڑھنے کے لیے اُٹھ گیا۔ نماز ادا کر کے واپس آیا تو دیکھا کہ نیت بندھی ہوئی تھی اور وہ اسی حالت میں اپنے خالقِ حقیقی سے جا ملی تھیں۔ جمعہ کا دن اور فجر کا وقت۔ ان کی نیکی میں تو کوئی شبہ ہی نہ تھا۔ جوانی میں بیوہ ہوئیں، تمام عمر گھر اور بیٹے کے بچّوں کی خدمت میں گزار دی۔ بہت کم بولتی تھیں۔ نماز روزے کی حد سے زیادہ پابند تھیں۔ غرض ایک نیک روح عالمِ بالا کی طرف پرواز کر چکی تھی۔ یوں تو گھر والے تین دن سے سمجھ رہے تھے، لیکن پھر بھی موت تو اپنے ساتھ ایک خاموش طوفان لے کر آتی ہے۔ شاید سب سے زیادہ اثر مجھ پر ہی تھا کہ میں ان سے دور رہتا تھا۔ ظہر کے وقت تجہیز وتکفین ہوگئی، جمعے کی نماز کے بعد نمازِ جنازہ ادا کی گئی اور گھر ایک مہربان سائبان سے محروم ہو گیا۔ تیسرے دن سوئم کی فاتحہ میں سارے گاؤں کو کھانا کھلایا گیا۔

شام کو ہم سب تھکے ہارے جب گھر پر آ کر بیٹھے تو ابا نے بتایا کہ شمس فوج میں بھرتی ہو گیا ہے۔ انگریز افسران فوج کی بھرتی کے لیے گاؤں میں آئے تھے۔ شمس نے اپنا نام

دے دیا۔ جسمانی اعتبار سے فٹ پایا گیا اور فوراً بھرتی کر لیا گیا۔ گاؤں کے کچھ اور نوجوان بھی جا رہے تھے۔ ٹریننگ کیمپ مدراس میں تھا۔ اگلے دن صبح ہی شمس کی روانگی تھی۔ ابا بہت ٹوٹے ہوئے، ہارے ہوئے نظر آ رہے تھے۔ میں نے شمس کو سمجھایا۔

''یہ کیا حماقت کر بیٹھے ہو۔ کیا ضرورت تھی ان فرنگیوں کی خدمت کر کے دوسرے ملکوں میں ان کی خاطر لڑنے جانے کی۔ ابا کے بارے میں تو سوچا ہوتا۔''

شمس فطرتاً بہت منہ پھٹ اور سرکش تھا۔ ''تم تو بات ہی نہ کرو۔ تم نے بڑا سوچا تھا ابا کے بارے میں۔ پندرہ برس سے شہر کی زندگی کے مزے لوٹ رہے ہو۔ کبھی سوچا ہمارے مستقبل کے بارے میں۔ زندگی اسی گاؤں میں کارندگی کرتے کرتے گزر جائے گی۔ میں نے جو اپنے لیے ٹھیک سمجھا کیا، بہادری دکھاؤں گا۔ سینے پر تمغے سجاؤں گا۔ گاؤں کا اور خاندان کا نام روشن کروں گا۔ ابا فخر سے سر اٹھا کر کہیں گے کہ کپتان کے باپ ہیں۔ تمھاری طرح خود غرض نہیں ہوں۔ مر بھی گیا تو ابا کو پینشن ملتی رہے گی۔''

میں خاموش رہ گیا۔ کیا کہتا کچھ کہنے کو نہیں تھا۔ واقعی میں نے صرف اپنے بارے میں سوچا تھا۔ حالانکہ مجھے ابا نے ہی میر صاحب کے سپرد کیا تھا اور فخر سے گاؤں والوں سے کہا کرتے تھے کہ ایک بہت بڑے کالج میں اونچی پڑھائی پڑھ رہا ہے۔ میر صاحب کی مہربانی سے دیکھنا ایک دن گاؤں کا نقشہ بدل دے گا، لیکن میں جانتا تھا کہ میں شاید گاؤں میں کبھی آ کر نہ بس سکوں۔ اگلے دن صبح ملٹری کا ٹرک آیا اور شمس خاں اپنا بوریا بستر لے کر چلا گیا۔ چلتے وقت میرے گلے لگ کر بولا ''بھائی کہا سنا معاف کر دینا، میں نے تم سے ہمیشہ کڑوا ہی بولا ہے لیکن میرے دل میں تمھارے لیے کوئی کڑواہٹ نہیں ہے۔ ہم سب کو اپنی زندگی جینے اور بنانے کا اختیار رہے۔''

شمس کے جانے کے بعد گھر ایک دم سونا ہو گیا۔ دادی کے جانے کے بعد شمس کا گھر سے چلا جانا اماں اور ابا کو بالکل توڑ گیا تھا۔ میں دس دن رہا، یہ دیکھ کر اطمینان ہوا کہ گلزار ابا کا سیدھا ہاتھ بن گیا ہے۔ ابا کی تمام ذمہ داریاں اس نے سنبھال لی ہیں۔ میں اور رکنا

چاہتا تھا، لیکن امتحان قریب تھے۔ بلبیر کی طرف سے بھی فکر تھی، کہیں کی کرائی محنت پر پانی نہیں پھیر دے اور چندر مکھی... اس کی یاد سے تو دل کبھی خالی ہی نہیں ہوا۔ ہر رات جب سونے لیٹتا تو میری بند آنکھوں پر اس کی پلکیں سایہ فگن ہو جاتیں۔

''مجھے ماہ رخ بلایا کیجیے۔ آپ کے منہ سے بہت اچھا لگتا ہے۔''

اور میں واپس رتن گڑھ آ گیا۔ دسویں کی فاتحہ پر، میر صاحب تعزیت کے لیے آئے تھے۔ لوٹتے ہوئے اپنے ساتھ ہی لے آئے۔

پیر بابا خاموش ہوئے تو ہمایوں اور ایڈی اٹھ کھڑے ہوئے۔

''بابا اب آرام کر لیجیے۔''

''کتنے دن تک کھینچو گے کہانی کو۔'' بابا مسکرائے۔ ''تم لوگوں کو اپنی نوکری پر بھی جانا ہے۔''

''آج دس تاریخ ہے۔ ابھی ہمارے پاس بیس دن ہیں اور کل میں نے بھورے خاں کے ہاتھ پاس کے گاؤں سے گھر خط بھی پوسٹ کروا دیا ہے کہ ابھی ہم کچھ دن بعد آئیں گے اور خیریت سے ہیں۔''

''یہ تم نے بہت اچھا کیا۔ ماں باپ کا دل اولاد کے لیے عجیب متضاد جذبات کی آماجگاہ ہوتا ہے۔ جہاں اولاد کی غلطیاں معاف کرنے کے معاملے میں بڑا وسیع ہو جاتا ہے وہیں اولاد کی فکر میں بہت چھوٹا بھی ہو جاتا ہے۔ والدین سے بڑھ کر دنیا میں کوئی نعمت نہیں ہے۔ اس کا احساس تب ہوتا ہے، جب لوگ اس نعمت سے محروم ہو جاتے ہیں۔''

پیر بابا قبر پر ہاتھ ٹیک کر اٹھے۔ آج ہمایوں نے انھیں سہارا دیا۔ جب وہ ہمایوں کے کندھے پر ہاتھ رکھے کاٹیج کی طرف بڑھ رہے تھے تو لالہ کا دل خود بخود ہلکا پھلکا ہو رہا تھا۔ ہونٹ بے بات ہی مسکرا رہے تھے۔ ایڈی سے دھیرے دھیرے باتیں کرتے ہوئے وہ ان دونوں کے پیچھے چل رہی تھی۔

سولھواں باب

اگلی رات پیر بابا نے کہانی کو آگے بڑھایا۔

''رتن گڑھ پہنچتے ہی میں بہت مصروف ہو گیا۔ بلبیر اور چندر مکھی کے امتحانات میں کچھ ہی دن بچے تھے۔ میرے اور ظفر کے امتحانات بھی ہونے والے تھے۔ ظفر کا یہ آخری سال تھا۔ ابھی تک ظفر کچھ طے نہیں کر پائے تھے کہ آگے کیا کریں گے۔ ملک کے حالات تیزی سے بدل رہے تھے، صاف نظر آ رہا تھا کہ موجودہ نظام زیادہ دن رہنے والا نہیں ہے۔ ہوا تبدیلیٔ زمانہ کا پتہ دے رہی تھی۔ میر صاحب چاہتے تھے کہ ظفر دربار سے وابستہ ہو جائیں۔ میر صاحب کے قویٰ بھی تھک چکے تھے۔ انھوں نے دبی زبان سے جب مہاراج سے کہا کہ اب انھیں اس ذمہ داری سے سبکدوش کر دیں تو مہاراج نے فوراً شرط رکھ دی ''میر صاحب آپ کو چھٹّی تب ہی ملے گی، جب صاحبزادہ ظفریاب کو اپنا قائم مقام بنا دیں۔ ہمارے راج دربار کی روایت بھی یہی ہے کہ باپ کا عہدہ بیٹے کو ملتا ہے۔ اگلے ماہ میں بھی مہاراج کنور کی گدّی نشینی کی رسم ادا کر کے اوکاش گرہن کر رہا ہوں۔ آپ بھی ظفریاب کو اپنا عہدہ سونپ دیں۔ اب نئی نسل کو حالات سے نبٹنے دیں۔''

میر صاحب نے گھر پر آ کر ذکر کیا تو ظفر خاموش ہو گئے۔ ان کا مزاج دربار اور درباری چونچلوں سے میل نہیں کھاتا تھا لیکن سعادت مندی کا تقاضا تھا کہ راضی برضا ہو جائیں۔ ''صرف اتنی گزارش ہے کہ کم سے کم سال بھر آپ اس ذمہ داری کو اور سنبھال

لیں، پھر جیسا آپ کہیں گے میں ویسا ہی کروں گا۔"

میر صاحب نے مہاراج کو صورت حال سے آگاہ کیا۔ مہاراج نے ہنس کر کہا۔

"میر صاحب، یہ نئی نسل ایک ہی طرح سوچتی ہے۔ مہاراج کنور کی بھی یہ ہی خواہش ہے کہ گدّی نشینی کی رسم ایک سال بعد ادا کی جائے، ابھی انھیں میری چھتر چھایا میں رہنے دیا جائے۔"

ظفر کو معلوم ہوا تو انھوں نے اطمینان کا سانس لیا۔

اسی زمانے میں جان ولیم نامی ایک افسر کلکٹر کے عہدے پر مقرر ہو کر مان گڑھ آئے۔ جوان آدمی تھے، ہم لوگوں سے عمر میں چار یا پانچ سال ہی بڑے ہوں گے۔ تھے تو انگریز لیکن عام انگریزوں سے بہت مختلف تھے۔ خوش مزاج، خوش خوراک اور خوش ذوق اردو کے عاشق زار تھے۔ اچھی اردو بولتے تھے اور شعر و ادب کا بھی ذوق رکھتے تھے۔ مان گڑھ سے پہلے مدراس میں تعینات تھے۔ وہاں ایک خوبصورت سی برہمن لڑکی پر دل آ گیا اور اس سے شادی بھی کر لی۔ خیر سب تفصیل تو بعد میں معلوم ہوئی۔ ابتدا میں تو قاعدے کے مطابق نئے مقرر ہوئے افسر کو مہاراج کی طرف سے تحائف اور باقی سب ہی درباری عہدے داروں کی طرف سے ڈالیاں بھیجی گئیں۔ پھر دعوتوں کا سلسلہ چلا۔ میر صاحب کے یہاں بھی دعوت ہوئی۔ سر جان ولیم اور مسز پاربتی ولیم کے علاوہ رانا کا خاندان بھی مدعو تھا۔ پہلی ہی ملاقات میں ولیم کے جوہر کھل گئے۔ خواتین زنان خانے میں تھیں۔ کھانے کے بعد بزرگ لوگ یعنی رانا اور میر صاحب ایک طرف بیٹھ کر باتیں کرنے لگے۔ ولیم، ظفر اور میں الگ محوِ گفتگو تھے۔ ولیم نے ایک پل کے لیے بھی اپنے عہدے کا رعب نہیں جمایا۔ پہلی ہی ملاقات میں ہم تینوں کی اچھی دوستی ہو گئی۔ معلوم ہوا کہ موصوف شکار کے بھی شوقین ہیں۔ ظفر اور میں کبھی کبھی شکار کے لیے چلے جایا کرتے تھے۔ ہم دونوں کا ہی نشانہ اچھا تھا۔ اب جو ولیم کا ساتھ ملا تو شکار کے پروگرام بننے لگے، اگرچہ ہم نے پروگرام امتحانات کے بعد کے لیے ملتوی کر دیے

تھے۔ ولیم بڑے مزے کی باتیں کرتے تھے۔ پاربتی سے اپنے عشق کی داستان بڑے چٹخارے لے کر بیان کی۔ اس کے باپ مدراس کی عدالتِ عالیہ میں جج تھے۔ پاربتی آفیسرز کلب میں ٹینس کھیلنے آتی تھی، وہیں ولیم سے دوستی ہوئی۔ مزے کی بات یہ ہے کہ جج صاحب نے بھی ایک دیسی عیسائی خاتون سے شادی کی تھی، اس لیے انھیں پاربتی کے ولیم سے تعلقات پر کوئی اعتراض نہیں تھا۔ البتہ ولیم کے والدین سخت ناراض تھے، لیکن ولیم پر عشق کا بھوت سوار تھا۔ چنانچہ شادی ہوگئی۔ دونوں میں مکمل ہم خیالی تھی۔ دونوں بہت خوش تھے۔ ان کی ایک پیاری سی بچّی بھی تھی روزا۔ غرض ولیم سے مل کر مجھے اور ظفر کو بہت اچھا لگا۔ امتحان کے بعد شکار کے پروگرام بننے لگے۔

امتحان ختم ہونے کے بعد میں گاؤں گیا۔ دادی کے بعد پہلی بار گاؤں گیا تھا۔ دادی کی بہت یاد آئی، ہر جگہ انھیں کی یادیں نقش تھیں۔ وہ ان کا آنگن میں بیٹھ کر تنور میں روٹیاں لگانا اور مجھے اپنے پاس بٹھا کر گرم گرم روٹی کھلانا، میرے بالوں میں تیل کی مالش کرنا، دور چلے آنے پر ناراض ہوجانا، غرض ہر بات یاد آتی تھی۔ ابا اماں مجھے دیکھ کر بہت خوش ہوئے لیکن اب ان کی ہر بات گلزار سے شروع ہو کر گلزار پر ختم ہوتی تھی۔ کوئی صلاح مشورہ کرنا ہو تو گلزار کی بات مانی جاتی تھی، کوئی لین دین کرنا ہو تو گلزار کی رائے اہم ہوتی۔ میں اپنے آپ کو اجنبی سا محسوس کرتا۔ وہ بھی اپنے طور پر صحیح تھے۔ جب گلزار ان کے پاس رہ رہا تھا اور ان کی ذمہ داریاں اٹھا رہا تھا تو پھر گلزار کے گن کیوں نہ گاتے۔ اور میں واپس مان گڑھ آگیا۔

چھٹیاں بڑے مزے میں گزریں۔ کئی مرتبہ ولیم کے ساتھ شکار پر جانا ہوا۔ ولیم یار باش آدمی تھا۔ دوستی کرنا اور دوستی نبھانا جانتا تھا۔ کبھی کبھی ہم بلبیر کو بھی ساتھ لے جاتے تھے۔ ولیم نے ظفر کو مشورہ دیا کہ منصفی کا امتحان دے دیں۔ یہ نظام زیادہ دن چلنے والا نہیں ہے۔ یوروپ میں جنگ زوروں پر چل رہی ہے۔ برطانیہ جیت بھی گیا تو شاید زیادہ دن ہندوستان پر قبضہ نہیں رکھ سکے گا، پھر دیکھو کیا ہوتا ہے۔ برٹش سرکار کانگریسی

نیتاؤں کو لالچ دے رہی تھی کہ انھیں اندرونی اختیار سونپ دے گی، اگر وہ جنگ میں ان کا ساتھ دیں گے۔ ظفر نے میر صاحب سے مشورہ کیا۔ میر صاحب خاموش ہو گئے۔ مہاراج کمار کی تخت نشینی التوا میں پڑی ہوئی تھی۔ دراصل ابھی انگریز ریزیڈنٹ بہادر کی طرف سے منظوری نہیں مل رہی تھی۔ اس لیے میر صاحب کا عہدہ بھی جیوں کا تیوں برقرار تھا۔ دو روز سوچنے کے بعد میر صاحب نے ظفر کو امتحان میں بیٹھنے کی اجازت دے دی۔

امتحانات کا نتیجہ آ گیا۔ بلبیر اور چندر مکھی دونوں ہی اچھے نمبروں سے پاس ہوئے تھے۔ ٹھکرائن نے مجھے جوڑا اور پانچ گنیاں تحفے میں دیں یہ کہہ کر کہ ''بھایا، اسے انعام مت سمجھنا، یہ ایک ماں کا اپنے بیٹے کو اُپہار ہے۔ تم بلبیر کو یونہی پڑھاتے رہو گے۔ سینئر کیمرج کر لے تو اس کے بابا سا آگے کی شکشا کے لیے لندن بھیجنا چاہتے ہیں۔ تم ابھی سے محنت کراؤ گے تب ہی کچھ کر سکے گا۔ ایک بار عادت چھوٹ گئی تو پھر وہی سر درد ہو جائے گا۔''

چندر مکھی کو دیکھے ہوئے بہت دن ہو گئے تھے۔ میں خود حویلی میں جانے کے لیے بے قرار تھا۔ دو ہفتے بعد بلبیر کا اسکول کھل گیا اور میں نے پھر رانا کی حویلی میں جانا شروع کر دیا لیکن سوال یہ تھا کہ اب چندر مکھی کس بہانے سے آئے گی۔ اس نے سینئر کیمبرج پاس کر لیا تھا اور رانا اسے آگے پڑھوانے کے حق میں نہیں تھے۔ اس کے رشتے کی بات ولبھ گڑھ کے رانا کے بیٹے سے چل رہی تھی لیکن چندر مکھی ابھی شادی کرنا نہیں چاہتی تھی، وجہ کچھ بھی رہی ہو۔

رانا بھی کشمکش میں تھے، کیونکہ ولبھ گڑھ کے کنور کی عمر چالیس کے لگ بھگ تھی۔ ٹھکرائن اپنی پھول سی بچّی کو بڈھے سے بیاہنے پر قطعی راضی نہیں تھیں۔ چندر مکھی کے پاس مجھ سے ملنے آنے کا کوئی جواز نہیں تھا۔ کبھی کبھی وہ نوکرانی کے ہاتھ سے ناشتے کی تھالی لے کر چلی آتی۔ میں گھبرا کر کھڑا ہو جاتا۔ ''آپ یہ تکلیف نہ کیا کریں۔''

''تو کیا کروں، کیسے آؤں تم سے ملنے؟'' اس نے کھلے لفظوں میں اپنی

بے قراریوں کا اظہار کر دیا۔ میرے لیے اپنے دل پر قابو رکھنا مشکل ہو رہا تھا۔ میں اس سے کہنا چاہتا تھا کہ میں بھی اسے دیکھنے کے لیے تڑپ رہا تھا، لیکن میں نے ضبط سے کام لیا اور اسے سمجھایا ''دیکھو چندر مکھی اس سے تمھارے گھر کی بدنامی ہوگی۔ پہلے کی بات اور تھی، تم مجھ سے پڑھتی تھیں۔ اب بے وجہ تمھارا یوں آنا مناسب نہیں ہے۔''

''مجھے کچھ اور پڑھا دو، اردو پڑھا دو، فارسی پڑھا دو، لیکن میں تم سے ملے بغیر نہیں رہ سکتی۔'' چندر مکھی بہت ضدی بھی تھی اور صاف گو بھی۔ میں نے ڈر کر بلبیر کو دیکھا جو کمرے کے دوسرے سرے پر بیٹھا اپنے سوال حل کرنے میں مصروف تھا۔

''اس کے لیے تمھیں رانا صاحب اور اپنی ماں صاحبہ سے اجازت لینی ہوگی۔''

وہ برا سا منہ بنا کر چلی گئی۔ کئی دن تک نہیں آئی۔ میں ہر آہٹ پر چونک پڑتا۔ ایک بے نام سی خلش، ایک بے وجہ کا انتظار۔ کئی دن بعد ایک دن پھر ناشتے کی تھالی اٹھائے چلی آئی۔ اس کی چال میں لڑکھڑاہٹ تھی۔ جب وہ قریب آئی تو اس کے منہ سے شراب کی بُو آرہی تھی۔ میں دھک سے رہ گیا ''چندر مکھی تم نے شراب پی ہے!'' سخت لہجے میں بازپرس کی۔

''مت کہو مجھے چندر مکھی، میں ماہ رخ ہوں'' وہ زور سے بولی، پھر کمرے میں بلبیر کی موجودگی محسوس کر کے آواز دبا لی۔''کیا کروں ایبک۔ میں اپنے بس میں نہیں ہوں۔ تم سے ملے بغیر مجھے چین نہیں آتا۔ یہ میری برداشت سے باہر ہے۔ میں بھی بائی جی لال کی طرح اپنے آپ کو شراب میں ڈبو کر سب کچھ بھول جانا چاہتی ہوں۔'' اس کی آنکھوں میں گلابی ڈورے تھے۔

''ماہ رخ تم آئندہ شراب کو ہاتھ بھی نہیں لگاؤ گی۔ تم بائی جی لال نہیں ہو۔ تم میری ماہ رخ ہو۔ اگر ذرا سا بھی میرا خیال ہے تو آئندہ اس نجس چیز کی طرف دیکھو گی بھی نہیں۔''

''تمھارے لیے تو جان بھی دے دوں گی۔'' یہ وہ نہیں اس کا نشہ بول رہا تھا۔

''تم کہتے ہو تو اب کبھی نہیں پیوں گی۔ آج پہلی دفعہ پی تھی۔ بائی جی لال آئی تھیں آج۔ وہ کہتی تھیں اسے پینے سے سارے غم بھول جاتے ہیں۔ انھوں نے زبردستی پلا دی تھی، لیکن ایک میرے غم بھولنے کے بجائے اور تازہ ہو گئے۔ تم سے ملنے، تمھیں دیکھنے کی تمنا دیوانگی بن گئی۔''

میں نے اسے بہلا پھسلا کر واپس اندر بھیجا۔ بلبیر سامنے ہی بیٹھا تھا۔ وہ اب اتنا بچّہ بھی نہیں تھا۔ میرے کہنے پر چندر مکھی اندر چلی گئی۔

بائی جی لال، مہاراج کی بیٹی تھیں، انھیں اپنے ایک معمولی اہلکار سے محبت ہو گئی تھی۔ مہاراج نے اسے شکار کے لیے جنگل میں بھجوایا تھا، وہاں اسے شیر کھا گیا۔ سب سمجھتے تھے کہ یہ کوئی اتفاقی حادثہ نہیں تھا۔ اس کے بعد سے بائی جی لال نے اپنے آپ کو شراب میں ڈبو دیا تھا۔ راجپوت راج گھرانے میں عورتوں کا شراب پینا کوئی قابلِ اعتراض بات نہیں سمجھی جاتی تھی۔ تہوار اور تقریبات پر سب ہی چکھ لیا کرتی تھیں، لیکن بائی جی لال کی کہانی کچھ اور تھی۔ مہاراج کی پہلی بیوی پٹ رانی کی اولاد تھیں۔ پٹ رانی مہاراج سے عمر میں دس پندرہ سال بڑی تھیں۔ راجا مہاراجاؤں کی کئی شادیاں ہوا کرتی تھیں۔ مہاراج کا دل باندی پور کی راجکماری کلاوتی پر آ گیا۔ کلاوتی مہاراج کی من پسند رانی تھیں۔ مہاراج ان کی زلف کے اسیر ہو گئے۔ کلاوتی سے دو بیٹے ہوئے، جبکہ پٹ رانی سے صرف ایک بیٹی ہی تھی، جو بائی جی لال کہلاتی تھی۔ بائی جی لال نفسیاتی الجھنوں کا شکار ہو گئیں۔ مہاراج نے اعلیٰ تعلیم کے لیے لندن بھیج دیا۔ ساتھ میں بائی جی لال کی آیا اور باڈی گارڈ بھی تھا۔ محبت کو ترسی ہوئی بائی لال کو اپنے اے ڈی سی سے عشق ہو گیا۔ چھ ماہ بعد جب چھٹیوں میں مان گڑھ آئیں تو مہاراج نے اے ڈی سی کا کام نہایت ہوشیاری سے تمام کر دیا اور بائی جی لال کی تعلیم ادھوری رہ گئی۔ کئی راناؤں کے یہاں رشتہ ہو سکتا تھا لیکن بائی جی لال نے شادی سے انکار کر دیا اور اپنے آپ کو غرقِ مے کر دیا۔ کلاوتی نے مہاراج کو ان کی طرف سے بدظن کرانے میں کوئی کسر نہیں چھوڑی۔ نتیجہ

یہ ہوا کہ بائی جی لال بالکل تنہا رہ گئیں۔ شراب کا جام ہر وقت ہاتھ میں رہتا۔ اگر غریب آیا شراب دینے سے انکار کرتی تو ان پر جنونی کیفیت طاری ہو جاتی۔ سامان توڑ دیتیں۔ آیا کو نوچ کھسوٹ کے رکھ دیتیں۔ بس ان کی انگریز گورنس ہی ان کی دوست تھی۔ اسی کا کہنا مانتی تھیں وہ اور تباہ کر رہی تھی۔

بائی جی لال کی کہانی مان گڑھ کا بچّہ بچّہ جانتا تھا۔ میں نے جب چندر مکھی کے منہ سے بائی جی لال کا نام سنا تو گھبرا گیا۔ کہیں وہ ان کی صحبت میں نہ پڑ جائے۔

دو چار روز کے بعد ایک دن چندر مکھی آئی۔ خوشی اس کے انگ انگ سے چھلک رہی تھی۔ اس نے بتایا کہ ''دادی سا کے بھائی کی طبیعت بہت خراب ہے۔ رانا انھیں لے کر سوراشٹر کے جونا گڑھ ضلع میں جا رہے ہیں۔ دادی سا کم سے کم دو ماہ تو مائیکے میں رکیں گی اور ان کی صحت اور عمر کے پیشِ نظر رانا بھی ان کے ساتھ ہی واپس آئیں گے، یوں بھی رانا برسوں بعد ننیہال جا رہے ہیں۔ پھر میں تم سے اردو اور فارسی پڑھنا شروع کر دوں گی۔ ماں سا نے اجازت دے دی ہے۔''

میرا دل خواہ مخواہ ہی ہلکا پھلکا ہو گیا۔ وہ مورنی کی طرح اٹھلاتی ہوئی چلی گئی اور میں سوچتا رہا۔ میں یہ کیا کر رہا ہوں؟ میرا دل میرے اختیار میں کیوں نہیں؟ اس کا ساتھ مجھے کیوں اچھا لگتا ہے؟ کیوں ایسا ہوتا ہے، جب کچھ دن وہ نظر نہیں آتی تو میرا دل کسی کام میں نہیں لگتا؟ کیوں میں پورے دن رانا کی حویلی میں جانے کا انتظار کرتا ہوں؟ وہ نظر آ جاتی ہے تو دل کو قرار سا بھی آ جاتا ہے اور بے قراری بھی بڑھ جاتی ہے۔ لیکن یہ خلش، بے تابیاں کیوں اچھی لگنے لگی ہیں۔ بقول ظفر میں کیوں آگ سے کھیل رہا ہوں؟ اس کا انجام کیا ہو گا؟ میں کیوں اس کے بڑھتے قدموں کو روک نہیں دیتا۔ وہ تو اٹھارہ انیس سال کی الھڑسی دوشیزہ تھی، لیکن میں تو اٹھائیس سال کا پورا مرد تھا۔ میرے پاس عقل بھی تھی، سمجھ بھی تھی، دور اندیشی بھی تھی اور انجام سے آگاہی بھی تھی۔ پھر کیوں کیوں؟ کیوں؟ میں نے ہار کر سوچا اب مجھے اپنے دل پر اختیار نہیں رہا ہے۔ میرے جذبوں نے مجھے

بے خوف بنا دیا تھا، جو ہوگا دیکھا جائے گا، جان جائے گی تو چلی جائے۔ اس کے بغیر جینے کا تصور بھی تو سوہانِ روح تھا۔ فی الحال تو یہ صورت تھی کہ مجھے دو ماہ بغیر کسی روک ٹوک کے اسے اردو اور فارسی پڑھانی تھی اور میں بہت خوش تھا۔

دو روز بعد رانا مع دادی سا اور درجن بھر خدمت گاروں اور فوجیوں کے سوراشٹر کی طرف کوچ کر گئے۔ چندر مکھی کی تو جیسے عید ہو گئی۔ اس نے اردو اور فارسی کی ابتدائی کتابیں منگائیں اور اگلے ہی دن اپنا بستہ سنبھالے آدھمکی۔ بلبیر بہت جز بز ہوا۔

''تجھے اور کوئی کام نہیں ہے، جو مجھے ڈسٹرب کرنے چلی آتی ہے۔ راج محل میں اور بھی تو لڑکیاں ہیں۔ آرام سے بیٹھ کر کشیدہ کاری سیکھتی ہیں، سوئٹر کے نئے نئے نمونے سیکھتی ہیں۔ کھانا بنانا سیکھتی ہیں۔ ایک تُو ہے کہ جب دیکھو کتابیں اٹھائے چلی آتی ہے۔ بابا سا نے تجھے اسکول بھیج کر برباد کر دیا۔''

''تُو کیوں جلتا ہے۔ میں تیری پڑھائی میں تو ڈسٹرب نہیں کرتی۔ جب تو ایکسر سائز کر رہا ہوتا ہے تب ذرا سا پوچھنے آجاتی ہوں اور تُو یہ محل کی دوسری لڑکیوں سے میرا مقابلہ کیوں کرتا ہے۔ انھوں نے کانوینٹ میں تعلیم حاصل نہیں کی تھی اور نہ ہی کوئی سینئر کیمبرج پاس ہے، میری طرح۔'' وہ اترائی۔

''تیرا وہ بڈھا کنور سینئر کیمبرج کو لے کر نہیں چاٹے گا۔ گھر داری کروائے گا تجھ سے۔ تب یہ کتابیں کام نہیں آئیں گی۔''

''بڈھی ٹھکرائن ملے گی تجھے۔ میرے لیے تو سندر سا راج کمار آئے گا اور گھوڑے پر بٹھا کر دُور دیش لے جائے گا۔'' اس نے کنکھیوں سے میری طرف دیکھا۔

میں پریشان ہو گیا کہ کہیں آگے کچھ الٹا سیدھا نہ بول دے۔ میں نے جلدی سے صلح صفائی کروائی۔

''بلبیر تمھارا ایک ایک منٹ قیمتی ہے۔ تم وہاں جا کر بیٹھو اور جیسے ابھی میں نے سمجھایا ہے۔ یہ سوال حل کر کے دکھاؤ۔''

وہ منہ ہی منہ میں بڑبڑاتا ہوا چلا گیا۔ چندر مکھی بڑے دلکش انداز میں مسکرائی۔

"اب بتائیے کہاں سے شروع کریں گے الف سے انار، ب سے بکری۔ لیکن یہ تو مجھے آتا ہے، تو آج کا سبق تو ہو گیا۔ اب کچھ اور باتیں کرتے ہیں۔"

"دیکھو ماہ رخ۔ جب تم نے اردو پڑھنے کی بات کی ہے تو سنجیدگی سے پڑھو تا کہ دو ماہ بعد کچھ تو علم ثابت کر سکو۔"

"تو میں منع تھوڑا ہی کر رہی ہوں، لیکن مجھے تم اپنے مذہب کے بارے میں بھی بتایا کرو گے۔ سچ مجھے بہت اچھا لگتا ہے تمھارا مذہب۔ کہیں جانے کی ضرورت نہیں، کسی مورتی کی ضرورت نہیں، ہر جگہ تم لوگ اپنی عبادت کر لیتے ہو۔"

"اچھا بابا بتایا کروں گا۔ ذرا آہستہ بولو، کسی داسی کے کان میں بھنک بھی پڑ گئی تو تمھارے خاندان والے میری تکّہ بوٹی کر کے رکھ دیں گے۔"

"تمھاری کوئی تکّہ بوٹی کرے اس سے پہلے میں اپنی جان دے دوں گی۔"

"تمھارے لیے تو بس جان دینا بڑا آسان ہے۔ بات بات پر جان دینے کی بات کرنے لگتی ہو۔ جان بڑی قیمتی شے ہے۔ صرف اپنی ہی نہیں ہوتی، بلکہ دوسروں کی امانت ہوتی ہے۔"

"کس کی؟ تمھاری؟" اس نے شوخی سے پوچھا۔

"تمھارے ماں باپ کی، گھر والوں کی۔" میں نے ٹالنا چاہا۔

"تمھاری بھی یا نہیں؟" وہ سر ہو گئی۔

"ہاں میری بھی۔"

"سیدھی سیدھی بات کیا کرونا، اتنا ڈرتے کیوں ہو۔"

"اس لیے ڈرتا ہوں کہ تمھیں کھونا نہیں چاہتا۔" آخر میرے دل کی بات زبان پر آ گئی اور وہ خوش ہو گئی اور جذباتی بھی۔

دن گزرتے رہے۔ وہ اردو اور تھوڑی بہت فارسی پڑھتی۔ ڈھیروں اِدھر اُدھر کی

باتیں کرتی۔ اسلام سے متعلق معلومات حاصل کرنے کا بڑا شوق تھا۔ بہت سوال کیا کرتی تھی۔

میں اسے قرآن شریف کی آیات کا مطلب بتاتا۔ پیغمبروں کے قصّے سناتا، اسلامی جانبازوں کے کارنامے سناتا۔ ولیوں کی کرامتوں کا ذکر کرتا۔ وہ بڑے شوق سے سنتی۔ ایک دن مجھ سے کہنے لگی۔

''ایبک، مجھے مسلمان بنالو، مجھے تمھارا مذہب بہت اچھا لگتا ہے۔''

میں نے سمجھایا'' دیکھو ماہ رخ، بچپنا چھوڑو۔ یہ کیسے ممکن ہے۔ یوں بھی اگر تم میری وجہ سے مسلمان ہونا چاہتی ہو تو یہ بتادوں کہ مذہب ان وجوہات سے نہیں بدلا جاتا۔ مسلمان ہونے کا مطلب ہے دل اور دماغ اور نیت سے مسلمان ہونا۔ صرف زبان سے کہنا کافی نہیں ہے۔''

''میں جانتی ہوں۔ میں صرف تمھارے لیے دھرم بدلنا نہیں چاہتی، بلکہ سچ مچ میرا دل تمھارے مذہب کی طرف کھنچتا ہے۔''

''پھر بھی۔ پہلے اچھی طرح سوچ لو۔''

''میں نے بہت سوچا ہے ایبک۔ میں اپنے پرانے دھرم پر قائم نہیں رہ سکتی، جس دھرم پر سے عقیدہ اٹھ جائے اس کو ماننے سے کوئی فائدہ نہیں ہے۔ مجھے بتاؤ اس کے لیے مجھے کیا کرنا ہوگا؟''

''کرنا کچھ نہیں ہوگا۔ صرف کلمہ پڑھنا، دل اور زبان سے اقرار کرنا کہ اللہ ایک ہے، اس کے سوا کوئی معبود نہیں ہے اور محمدؐ اللہ کے بندے اور رسول ہیں۔''

''وہ تو میں دل سے مان چکی ہوں۔ کیا کسی مولوی کے پاس جانا پڑتا ہے۔''

''نہیں کسی کی کوئی ضرورت نہیں ہے۔ اگر تم نے دل سے کلمہ پڑھ لیا تو تم مسلمان ہو گئیں۔''

''تو میں دل سے اور زبان سے گواہی دیتی ہوں اور کلمہ پڑھتی ہوں، لا الہ الا اللہ

محمد رسول اللہ۔''

میں سن ہو کر رہ گیا۔'' یہ کیا کہہ رہی ہو چندر مکھی۔ تمھارے ماں باپ، تمھارا خاندان، تمھارا سماج، کیا جینے دے گا تمھیں، یہ بچّوں کا کھیل نہیں ہے۔''

''میں بچّی نہیں ہوں اور مجھے کسی کی کوئی فکر یا پروانہیں ہے۔تم گواہ رہنا۔آج سے میں مسلمان ہوں۔ مجھے نماز سکھا دو اور ہاں آئندہ مجھے چندر مکھی مت کہنا۔ میں ماہ رخ ہوں۔''

پیر بابا کی آنکھیں بھیگ گئیں۔ وہ خاموش ہو گئے۔ چند ثانیے کے لیے سب ہی خاموش رہ گئے۔ پھر پیر بابا کچھ بولے بغیر اٹھ کھڑے ہوئے۔ لالہ نے انھیں سہارا دیا اور وہ چبوترے کی سیڑھیاں اتر کر کاٹیج کی طرف بڑھ گئے۔رات کے دو بج رہے تھے۔ ایڈی نے گھڑی دیکھی اور وہ دونوں بھی اپنے کمروں کی طرف بڑھ گئے۔

سترہواں باب

اگلے دن پیر بابا کی طبیعت کچھ سست تھی۔ ناشتے کے دوران بھی خاموش ہی رہے۔ بس صرف اتنا کہا ''آج کچھ طبیعت میں گرانی ہے۔ آج میں آرام کروں گا۔''

لیکن وہ آرام نہیں کر پائے۔ ایک مارگزیدہ کا کیس آ گیا۔ دس بارہ سال کا ایک بچّہ تھا، جسے اس کے باپ چچا بیل گاڑی میں ڈال کر لائے تھے۔ آج صبح ہی سانپ نے کاٹا تھا۔ زہر ابھی زیادہ پھیلا نہیں تھا۔ پیر بابا فوراً اٹھ کر چلے گئے۔ شبراتی، بھورے خاں، بابو خاں سب ہی پانی کھینچنے میں مدد کرنے کے لیے جمع تھے۔ یہ لوگ برآمدے میں ہی بیٹھے رہے۔ ہمایوں نے کہا:

''بابا آج بہت تھکے ہوئے لگ رہے ہیں۔ آرام کا ارادہ کیا تو یہ چکر نکل آیا۔''

لالہ بولی ''یہ تو ہر دوسرے چوتھے دن کا قصّہ ہے۔ بابا منع بھی تو نہیں کر سکتے۔''

یہ لوگ عام طور پر رات کی کہانی کا دن میں کوئی ذکر نہیں کیا کرتے تھے لیکن آج ایڈی سے کہے بغیر رہا نہیں گیا۔

''رات کو پیر بابا بہت جذباتی ہو گئے تھے۔ اتنی جذباتیت ان کے اعصاب کے لیے اچھی نہیں ہے۔ آج ہم کہانی نہیں سنیں گے۔ آپ انھیں جلدی سلا دیجیے گا۔''

''میں بھی یہی سوچ رہی تھی۔ آج بابا بہت تھکے ہوئے لگ رہے ہیں۔ حالانکہ میں آگے کا حال سننے کے لیے سخت بے چین ہوں۔ خود اپنی حقیقت پر سے پردہ اٹھتا ہے تو کیسا لگتا ہے، یہ آج محسوس ہو رہا ہے۔'' لالہ نے دھیرے سے کہا۔

''کسی نہ کسی طرح ہم دونوں بھی اس کہانی سے گہرے طور پر جڑے ہوئے ہیں۔ میرے تو خواب وخیال میں بھی نہیں تھا کہ میرے باپ دادا اور انکل ولیم سب ہی اس کہانی کے کردار ہوں گے۔''

''ہمایوں، میں سوچ رہا تھا کہ کیا یہ محض اتفاق تھا کہ ہم پشکر سے لوٹتے ہوئے بھٹک جاتے، ہماری گاڑی یہیں خراب ہوتی اور پیر بابا کی باڑی میں پناہ ملتی۔ قدرت کو شاید یہ سب کھیل دکھانا مقصود تھا۔ سب کچھ یہاں لکھا ہوا تھا۔'' ایڈی نے فلسفیانہ انداز میں اپنی پیشانی کی طرف انگلی سے اشارہ کیا۔

''لیکن آخر ہمارے والدین نے ہمیں اس سب کے بارے میں کیوں نہیں بتایا۔''

ہمایوں نے الجھ کر پوچھا۔

''یہ تو آگے کی کہانی سن کر ہی اندازہ ہوگا کہ کیا راز تھا۔'' لالہ نے کھوئے ہوئے انداز میں جواب دیا۔

یہ لوگ دیر تک باتیں کرتے رہے۔ اس عرصے میں پیر بابا واپس اندر چلے گئے۔ لڑکا ٹھیک ہو کر اپنے پیروں سے چل کر ہنستا کھیلتا اپنے باپ چاچا کے ساتھ اپنے گھر چلا گیا۔ بابو خاں بھی پانی کھینچ کھینچتے تھک گئے تھے۔ بھورے خاں کے ساتھ ایک طرف بیٹھ کر بیڑی پینے لگے۔ ایڈی لائبریری چلا گیا، جہاں سے وہ تھامس ہارڈی کا ایک ناول اور غالب کا دیوان لے کر اپنے کمرے میں چلا گیا۔ اس دن کے طوفان کے بعد نئی فصل کے لیے زمین تیار کی جا رہی تھی اور سبزیوں کے بھی نئے بیج بوئے جا رہے تھے۔ لالہ ان کی نگرانی کے لیے باہر نکلی تو ہمایوں بھی اس کے ساتھ ہی چلا آیا۔ دھوپ ابھی نا قابلِ برداشت نہیں ہوئی تھی۔ باڑی کا ایک چکر لے کر لالہ باورچی خانے کی طرف چلی گئی اور ہمایوں اپنے کمرے میں چلا آیا۔ ایڈی الٹا لیٹا ہوا پاؤں ہلا ہلا کر مزے سے ناول پڑھنے میں مصروف تھا۔ ہمایوں نے دیوان غالب اٹھا لیا اور ورق گردانی کرتا رہا۔ تھوڑی دیر بعد ایڈی ناول بند کرتے ہوئے بولا ''یار ہم تو سمجھتے تھے کہ یہ عشق و محبت آج کے

نوجوانوں کے شوق ہیں، لیکن یہ تو پرانے زمانے میں بھی ہوا کرتے تھے اور بڑے دھڑلے سے ہوتے تھے۔''

''محبت تو ایک لافانی اور آفاقی جذبہ ہے۔ یہ ہمیشہ سے ہے اور ہمیشہ رہے گا۔ میرے ابا جانی کہتے ہیں عشق ہی وجۂ تخلیقِ عالم ہے۔'' ہمایوں نے بے حد بزرگانہ انداز میں تشریح کی۔

''ایک منٹ۔ یہ تم نے محبت کو لافانی اور دوسرا کونسا جذبہ بتایا ہے، ذرا میں اپنی ڈائری میں نوٹ کرلوں۔'' ایڈی فوراً اٹھ کے بیٹھ گیا اور تکیے کے نیچے سے اپنی ڈائری نکالی۔

''آفاقی۔'' ہمایوں نے دوہرایا۔

''اس کا مطلب بھی بتادو۔''

''پوری طرح تو نہیں بتا سکتا۔ ہاں کچھ Abstract سا سمجھ لو۔''

''یار بڑا خوبصورت لفظ ہے۔ پیر بابا سے اس کا مطلب پوچھیں گے۔''

''رحم کر میرے بھائی۔ گھر چل کر ڈکشنری میں دیکھ لینا۔ پیر بابا کو ان خرافات میں مت الجھاؤ۔''

''چلو معاف کیا۔ تو تم محبت کے بارے میں کیا فلسفہ ہانک رہے تھے۔''

''یہ فرما رہا تھا کہ جناب آپ خود بھی تو محبت کا ہی نتیجہ ہیں، یاد نہیں آپ کے والد صاحب کو بھی آپ کی والدہ صاحبہ سے عشق ہی ہوا تھا۔'' ہمایوں نے چھیڑا۔

''ہاں یار میں بھول گیا تھا۔ مجھے کب ہوگا عشق؟ نہ جانے وہ کون ہوگی کیسی ہوگی۔ انگریز تو ملنے سے رہی۔ ہندوستانی سے ہی کام چلانا پڑے گا۔'' ایڈی کا مسخرا پن ابھر آیا۔

''تم تو کہتے تھے کہ تمھیں گوری لڑکیاں پسند ہی نہیں ہیں، پھر اب یہ کام چلانے کی بات کہاں سے آگئی۔''

’’ارے تو سانولی بھی تو نہیں ملی ہے ابھی تک۔ تیرا تو بیڑا پار ہو گیا۔ تجھے یاروں کی کیا فکر۔‘‘

’’نہیں نہیں ایسی بات نہیں ہے۔ گھر چل کر اپنے ہاں کھانا پکانے والی بڑی بی کی لڑکی سے تیرا بھی معاملہ فٹ کروائے دیتے ہیں۔‘‘

ایڈی ہمایوں کو مارنے اٹھا۔ اتنے میں شبراتی اپنے دانت چمکاتا آ گیا۔

’’لالہ بی بی بولیں روٹی کھا لو۔‘‘

’’چل بھائی اب تُو روٹی ہی کھلا دے۔ اس گدھے کی مرمت پھر کسی وقت دیکھی جائے گی۔‘‘ ایڈی نے شبراتی کے کندھے پر ہاتھ رکھ کر کہا اور وہ دونوں برآمدے میں نکل آئے۔

اب یہ لوگ اندر ڈائننگ روم میں کھانا کھانے لگے تھے۔ لالہ بھی ان کے ساتھ ہی شریک طعام ہوتی تھی۔ آج بابا دوپہر کے کھانے پر بھی موجود نہیں تھے۔ لالہ نے بتایا کہ ’’بابا نے اپنے کمرے میں ہی کچھ ہلکا سا کھانا کھا لیا۔‘‘

ایڈی بولا ’’مجھے لگتا ہے، جس دن بابا سانپ کا زہر اتارتے ہیں، اس دن اور بھی زیادہ تھک جاتے ہیں۔‘‘

’’بڑی مضبوط قوتِ ارادی کی ضرورت ہوتی ہے۔ ان چیزوں کے لیے، تکان تو ہوتی ہی ہو گی۔‘‘ ہمایوں نے اظہار خیال کیا۔

’’کاہے کی ضرورت ہوتی ہو گی؟‘‘ ایڈی بولا ’’یار کھانے کے بعد وہ لفظ بتا دینا میں اپنی ڈائری میں نوٹ کر لوں۔‘‘

لالہ ہنس پڑی ’’آپ واقعی اردو کے سچّے عاشق زار ہیں۔‘‘

’’خبطی ہے۔‘‘ ہمایوں نے پیار سے ایڈی کو خطاب دیا۔

’’خبطی کا مطلب مجھے معلوم ہے۔ کسی دن ضرور بدلا لوں گا۔‘‘

ایسی ہی ہلکی پھلکی باتوں کے دوران کھانا ختم ہوا اور یہ لوگ اپنے کمرے میں چلے

آئے۔آج گرمی زیادہ تھی۔لُو بھی چل رہی تھی۔شبراتی نے خس کے پردوں پر چھڑکاؤ کر دیا تھا، جس کی وجہ سے کمرہ بھینی بھینی خوشبو سے مہک رہا تھا۔شبراتی نے انھیں بمشکل سمجھایا کہ آج وہ دوپہر کوان کے کمرے میں ہی رکے گا تاکہ خس کے پردے جو بار بار لُو سے سوکھ جاتے تھے، پانی چھڑک کر گیلے کر سکے۔وہ اپنی سلیٹ اور کتاب لے کر وہیں چلا آیا۔ایڈی ناول میں منہمک ہوگیا اور ہمایوں شبراتی کی ہندی کے اکشر لکھنے میں مدد کرتا رہا۔نہ جانے کب دونوں کی آنکھ لگ گئی۔شبراتی بھی زمین پر ہی لیٹ کر سو گیا۔ شام کو بابو خاں نے آکر سب کو جگایا۔شبراتی پر بڑی ڈانٹ پڑی۔اس کا کان کھینچتے ہوئے بابو خاں نے گھسیٹا تو ایڈی اور ہمایوں نے بیچ بچاؤ کروایا۔

ہمایوں بھی اپنے لیے لائبریری سے ایک کتاب لے آیا تھا، کیونکہ رات کو دیر تک جاگنے کی عادت پڑگئی تھی اور آج کہانی کا ناغہ تھا،لیکن رات کے کھانے کے بعد شبراتی ڈرتا سہمتا آیا اور پیر بابا کا پیغام دیا کہ پیر بابا آپ کو بلا رہے ہیں۔

''کہاں؟''ایڈی نے پوچھا۔

''اپنے کوٹھار میں۔''

''کہاں؟''ایڈی نے حیرت سے پوچھا۔

''ارے اپنے کمرے میں بلا رہے ہیں۔''ہمایوں نے سمجھایا۔

''خیریت؟ آج کمرے میں کیسے۔اور یوں بھی آج تو کہانی سنانا پروگرام میں شامل نہیں تھا۔''ایڈی بڑبڑاتا ہوا چپل گھسیٹ کر ہمایوں اور شبراتی کے ساتھ اندر چلا۔

وہ لوگ آج پہلی مرتبہ پیر بابا کے کمرے میں آئے تھے۔بڑا پاکیزہ ماحول تھا۔ کمرے میں قرآنی آیات، کعبے اور روضہ مبارک کے طغرے لگے ہوئے تھے۔ایک طرف نماز کی چوکی بچھی تھی، جس پر جائے نماز بچھی تھی، کونا مڑا ہوا تھا۔چھوٹا سا ریک رکھا تھا، جس پر اوپر رحل پر قرآن پاک اور نیچے کچھ کتابیں رکھی تھیں۔ایک پلنگ بچھا تھا، جس پر سفید براق چادر بچھی تھی، سفید تکیے رکھے تھے۔پاس ہی چھوٹا سا حقّہ رکھا تھا۔پیر بابا

پلنگ پر نیم دراز تھے۔ پلنگ کے پاس تین کرسیاں ڈال دی گئی تھیں۔ ایک طرف پانی کی صراحی کٹورہ ڈھکی ہوئی رکھی تھی۔ لالہ پلنگ پر بیٹھی بابا کے پاؤں دبا رہی تھی۔ ہمایوں اور ایڈورڈ سلام کر کے کرسیوں پر بیٹھ گئے۔ ہمایوں نے پوچھا۔

''بابا آپ کا مزاج کیسا ہے؟''

''خیر ہے۔ ٹھیک ہوں۔ آج ذرا تکان زیادہ ہوگئی تھی، سوچا کہ چبوترے پر محفل سجانے کے بجائے تم لوگوں کو یہیں خواب گاہ میں بلا لوں۔''

''لیکن بابا ہم نے تو سوچا تھا آپ آج آرام کر لیں۔ کہانی کل ہو جائے گی۔'' ایڈی نے کہا۔

لالہ بولی ''میں نے تو خود کہا تھا، لیکن بابا مانتے کب ہیں، کہنے لگے کیا ساری عمر کہانی ہی سنتی رہو گی۔''

بابا مسکرائے ''ارے بھئی لڑکوں کو اپنی نوکریوں پر بھی جانا ہے۔ یوں بھی جب کہانی اختتام کے قریب ہو تو اسے زیادہ ٹالنا نہیں چاہیے۔

یہ فسانہ قریب اختتام آ گیا

اور ہمایوں، یہ نہ سمجھنا کہ میں تم لوگوں کو بھگانا چاہتا ہوں۔ تم لوگوں کا قیام تو میرے لیے باعثِ تقویت ہے، لیکن تمھارے والدین انتظار کر رہے ہوں گے اور مجھے بھی کچھ ضروری کام انجام دینے ہیں۔'' کچھ رک کر بابا نے کہانی شروع کی۔

''میر صاحب کی حویلی میں خوشی کا ماحول تھا۔ ظفر اور ماہِ نور دونوں کی نسبت ٹھہر گئی تھی۔ ظفر کے ماموں کے گھر میں رشتہ ہو رہا تھا۔ آمنے سامنے کا رشتہ تھا، جسے ہماری زبان میں آنٹے سانٹے کا رشتہ کہتے ہیں۔ میر صاحب کے سالے اختر زماں کی بیٹی رقیہ سے ظفر کی نسبت ہو رہی تھی اور ان کے بیٹے بدیع الزماں سے ماہِ نور کا رشتہ طے ہوا تھا۔ منگنی کی تقریب کی تیاریاں زوروں پر تھیں۔ ظفر جھینپے جھینپے پھرا کرتے۔ اکثر ماہ رخ بھی ماہِ نور کے پاس آ جاتی اور ٹھکرائن کا بھی آنا جانا لگا رہتا تھا۔ اسی دوران رانا بھی جونا گڑھ

سے واپس آ گئے تھے اور ماہ رخ کی اردو فارسی کھٹائی میں پڑ گئی تھی۔ جب وہ میر صاحب کی حویلی آتی تو کسی نہ کسی بہانے زنانی ڈیوڑھی پر آ کر مل لیا کرتی تھی۔ کبھی کچھ منگوانے کے بہانے کبھی کچھ دینے کے بہانے۔ تقریب تو منگنی کی تھی لیکن شادی جیسا ماحول تھا۔ ہفتہ بھر پہلے سے اختر زماں مع اہل وعیال اور لواحقین کے آ گئے تھے۔ مہر النسا بیگم ماں باپ اور بھائی بھابی کی خاطر میں کوئی کسر نہیں، چھوڑنا چاہتی تھی۔ حویلی کا مہمان خانہ جو پہلی منزل پر تھا، دلہن کی طرح مہمانوں کے لیے سجا سنوار کر تیار کیا گیا تھا۔ یوں تو ہر فرد ہی مصروفیت کی چادر اوڑھے تھا، لیکن میری مصروفیت کچھ سوا ہی تھی۔ ظفر کے دوست اور منہ بولے بھائی ہونے کے ناطے ہر جگہ میری ہی پکار ہوتی تھی۔ میرا ایک قدم بازار میں ہوتا تو دوسرا باورچی خانے میں تو کبھی مہمان خانے میں۔ ماہ رخ جو ماہِ نور کی سب سے قریبی دوست تھی، دو روز پہلے سے آ گئی تھی۔ اس کا بس نہیں تھا کہ میں زنانی ڈیوڑھی پر اس کی فرمائشیں ہی پوری کرتا رہوں۔

میر صاحب نے میرے گھر والوں کو بھی باصرار بلایا تھا لیکن کافی دن سے شمس کی کوئی خیریت نہیں معلوم ہوئی تھی۔ اماں سخت پریشان تھیں۔ ابا صرف ایک روز کے لیے آئے اور میر صاحب سے معذرت کر کے منگنی کی تقریب کے اگلے ہی دن واپس چلے گئے۔ غرض دھوم دھام سے تقریب ہوئی۔ راج دربار کے سب ہی بڑے عہدے دار مدعو تھے۔ میر صاحب نے بدیع الزماں کے امام ضامن باندھا، انگوٹھی پہنائی اور سلامی میں اشرفیوں کی تھیلی پیش کی۔ اختر زماں نے ظفر کے امام ضامن باندھا، انگوٹھی کے علاوہ سچّے موتیوں کا ہار پہنایا اور سلامی دی۔ بعد میں ماہ رخ نے مجھے بتایا کہ اندر بھی ماہِ نور کے امام ضامن باندھا گیا تھا۔ اسے ہونے والی ساس نے سرخ جھلملاتا ہوا دوپٹہ اڑھایا اور ایک خوبصورت ہیروں کا سیٹ پہنایا۔ ظفر کی دلہن کے لیے اسی قسم کا سامان انھیں پیش کیا گیا۔ پاربتی، ولیم کے ساتھ ماہ رخ بھی بدیع الزماں سے ملنے مہمان خانے میں آئی۔ اس نے جامنی رنگ کا لباس پہنا ہوا تھا، جس میں اس کا حسن پھوٹا پڑ رہا تھا۔ ایک تو

ماحول کا اثر اس پر ماہ رخ کی سج دھج۔ میرے دل میں بھی سوئے ہوئے ارمان بیدار ہو گئے۔ کیا کوئی ایسا دن ہماری زندگی میں بھی آئے گا۔

ظفر اور ماہِ نور کی شادیوں کی تاریخ چار ماہ بعد نومبر کے مہینے میں طے ہوئی تھیں منگنی کے بعد میں دو دن کے لیے گاؤں گیا۔ اماں کی پریشانی کے پیشِ نظر انھیں تسکین دینے کے لیے کہ لام پر جانے والوں کی خیریت مشکل سے ہی معلوم ہوتی ہے۔ شمس نہ جانے کس محاذ پر ہوگا۔ جنگ ختم ہونے والی ہے۔ انشاء اللہ واپس آجائے گا، لیکن ہوا اس کے برعکس۔ میرے سامنے ہی کنارہ پھٹا ہوا پوسٹ کارڈ آیا، جس میں اطلاع تھی کہ جاپان کے محاذ پر لڑتے ہوئے شمس شہید ہو گیا۔ اماں اور ابا کی حالت تباہ تھی، ابا تو بالکل ہی ڈھے گئے تھے اور اماں کی آنکھ سے آنسو نہیں ٹھہرتے تھے۔ گاؤں کے کئی لوگوں کے یہاں اسی طرح کے پوسٹ کارڈ آئے تھے، جن کے بچّے لام پر گئے ہوئے تھے۔ پورا گاؤں حزن و ملال میں ڈوبا ہوا تھا۔ شمس کے الفاظ میرے کانوں میں گونج رہے تھے کہ ابا کا فخر سے سر اونچا ہو جائے گا، جب میں کپتان بن کر گھر لوٹوں گا اور مر بھی گیا تو کم سے کم پینشن تو ملتی رہے گی۔ اسے کیا پتہ تھا کہ ان کی تو دنیا ہی لٹ گئی تھی۔ بوڑھے باپ کے کندھوں پر کہتے ہیں جوان بیٹے کی لاش سے بڑا کوئی بوجھ نہیں ہوتا لیکن یہاں تو آخری دیدار کی بھی کوئی امید نہیں تھی۔ میں گیا تو دو دن کے لیے تھا لیکن پندرہ دن رکا۔ میر صاحب اور ظفر بھی تعزیت کے لیے آئے۔ رانا نے بھی آدمی کے ہاتھ تعزیت کا رقعہ بھجوایا۔ میرا کالج کا آخری سال تھا۔ زیادہ چھٹّی نہیں مل سکتی تھی۔ بلبیر کی ذمہ داری بھی میرے ہی سر تھی۔ تو میں واپس آ گیا اور روز و شب کی گردش حسبِ معمول شروع ہو گئی۔

یوروپ میں جنگ بند ہو چکی تھی اور وطن میں اس کے اثرات دیکھے جا سکتے تھے۔ نہ جانے کتنے گھروں میں کونا پھٹے کارڈ آچکے تھے اور نہ جانے کتنے گھر بے چراغ ہو چکے تھے۔ کتنے ہی لوگ اپنی ٹانگ یا ہاتھ گنوا کر مردہ بدست زندہ لوٹ رہے تھے۔ بہت سے لاپتہ تھے اور یہ سب ایک غیر ملکی قوم کا استحصال تھا۔ پرائی آگ میں ہاتھ جلانے والا

محاورہ تھا۔ اپنے ملک کو اس نقصان سے کیا فائدہ ہوا! ادھر آزادی کی جدو جہد اپنی آخری اسٹیج پر تھی تو دوسری طرف مسلم لیگ نے ایک الگ ملک کی مانگ اٹھا کر حالات کو اور کشیدہ کر دیا تھا۔ لگا تار فرقہ وارانہ جھڑپیں ملک کے مختلف حصّوں میں ہو رہی تھیں۔ یو پی ان میں سب سے آگے تھا، لیکن شکر ہے کہ راجپوتانہ کا زیادہ تر حصّہ اس سے محفوظ تھا۔ مان گڑھ میں امن تھا۔

ادھر میر صاحب کی حویلی میں شادیوں کی تیاریاں زوروں پر تھیں۔ ہر وقت بزاز، سُنار، درزنیں حویلی میں فروکش نظر آتے ۔ میری ذمہ داریاں بھی بڑھ گئی تھیں، جن چیزوں کے لیے نوکروں پر بھروسہ نہیں کیا جا سکتا تھا وہ میرے حصّے میں آتیں۔ ظاہر ہے، میر صاحب صوفی منش آدمی تھے، پھر ان کا رتبہ کسی کام کی ذمہ داری لینے کی اجازت نہیں دیتا تھا۔ ظفر خود دولہا تھے۔ ان کا شادی کے سلسلے میں کوئی کام کرنے کا سوال ہی نہیں تھا۔ خادموں اور خادماؤں کی پوری فوج تھی لیکن ذمہ داری اٹھانے والا میرے سوا کون تھا۔ میر صاحب اپنے والد کے اکلوتے بیٹے تھے، اس لیے کوئی چچا تایا بھی نہیں تھے اور ظفر کا ننیہال دلہن والوں کی طرف تھا۔ ادھر بلبیر کی پڑھائی اور خود میرا کالج کا آخری سال۔ ان تمام چیزوں نے زندگی سے فرصت بالکل ختم کر دی تھی، لیکن پھر بھی جب رات کو تھک کر لیٹتا تو شمس کی صورت نظروں میں پھرنے لگتی۔ ابا اور اماں کے پریشان حال چہرے، ان کے آنسو، ان کی آہیں، دل کو تڑپانے لگتیں۔

جب میر صاحب شمس کی تعزیت کے لیے گئے تھے تو ابا نے دبے لفظوں میں کہہ دیا تھا کہ اب وہ پشتینی ذمہ داری سے عہدہ برآ ہونا چاہتے ہیں۔ ان کے قویٰ تھک چکے ہیں اور شمس کی موت نے ان سے جینے کی خواہش چھین لی ہے۔ گلزار اب تک ان کا ہاتھ بٹا رہا ہے، لیکن شاید زیادہ دن وہ بھی یہ خدمت انجام نہ دے سکے۔ کیونکہ اس کا خیال ہے کہ اب ہمیں وطن لوٹ جانا چاہیے۔ وہاں دونوں بہنیں ہیں۔ عزیز رشتہ دار ہیں، یہاں کون بیٹھا ہے۔ اگرچہ میر صاحب نے ابا کی ہمت بندھائی تھی اور انھیں روکنے کی کوشش بھی کی

تھی، لیکن صاف لگ رہا تھا کہ وہ اپنا ذہن بنا چکے ہیں۔ ابھی مجھ سے کوئی واضح بات نہیں ہوئی تھی لیکن میں کشمکش میں مبتلا تھا کہ میں کیا کروں۔ میرا مان گڑھ چھوڑ کر کہیں جانے کا قطعی کوئی ارادہ نہیں تھا۔ اس کی وجوہات تو کئی تھیں، جیسے ظفر کی دوستی، میری پڑھائی، میر صاحب کے احسانات اور یقیناً کہیں نہ کہیں کسی نہ کسی طرح چندر مکھی عرف ماہ رخ کا وجود بھی مان گڑھ چھوڑ کر کہیں جانے میں مانع تھا۔

ماہ رخ مجھے لے کر حد سے زیادہ سنجیدہ تھی اور مجھے اس کی سنجیدگی سے ڈر لگتا تھا۔ کیا ہوگا انجام؟ اس سوال کا فی الحال میرے پاس کوئی جواب نہیں تھا۔ ماہ رخ کی اردو فارسی کی پڑھائی تو بیچ میں ہی رہ گئی تھی لیکن میر صاحب کے یہاں شادی کے سلسلے میں اس کا حویلی میں برابر آنا جانا لگا رہتا تھا۔ ہماری ملاقات کا ایک یہی موقع رہ گیا تھا۔ ماہ رخ کی ایک ہم عمر اور راز دار داسی بھی تھی، روپا جس پر اسے مکمل اعتبار تھا۔ اکثر وہ اس کے ہاتھ مجھے خط بھی بھجوایا کرتی تھی اور تاکید کرتی تھی کہ میں جواب بھی دوں۔ یہ خطوط عام طور پر ناشتے کی سینی کے ساتھ آیا جایا کرتے تھے۔ شروع میں میں بہت محتاط تھا۔ اسے خط لکھنا نہیں چاہتا تھا ناگاہ کسی کے ہاتھ نہ پڑ جائے لیکن ماہ رخ نے مجھے یقین دلایا کہ داسی پر اسے اتنا ہی اعتبار ہے جتنا اپنے آپ پر تو میرا ڈر بھی کم ہو گیا۔ مان گڑھ دیوالی کے تہوار کے لیے تیار ہو رہا تھا تو میر صاحب کی حویلی شادی کے لیے سج رہی تھی۔ مان گڑھ کی دیوالی دور دور تک مشہور تھی، ایسی سجاوٹ اور ایسی روشنیاں کہ دیکھتے ہی بنتی تھیں۔ اس پر آتش بازیوں کی پھلجھڑیاں۔ کئی دن پہلے سے مان گڑھ کے محلات، باغات اور درباریوں اور ٹھاکروں کی حویلیوں پر روشنیاں ہونی شروع ہو جاتی تھیں۔ اس میں ہندو مسلمان کی تخصیص نہیں تھی۔ تمام تہوار سب لوگ مل کر مناتے تھے۔ میر صاحب کی حویلی پر بھی دیوالی کے دیے روزانہ دیوالی کے دن تک روشن ہوتے تھے۔ دربار کے ملازمین شام سے ہی شہر میں روشنیوں کی رونق بڑھانے میں لگ جاتے تھے۔ مہاراج کے دربار میں دیوالی کا مخصوص دربار ہوتا۔ لکشمی اور گنیش کی پوجا کے بعد تمام درباریوں کے یہاں

مٹھائیوں کے ٹوکرے پہنچائے جاتے اور مہاراج کو نذریں گزرائی جاتیں۔

دیوالی کا ہنگامہ ذرا تھما تو شادی ہنگامہ شروع ہوگیا۔ پہلے ظفر کی بارات آئی تھی۔ واپسی پر ماہِ نور کی برات آئی تھی۔ ظفر کی برات بجنور جارہی تھی۔ ظفر کی خواہش تھی میں بھی بارات میں ساتھ جاؤں لیکن میر صاحب کا حکم تھا میرا حویلی پر رہنا ضروری ہے۔ شادی کا گھر تھا۔ ماہِ نور یہیں پر تھی ایسے میں کسی گھر والے کی موجودگی ضروری تھی۔ میر صاحب کی عنایت تھی کہ وہ مجھے گھر والوں میں شمار کرتے تھے۔ ظفر بہت بدمزہ تھے، لیکن مجھے بہرحال میر صاحب کے حکم کی بجا آوری کرنی تھی۔ تقریباً ڈیڑھ سو آدمیوں کی برات بذریعہ ریل روانہ ہوئی۔ تمام عمائدین شہر اور دربار کے عہدے دار ٹھا کر غرض پورا جلوس روانہ ہوگیا، رانا بھی ساتھ گئے تھے۔ ماہ رخ مستقل طور پر ماہِ نور کے ساتھ رہ رہی تھی اور میں وہ تمام ذمہ داریاں نبھانے کی کوشش میں لگا ہوا تھا، جو میر صاحب مجھے سونپ گئے تھے۔ جس دن برات واپس آنے والی تھی اس سے ایک دن پہلے شام کو ماہ رخ نے اپنی خاص کنیز کے ذریعہ مجھے ڈیوڑھی پر بلایا۔ وہ بہت سنجیدہ تھی۔ تھوڑی دیر خاموش رہی جیسے بات کرنے کے لیے اپنے ذہن میں الفاظ ترتیب دے رہی ہو۔ پھر اس نے کہا۔

''دیکھو تم جانتے ہو کہ میں مسلمان ہو چکی ہوں دل اور جاں سے تم سے سیکھی ہوئی نماز بھی پڑھتی ہوں، کمرہ بند کر کے، تم یہ بھی جانتے ہو کہ میری شادی کی بات چیت چل رہی ہے۔ اگر مجھے کسی غیر مسلم سے بیاہ دیا گیا تو اس کا گناہ تمھارے سر ہوگا۔ تم سے شادی کے لیے میرے گھر والے قیامت تک راضی نہیں ہوں گے۔ نتیجہ یہ ہوگا کہ میں جان دے دوں گی۔ تمھارے سوا میں کسی اور سے شادی کے بارے میں سوچ بھی نہیں سکتی۔ اگر بابا سا نے میری شادی کہیں اور کر دی تو ڈولی کے بجائے میری ارتھی نکلے گی۔ اس کا ایک ہی حل ہے کہ ہم شادی کر لیں۔ ایسا موقع دوسرا نہیں ملے گا۔ کل صبح ان لوگوں کے آنے سے پہلے مجھے مسجد لے چلو اور نکاح پڑھوا لو۔''

میں اس تجویز پر ہکّا بکّا رہ گیا۔ ''کیا کہہ رہی ہو ماہ رخ۔ کچھ سمجھتی بھی ہو یا نہیں۔

جلد بازی اچھی چیز نہیں ہے۔اطمینان سے سوچ سمجھ کر یہ فیصلے کیے جاتے ہیں۔''

''میں اچھی طرح سوچ سمجھ چکی ہوں، میرے پاس اور سوچنے کا وقت نہیں ہے۔ میں پھر کہتی ہوں کہ ایسا موقع پھر کبھی نہیں ملے گا۔ اپنے گھر سے میں سات جنم بھی تمھارے ساتھ کہیں نہیں جا سکتی۔''

''ماہ رخ جذباتی مت بنو۔فرض کرو ہم نے شادی کر بھی لی تو اس کے بعد کیا ہوگا۔تم اپنے گھر اور میں اپنے گھر رہتے رہیں گے۔تمھارے بابا سا پھر بھی تمھاری شادی کی بات چلائیں گے۔پھر تم کیا کرو گی۔''میں نے سمجھایا۔

''پھر اس کی نوبت آنے سے پہلے ہی میں تمھارے ساتھ چلی جاؤں گی۔ مجھے لے کر اپنے وطن چلے جانا۔شادی ہوگئی تو کوئی ہمارا کچھ نہیں بگاڑ سکے گا۔ میں بالغ ہوں۔ قانونی طور پر تمھیں حق ہوگا کہ تم مجھے لے جاؤ اور میں اس رشتے کو نکاح نامے کے ذریعہ ثابت کر دوں گی۔ پھر تمھارے ساتھ بھاگ جانے میں نہ قانونی جرم ہوگا اور نہ اللہ کے ہاں کا گناہ۔''

میں سوچ میں پڑ گیا۔ بات تو وہ ٹھیک کہہ رہی ہے۔اس کے علاوہ ہمارے پاس کوئی چارہ بھی نہیں تھا۔اور اس کے بغیر زندگی کا تصور تو میں بھی نہیں کر سکتا تھا۔لیکن اتنا بڑا فیصلہ کرنے کی ہمت نہیں جٹا پا رہا تھا۔ماہ رخ واقعی بڑی مضبوط قوتِ ارادی کی مالک تھی جو اس نے اتنا بڑا قدم اٹھانے کا اتنی آسانی سے ارادہ کر لیا تھا۔میرا دل یوں دھڑک رہا تھا، جیسے سارا جسم دل بن گیا۔ میں نے کہا''اچھی بات ہے،لیکن اس وقت اندر جاؤ، رات کو اور اچھی طرح سوچ لیتے ہیں۔''

''مجھے کچھ نہیں سوچنا۔بس تمھیں عمل کرنا ہے ورنہ میرا خون تمھاری گردن پر ہوگا۔''

وہ اندر چلی گئی اور میں وہیں کھڑا رہ گیا۔کیا واقعی مجھے اس کا کہا مان لینا چاہیے؟

میں واپس اپنے کمرے میں آ گیا۔نہ کوئی کام کیا گیا نہ کھانا کھایا گیا اور نہ نیند آئی۔ ساری رات ٹہلتا رہا۔صبح کی اذان ہوئی تو میں ماہ رخ کے حق میں فیصلہ کر چکا تھا۔ بارات

کے استقبال کی تیاریاں مکمل تھیں، یوں بھی ان کی ٹرین شام پانچ بجے آنے والی تھی۔ صبح میں نے بہت جلدی میں منصوبہ بنایا۔ گاؤں سے میرے بچپن کے ساتھی بابو خاں، کلو خاں اور بھورے خاں آئے ہوئے تھے۔ میں نے انھیں شریک راز کیا۔ پہلے تو وہ حق دق رہ گئے، لیکن پھر راضی ہو گئے۔ بھورے خاں کو دُور کی ایک مسجد میں بھیجا کہ وہ کسی چھوٹے قاضی کو لے کر گیارہ بجے تک مسجد پہنچ جائے۔ بابو خاں اور کلو خاں کو مسجد میں پہنچایا اور داسی کے ہاتھ ماہ رخ کو پیغام بھجوایا کہ وہ تیار رہے۔ ماہ رخ فوراً ہی ماہِ نور کا برقعہ اوڑھ کر چلی آئی۔ اس کی خادمہ نے بھی حویلی سے کسی کا برقعہ مانگ لیا تھا۔ سب اپنے اپنے کاموں میں مصروف تھے، تب ہی وہ دونوں ڈیوڑھی سے نکل آئیں۔ بگھی تیار تھی، میں نے خود بگھّی ہانکی اور ہم گیارہ بجے سے پہلے ہی مسجد پہنچ گئے۔ بھورے خاں قاضی صاحب کو لے کر آ چکے تھے۔ بھورے خاں وکیل بنے۔ بابو خاں اور کلو خاں نے گواہ کے خانے میں دستخط کیے اور ہمارا نکاح اکیاون ہزار مہر پر پڑھوا دیا گیا۔ قاضی صاحب نے ہاتھ کے ہاتھ نکاح نامہ تیار کر کے ہمیں پکڑا دیا۔ اس کی ہدایت میں پہلے ہی بھورے خاں کو دے چکا تھا۔ نکاح نامہ ماہ رخ نے اپنے پاس رکھا اور ہم حویلی واپس آ گئے۔ کسی کو بھنک بھی نہیں ملی کہ کیا انقلاب آ چکا ہے۔ میں ایک خواب کی سی حالت میں ظفر وغیرہ کو اسٹیشن لینے جانے کی تیاریوں میں لگ گیا۔''

پیر بابا نے تکیے پر سر ٹیک کر آنکھیں بند کر لیں۔

ہمایوں اور ایڈی بے آواز چلتے ہوئے کمرے سے نکل گئے۔

اٹھارہواں باب

اگلی رات کی محفل چبوترے پر ہی جمی۔ پیر بابا اب ٹھیک تھے، ایسا لگتا تھا کہ وہ مزار کی دوری زیادہ دن برداشت نہیں کر سکتے تھے۔قبر سے یوں ٹیک لگا کر بیٹھتے جیسے ماہ رخ ان کے قریب بیٹھی ہو۔ پیر بابا کو اب کہانی ختم کرنے کی جلدی تھی۔ بغیر کسی خاص تمہید کے انھوں نے کہانی آگے بڑھائی۔

''میری زندگی میں انقلاب آچکا تھا، جس کی خبر چار لوگوں کے سوا کسی کو نہیں تھی۔ بابو خاں، بھورے خاں اور کلو خاں گاؤں واپس جا چکے تھے۔ مان گڑھ میں صرف ماہ رخ کی داسی یہ راز جانتی تھی۔ بظاہر میں پُرسکون تھا، لیکن میرے اندر ایک طوفان موجزن تھا۔ میں نے خود کو روز وشب کے حوالے کر دیا تھا۔ ظفر کی نئی نئی شادی ہوئی تھی، وہ چوتھی چالوں کے سلسلے میں لگاتار سسرال کے چکر کاٹ رہے تھے۔ ایسے میں میں نے انھیں بھی کسی دھماکہ خیز خبر کے ذریعہ خلل اندازی سے محفوظ رکھا۔ سب کچھ اپنی جان پر ہی جھیلتا رہا۔ ماہ رخ برابر اپنے خطوں میں مستقبل کے منصوبوں کے بارے میں دریافت کرتی رہتی اور اپنی بے قراریوں کا اظہار کرتی رہتی تھی۔ میں نے اسے لکھا کہ بلبیر کے اور میرے امتحانات ہو جائیں، اس کے بعد ہی ہم کچھ سوچیں گے۔ اس وقت تک ہمیں صبر کے ساتھ خاموشی سے اپنے آپ کو وقت کے دھارے پر چھوڑ دینا چاہیے۔

ایک دن رانا کہیں گئے ہوئے تھے۔ ماہ رخ ناشتے کی تھالی اٹھائے آ گئی۔ بہت دن بعد اچانک اسے سامنے دیکھ کر میں سٹپٹا گیا۔ وہ ہمیشہ میرے سامنے آتی رہی تھی۔

مہینوں مجھ سے پڑھا بھی تھا کہ لیکن نکاح کے بعد آج پہلی مرتبہ وہ میرے سامنے تھی۔ اس کی حیثیت مختلف تھی۔ اب وہ میری منکوحہ، میری بیوی تھی۔ نکاح کے دو بولوں نے میری دنیا ہی بدل دی تھی۔ میں پہلے بھی اسے پسند کرتا تھا لیکن اب بات اور تھی، شدت جذبات سے چائے کی پیالی میرے ہاتھ میں کانپ رہی تھی۔ میں نے بمشکل اپنے اوپر قابو پایا۔ وہ اردو کی ایک کتاب لے کر آئی تھی اور بعض اشعار کا مجھ سے مطلب پوچھنے کا اس نے بہانہ کیا تھا۔ یہ شعر وہ تھے جو ہماری حالت کے ترجمان تھے۔ بلبیر اپنی کتابیں سمیٹ کر پاؤں پٹختا ہوا دور جا کر بیٹھ گیا۔ بڑبڑاتا بھی جا رہا تھا۔

''کوئی کام نہیں ہے اسے مجھے پریشان کرنے کے سوا۔ جانے کب بابا سا، اس کا پتّہ صاف کریں گے۔''

ماہ رخ ترخ کر بولی ''میں چلی گئی نا، تو بڑا یاد کرے گا مجھے، روئے گا۔ دیکھ لینا۔''

''ارے کون روئے گا۔ میں تو دیوی ماں کو پرساد چڑھاؤں گا، جس دن تجھ سے پیچھا چھوٹے گا۔''

دلچسپ نوک جھونک کے بعد بلبیر اپنی کتاب پر جھک گیا۔

ماہ رخ نے کتاب اپنے چہرے کے سامنے کرتے ہوئے دھیرے سے کہا:

''بابا سا چندن گڑھ کے ٹھاکر کے بیٹے سے میرا رشتہ مانگنے جانا سوچ رہے ہیں۔''

''لیکن تمھارا رشتہ تو آنا چاہیے۔ بابا سا کیوں لے جا رہے ہیں؟''

میں نے دھیرے سے پوچھا۔

''بدّھو، ہمارے پریوار میں لڑکی والے رشتہ لے کر جاتے ہیں۔ ابھی بلبیر کے امتحان تک تو کچھ نہیں ہوگا۔ امتحان کے بعد بابا سا جانا سوچ رہے ہیں۔ اگر ان لوگوں نے رشتہ قبول کر لیا تو سمجھ لو میری شامت ہے۔''

''فکر نہ کرو۔ مجھے بھی امتحان ختم ہونے کا ہی انتظار ہے۔ پھر کوئی نہ کوئی سبیل نکال لیں گے۔''

اور وہ اپنی کتاب اٹھا کر چلی گئی۔ اس سے تو میں نے کہہ دیا، لیکن خود الجھن میں پڑ گیا۔ کیا سبیل نکلے گی؟ ابھی تو میں اپنے پیروں پر بھی نہیں کھڑا ہوا تھا۔ میر صاحب کے ٹکڑوں پر پل رہا تھا۔ میر صاحب اور رانا کی دوستی کو دیکھتے ہوئے میری پریشانی اور بڑھ گئی تھی۔ میر صاحب کی عزت پر میں کوئی آنچ نہیں آنے دینا چاہتا تھا۔ کہیں رانا یہ نہ سمجھ لیں کہ اس کہانی میں کہیں میر صاحب کا بھی دخل ہے۔ میرے دن رات اس ادھیڑ بن میں گزر رہے تھے۔ بمشکل اپنی پڑھائی کی طرف توجہ دے پا رہا تھا۔ اللہ اللہ کر کے بلبیر کے امتحان ختم ہوئے تو میرے امتحان شروع ہو گئے۔ لگاتار یہ دھڑکا لگا ہوا تھا کہ کہیں میرے امتحان ختم ہونے سے پہلے رانا ماہ رخ کا رشتہ مانگنے نہ چلے جائیں۔ لیکن قدرت بھی میرا ساتھ دے رہی تھی۔ رانا کی والدہ یعنی ماہ رخ کی دادی سا، ایک مختصر سی بیماری کے بعد چل بسیں، ان کا انتم سنسکار ہوا۔ رانا نے سر منڈایا اور ان کی استھیاں بہانے رشتہ داروں اور بلبیر کے ساتھ ہری دوار چلے گئے۔ میں ماہ رخ کو تسلی دینا چاہتا تھا، لیکن اب حویلی میں جانے کی کوئی سبیل نہیں تھی۔ داسی کے ہاتھ ہماری خط و کتابت جاری تھی۔ میں نے اسے تعزیت کا رقعہ لکھا۔ اس کا جواب آیا کہ وہ بہت دکھی ہے۔ دادی سے اسے بہت محبت تھی۔ ماں سا کے لیے وہ کیسی بھی ہوں، پوتا پوتی پر تو جان چھڑکتی تھیں۔ ماہ رخ نے یہ بھی لکھا کہ اللہ کا کوئی کام مصلحت سے خالی نہیں ہوتا۔ اب سال بھر تک گھر میں اس کی شادی کی بات نہیں ہوگی۔ اس لیے میں اطمینان سے امتحان دوں اور مستقبل کی منصوبہ بندی کے لیے بھی اب میرے پاس وقت تھا۔

ایک طرف سے ذرا ذہن کا بوجھ ہلکا ہوا تو میں نے گاؤں کا چکر لگانے کا پروگرام بنایا۔ گھر پہنچ کر میں حیران رہ گیا۔ گھر کا اسباب بندھنا شروع ہو گیا تھا، جس کا مطلب تھا کہ گلزار کی خواہش کے مطابق ابا اور اماں نے وطن جانے کا ارادہ کر لیا تھا۔ میں اس کی وجہ بھی سمجھ رہا تھا۔ گلزار کی دلچسپی بڑی آپا کی نند کی لڑکی میں تھی۔ اسی لیے سارا چکر چلایا تھا۔ خیر میں کیا کہتا۔ یہ دل کا معاملہ تھا اور میں خود بھی اس کا شکار تھا، لیکن افسوس اس بات

کا تھا کہ ابا نے مجھ سے مشورہ کرنے کی ضرورت بھی محسوس نہیں کی۔ سامان تک بندھ گیا، شاید چلتے وقت اطلاع کروا دیتے۔ گلزار نے انھیں میرے خلاف کافی بھڑکا یا تھا۔ میں اس سے واقف تھا لیکن کیا کرتا۔ میں پچھلے اٹھارہ سالوں سے مان گڑھ میں رہ رہا تھا۔ حالانکہ گاؤں برابر جاتا رہتا تھا، لیکن مہمان کی طرح۔ ظاہر ہے کہ گلزار کو یہ ناگوار تھا اور اس نے ابا کے بھی کان بھرے ہوں گے، کیونکہ اس روز ابا نے جس طرح مجھ سے بات کی اس سے صاف ظاہر تھا کہ گلزار نے انھیں مجھ سے کتنا بدظن کر دیا ہے۔ ابا نے مجھ سے پوچھا ''تم تو اب مستقل طور پر مان گڑھ کے ہی ہو کر رہ گئے ہو۔ تم سے کچھ پوچھنا بے کار ہے، پھر بھی بتا دو کہ تمھارا کیا ارادہ ہے؟ ہمارے ساتھ وطن چلو گے کہ نہیں؟''

میں نے اپنی صفائی دی ''ابّا، بچپن میں میر صاحب کے ساتھ بھیجنے کا فیصلہ بھی آپ کا ہی تھا۔ وہ میری پڑھائی لکھائی اور رہن سہن پر بے حساب خرچ کر رہے تھے تو کیا میرا فرض نہیں تھا کہ میں ان کے ساتھ احسان فراموشی نہ کرتا۔ انھوں نے کبھی مجھ میں اور ظفر میں فرق نہیں کیا۔ اب جبکہ میری پڑھائی ختم ہو چکی ہے، مجھے آپ کے ساتھ چلنے میں کوئی عذر نہیں ہے۔ بس ایک دو مہینے کا وقت چاہتا ہوں، تاکہ میرا نتیجہ نکل آئے۔ بلکہ میری تو آپ سے بھی یہ گزارش ہے کہ ابھی کہیں نہ جائیں۔ حالات کا رخ دیکھیں۔ کوئی بہت بڑی تبدیلی آنے والی ہے۔ انگریزوں کی حکومت شاید زیادہ دن قائم نہ رہ سکے۔ اگر آزادی مل بھی جاتی ہے تو نہ جانے کیسے حالات ہوں گے۔ اونٹ کس کروٹ بیٹھے۔''

''ہمیں تمھارا مشورہ نہیں چاہیے۔ حالات کی سمجھ ہم بھی رکھتے ہیں۔ ابا صرف یہ جاننا چاہتے ہیں کہ تم ساتھ جاؤ گے یا نہیں؟'' گلزار نے تلخی سے دخل اندازی کی۔

''کیا فوری طور پر روانگی کا فیصلہ آپ کا قطعی اور آخری ہے۔'' میں بدستور ابا سے مخاطب رہا۔

''ہاں۔'' ابا کمزور سے لہجے میں بولے۔ ''گلزار کی یہی منشا ہے اور اب میرا دل بھی یہاں نہیں لگتا۔ وہاں بیٹیاں ہیں، نواسا، نواسی ہیں، یہاں کون ہے۔''

یہ ابا نہیں، گلزار کا پڑھایا ہوا سبق بول رہا تھا، ورنہ ابا تین پشتوں سے اسی گاؤں میں آباد تھے۔ بہنوں کی شادیاں ہوئے بھی بیس برس گزر گئے تھے۔ شمس کی موت کے سوا نیا کیا تھا۔ یہاں کے لوگ اپنوں سے زیادہ اپنے تھے۔ وہاں کے رشتہ داروں نے تو کبھی پلٹ کر پوچھا تک نہیں۔ بہنوئی یا نواسوں نے کبھی آنے کی زحمت نہیں کی۔ گلزار ہی جاتا رہتا تھا اور کبھی کبھار اماں ابا کو بھی لے جاتا تھا۔ لیکن اب بحث فضول تھی۔ ان لوگوں کے بعد میرا ابھی یہاں کون تھا، لیکن اب حالات بدل چکے تھے۔ میری زندگی میں ماہ رخ تھی۔ میں اسے اس طرح بے یارو مددگار چھوڑ کر تو نہیں جا سکتا تھا۔ یہ ممکن تھا کہ بعد میں مناسب وقت پر جب میں اسے رانا کی حویلی سے لے جاؤں تو ہم بھی وطن جا کر بس جائیں۔ وطن ایک محفوظ ٹھکانہ ہوگا۔ سب سوچ سمجھ کر میں نے کہا۔

''جب آپ لوگ ارادہ کر ہی چکے ہیں تو میں کیا کہوں۔ میرا آپ کے سوا کون ہے۔ لیکن میں ابھی نہیں جا سکتا، بعد میں آ جاؤں گا۔''

گلزار منہ ہی منہ میں بڑبڑاتا ہوا اُٹھ کر چلا گیا۔ اماں کی آنکھیں پھر برسنے لگیں۔

''ایک بیٹے کو موت نے چھین لیا اور دوسرے کو میر صاحب نے۔'' یہ ان کی ممتا بول رہی تھی۔

''نہیں اماں، یہ نہ کہیں۔ میر صاحب نے تو آپ کے بیٹے کو انسان بنا دیا۔ میں اپنے پاؤں پر کھڑا ہو سکتا ہوں۔ اپنی روزی عزت کے ساتھ کما سکتا ہوں۔ آپ اطمینان رکھیں میں کچھ ہی ماہ بعد آپ کے پاس پہنچ جاؤں گا۔''

میں نے ان کی گود میں سر ٹکا کر انھیں تسکین دی۔

ابا کہنے لگے ''ایک کام کر دو۔ میرا یہ استعفیٰ لے کر میر صاحب کے پاس چلے جاؤ۔ ابھی ہماری روانگی میں دس پندرہ دن کا وقت ہے۔ میر صاحب کوئی دوسرا کارندہ مقرر کر لیں گے۔''

میں نے حامی بھر لی۔ ابا نے ایک لمبا چوڑا جذباتی خط میر صاحب کے نام لکھا۔ ان

کے احسانوں کا ذکر کرتے ہوئے اپنی وفاداریوں کا یقین دلایا اور شمس کی موت کے حوالے سے معذرت کی کہ اب ان کا دل اور دانہ پانی یہاں سے اٹھ گیا ہے۔ انھیں اجازت دے دیں۔''

میں نے خط لے جا کر میر صاحب کو دیا۔ خط پڑھ کر ان کی آنکھیں بھی نم ہو گئیں۔ کہنے لگے'' بخدا میں نے دین محمد کو کبھی بھائی سے کم نہیں سمجھا، لیکن قدرت کے کارخانے میں کس کو دخل ہے۔ جوان بیٹے کی موت نے اس کو توڑ دیا۔'' پھر مجھ سے دریافت کیا ''تمھارا کیا ارادہ ہے؟''

میں نے سر جھکا کر جواب دیا۔'' اماں ابا اصرار کر رہے ہیں ساتھ جانے کے لیے، لیکن ابھی تو میرا کوئی ارادہ نہیں ہے۔''

میر صاحب بولے'' تو ٹھیک ہے، تمھارے امتحان ختم ہو چکے ہیں۔ فی الحال یہ ذمہ داری تم سنبھالو گے۔ جب تک کہ کوئی دوسرا مناسب انتظام نہ ہو جائے۔ ابھی تمھارے امتحان کا نتیجہ آنے میں بھی کچھ وقت ہے۔ پھر جو کام چاہو اپنے لیے منتخب کر سکتے ہو۔''

میں نے سر جھکا کر منظوری دے دی۔ ظفر نے سنا تو بہت بدمزہ ہوئے۔'' ابا جانی بھی کمال کرتے ہیں۔ تم اتنا پڑھ لکھ کر گاؤں میں کارندگی تھوڑی کرو گے۔''

''اس میں حرج ہی کیا ہے ظفر۔ یوں بھی میرا موضوع تو زراعت ہی ہے۔ زیادہ بہتر طور پر یہ کام کر پاؤں گا، لیکن میرے ساتھ ایک مجبوری ہے۔ میں زیادہ دن یہ خدمت انجام نہیں دے پاؤں گا۔''

''ظاہر ہے تمھاری اپنی زندگی ہے اور تمھیں اپنی زندگی اپنی مرضی سے گزارنے کا پورا حق ہے۔ ویسے کیا میں وہ مجبوری پوچھ سکتا ہوں؟''

''ضرور پوچھ سکتے ہیں آپ۔''

''تو بتا دو اگر مناسب سمجھو تو۔''

''مجبوری یہ ہے کہ میں اپنی بیوی کے ساتھ یہاں نہیں رہ سکتا، مجھے وطن جانا ہی

پڑے گا۔''

''تمھاری بیوی!'' ظفر نے حیرت سے پوچھا۔ ''کون سی بیوی؟''

مجھے ہنسی آگئی۔ ''فی الحال تو ایک ہی ہے؟''

''لیکن تمھاری ابھی شادی ہی کہاں ہوئی ہے؟''

''میری شادی ہو چکی ہے، صاحبزادہ ظفر یاب۔''

ظفر اچھل پڑے۔ ''کب، کہاں، کس سے؟'' ان کی حیرت اپنی آخری حدوں کو چھو رہی تھی۔

''آپ کی شادی کے ساتھ ہی میری بھی شادی ہوگئی تھی۔'' میں نے لطف لیا۔

''یار پہیلیاں مت بجھواؤ، صاف صاف بتاؤ۔ کیا؟ کب؟ اور کیسے؟''

میں نے تفصیل سے اپنی شادی کا واقعہ انھیں سنایا۔ تھوڑی دیر کے لیے تو وہ گنگ سے رہ گئے، پھر طویل سانس لے کر بولے ''بہت بہت مبارک ہو میرے دوست۔ تم دونوں نے انجام سے بے پروا ہو کر بڑا جوکھم اٹھایا ہے۔ اللہ تمھیں کامیاب کرے۔ آگے کیا ارادہ ہے۔ رانا تو اس کی شادی کی کہیں بات لے کر جا رہے تھے۔ انھوں نے ابا جانی کو بتایا تھا۔ اگر ایسا ہوا تو کیا ہوگا؟''

''ہاں۔'' میں نے رسان سے سمجھایا ''یہی ہماری فکر کا سب سے بڑا سبب تھا، لیکن بھلا ہو دادی ساکا کہ انھوں نے اس وقت انتقال فرما کر ہم پر بڑا احسان کیا۔ اب ان کے گھر میں سال بھر تک شادی کا ذکر نہیں ہوگا۔ اسی دوران بلبیر بھی لندن چلا جائے گا۔ پھر ہم موقع دیکھ کر نکل جائیں گے اور سیدھے وطن پہنچیں گے۔ ہمارے پاس نکاح نامہ ہے۔''

''اتنی بڑی بات تم نے مجھ سے چھپائی۔'' ظفر نے شکایت کی۔

''حاشا و کلا! میرا آپ سے چھپانے کا کوئی ارادہ نہیں تھا۔ ایک آپ ہی تو میرے دوست ہیں، میرے رازدار ہیں۔ لیکن آپ کی نئی نئی شادی ہوئی تھی، میں نہیں چاہتا تھا کہ آپ کی خوشیوں میں یا نئی زندگی میں الجھنیں پیدا کر کے مخل ہوں۔ پھر آپ کا ایک

قدم مان گڑھ میں تھا اور دوسرا بجنور میں۔ اس وقت، آپ کے وقت پر صرف بھابی صاحب کا حق تھا۔"

ظفر خاموش ہو گئے۔ "بڑے تذبذب میں ڈال دیا تم نے دوست۔ میں کھلّم کھلا تو تمھاری وکالت بھی نہیں کر پاؤں گا، کیونکہ رانا چاچا، ابا جانی کے گہرے دوست ہیں۔ میری وکالت سے انھیں یہ خیال نہ ہو کہ میں بھی ان کی بدنامی کے اس واقعہ میں حصّہ دار تھا۔"

"میں سمجھتا ہوں ظفر۔ میں آپ سے کبھی کسی قسم کی طرف داری کی مانگ نہیں کروں گا۔"

اگلے ہی ہفتے میں گاؤں چلا گیا تاکہ ابا سے ان کے عہدے کا چارج لے سکوں اور ابا اماں کو رخصت کر سکوں۔ چلنے سے پہلے میں نے خط کے ذریعہ ساری تفصیل سے ماہ رخ کو آگاہ کر دیا تھا۔ اس کی بے قراریاں عروج پر تھیں۔ اس کا بس نہیں تھا کہ اڑ کر میرے پاس پہنچ جائے۔ گاؤں میں ایک ہفتہ بڑا مصروف گزرا۔ ابا نے ایک ایک بات مجھے سمجھائی۔ ایک ایک کاغذ میرے سپرد کیا۔ سارا کاروبار سمجھایا۔ گلزار نے طنزیہ لہجے میں مجھے مبارکباد دی۔ "تمھیں غالباً گاؤں لوٹنے کے لیے اس دن کا انتظار تھا۔ ابا اماں تڑپتے رہے، لیکن تم گاؤں آ کر نہیں رہے۔ ہمارے جاتے وقت کارندے بن کر رہنے کے فیصلے میں تم نے ذرا دیر نہیں لگائی۔"

میں خاموش رہ گیا۔ چلتے وقت اس سے جھگڑنے میں کوئی فائدہ نہیں تھا۔ میں اسے کیسے سمجھاتا کہ وہ بھی میں نے میر صاحب کے احسانوں تلے دب کر کیا تھا اور یہ بھی ان کے حکم کی تعمیل میں کر رہا تھا اور اماں ابا اور گلزار وطن لوٹ گئے۔ میرے لیے اکیلا اور خالی گھر چھوڑ کر۔"

پیر بابا نے یادوں میں ایسے کھو کر آنکھیں بند کر لیں جیسے ان کی آنکھوں کے سامنے فلم چل رہی ہو۔ بڑے مضمحل نظر آ رہے تھے۔ ہمایوں نے لالہ کو اشارہ کیا کہ اب محفل برخواست ہو جانی چاہیے اور ایڈی کا ہاتھ پکڑ کر دھیرے سے اٹھ کھڑا ہوا۔

اُنیسواں باب

پیر بابا اب دن میں بہت ہی کم بات چیت کرتے تھے۔کھانے کے دوران بھی اکثر خاموش رہتے، ایک آدھ بات اِدھر اُدھر کی کر لیتے۔زیادہ تر اپنے کمرے میں رہتے یا چبوترے پر تنہائی میں محوِ مطالعہ رہتے۔ ایڈی کا خیال تھا کہ اپنی زندگی کی کہانی کے دوران وہ ہم سے کچھ شرمندہ سے رہتے ہیں۔شاید اس لیے ان کے پاس کہنے سننے کو کچھ نہیں تھا۔ یہ تذبذب صرف دن کے وقت ہوا کرتا تھا۔رات کو بابا اپنی کہانی پوری طرح ماضی میں ڈوب کر سناتے تھے۔دن میں یہ لوگ لائبریری میں وقت گزارتے۔آپس میں گپ شپ کرتے، باڑی میں سیر کرتے۔لالہ کی دونوں سے ہی گہری دوستی ہو گئی تھی۔

پیر بابا جب بھی لالہ کو ہمایوں کے ساتھ دیکھتے ان کی آنکھوں میں ایک عجیب سی چمک اور بے نام سا اطمینان جھلکنے لگتا تھا۔ایڈی لگاتار ہمایوں کو چھیڑتا رہتا تھا کہ پیر بابا نے تو تمھیں داماد کے روپ میں قبول کر لیا ہے۔

بابا اب جلدی میں معلوم ہوتے تھے اور جلدی سے جلدی کہانی ختم کرنا چاہتے تھے۔اگلی رات جب چبوترے پر محفل جمی تو پیر بابا نے کہنا شروع کیا:

”میں اپنا مختصر سا سامان لے کر گاؤں آ گیا تھا۔میرے دن بڑے بے کیف گزر رہے تھے۔ظفر کی ہم نوائی کی اتنی عادت ہو گئی تھی کہ میں اس دَور کو بہت یاد کرتا تھا، جب ہم دونوں ہم نوالہ و ہم پیالہ تھے۔ساتھ پڑھتے تھے اور دیر رات تک ایک ہی کمرے میں باتیں کرتے پڑھتے وقت بتاتے تھے۔سینئر کیمبرج تک تو ظفر نے میرے استاد کا

رول بھی نبھایا۔ بچپن سے وہ مجھے اپنے پچھلے درجے کی کتابیں پڑھاتے تھے۔ گلزار اور شمس سے تو میرا خون کا رشتہ تھا، لیکن جو تعلق اور ذہنی ہم آہنگی ظفر کے ساتھ تھی وہ سگے بھائیوں کے ساتھ کبھی نہیں رہی۔ شمس تو دنیا سے ہی چلا گیا اور گلزار نے خود ہی ذہنی اور جسمانی فاصلوں کو بڑھا لیا۔ ماہ رخ کی یاد بھی ایک ٹیس بن کر ابھرتی۔ اب ہمارے درمیان خط و کتابت کا سلسلہ بھی ختم ہو گیا تھا۔

میں مہینہ دو مہینے میں مان گڑھ جاتا۔ ظفر اپنے منصفی کے امتحان کو لے کر مصروف تھے اور اب وہ باپ بننے والے تھے۔ ماہِ نور بھی امید سے تھیں، جب گھر میں دو دو خوشیاں ہونے والی ہوں تو گھر سے دلچسپی زیادہ ہی بڑھ جاتی ہے۔ کبھی کبھی ہی ایسا ہوتا کہ ماہ رخ کو میرے آنے کی اطلاع مل جاتی تو وہ مجھے خط بھجوا دیتی اور احساس دلاتی کہ وقت تیزی سے گزر رہا ہے۔ دادی کو گزرے چھ ماہ ہو چکے تھے، اب ہمارے پاس صرف چھ ماہ کا وقت تھا۔ بلبیر نے سینئر کیمبرج شاندار نمبروں کے ساتھ پاس کیا تھا۔ میرا نتیجہ ابھی اچھا رہا تھا۔ رانا مجھ پر بہت مہربان تھے اور ان کی مہربانی میری پریشانیوں کو بڑھا رہی تھی۔ بلبیر کے لندن جانے کی تیاری مکمل ہو چکی تھی۔ اس نے بہ اصرار کہا تھا کہ میں اسے چھوڑنے بمبئی چلوں۔ اس زمانے میں پانی کے سفر کا زیادہ رواج تھا۔ یہ بھی خبر سننے کو ملی کہ انگریز حکومت نے جاتے جاتے مہاراج کمار کی تخت نشینی کی اجازت دے دی تھی۔ شہر کی تزئین و آرائش کا کام زور و شور سے ہو رہا تھا۔ ظفر نے دربار سے وابستہ ہونے سے معذرت کر لی تھی اس لیے مہاراج نے میر صاحب سے ہی کہا تھا کہ وہ فی الحال اپنے عہدے کا چارج سنبھالے رہیں۔

بلبیر کو بمبئی تک الوداع کہنے ظفر نہیں جا سکے، ان کے امتحانات قریب تھے۔ میر صاحب اور رانا دونوں کا ہی اصرار تھا کہ میں بمبئی جاؤں۔ میر صاحب ظفر کے بدلے مجھے بھیجنا چاہتے تھے اور رانا مجھے بلبیر کے استاد کی حیثیت سے ساتھ لے جانا چاہتے تھے۔ کئی لوگوں کا قافلہ بمبئی روانہ ہوا۔ رانا بھی ساتھ تھے۔ زیادہ تر راستے بلبیر پر ہر

طرف سے نصیحتوں کی بوچھار ہوتی رہی، یہ کرنا وہ نہ کرنا۔ انگریز بڑے چال باز ہوتے ہیں۔ ان کی چالوں سے بچ کر رہنا۔ مدیرا (شراب) کی لت مت لگانا اور سب سے اہم یہ کہ انگریز عورتوں سے خبردار رہنا۔ یہ سیدھے سادھے ہندوستانیوں کو اپنے جال میں پھنسانے میں ماہر ہوتی ہیں۔ بلبیر تنگ آچکا تھا۔ بمبئی ٹرین کا دو تین دن کا سفر تھا۔ ایک دن مجھ سے کہنے لگا ''ماسٹر جی یہ لوگ مجھے نرا الّو سمجھتے ہیں کیا۔ اگر مجھ پر بھروسہ نہیں ہے تو بھیج ہی کیوں رہے ہیں؟''

میں نے سمجھایا ''برا نہ مانو، بزرگوں کی نظر میں خورد ہمیشہ بچّے ہی رہتے ہیں۔ تم پہلی بار تنہا کہیں جا رہے ہو اور وہ بھی سات سمندر پار۔ ان کے دلوں میں سو طرح کے اندیشے ہوں گے۔ اپنے اطمینان کے لیے ہر ایک سمجھا رہا ہے۔ یہ بات ضرور ہے کہ پردیس میں ہر قدم سنبھل کر اٹھانے کی ضرورت ہوتی ہے۔''

''میں سمجھتا ہوں۔ اتنا بچّہ نہیں ہوں۔ مجھے اپنے مان سمّان کا پورا خیال رہے گا۔''

غرض ہم بمبئی پہنچے۔ وہاں رانا کے ایک قریبی عزیز، جو رشتے کے جیجا جی تھے، رہتے تھے۔ ان کا بھی کافی بڑا مکان تھا۔ وہیں قیام ہوا۔ اگلے دن بلبیر کے جہاز نے ساحل چھوڑ دیا۔ رانا نم آنکھوں کے ساتھ دیر تک دور ہوتے ہوئے جہاز کو دیکھتے رہے۔ میں نے بمبئی سے ماہ رخ کے لیے کچھ تحائف بھی خریدے جو اپنے سامان میں چھپا کر رکھے تھے۔ دو دن بعد ہم واپسی کے سفر پر روانہ ہو گئے۔ ٹرین میں رانا نے مجھ سے کہا

''خاں صاحب یہ بہت اچھا ہوا کہ تم نے رتن گڑھ کی دیکھ بھال کا کام سنبھال لیا ہے۔ تم پڑھے لکھے آدمی ہو، گاؤں کو تمھاری ذات سے فائدہ پہنچ رہا ہے، یہ بہت اچھا ہے۔ میر صاحب تمھارے کام اور احساسِ ذمہ داری کی بڑی تعریف کر رہے تھے۔ رتن گڑھ کے ساتھ ہی چندن گڑھ کی سیما بھی ملتی ہے۔ وہاں کے ٹھاکر بہت پریشان ہیں۔ کارندے صحیح کام نہیں کر رہے ہیں۔ مہاراج چاہتے ہیں کہ اگر تم چندن گڑھ کے کارندوں کو بھی اپنی نگرانی میں لے لو تو راجیہ کو بہت فائدہ پہنچ سکتا ہے۔ وہاں کے ٹھاکر کا

درد سر بھی کم ہو جائے گا۔ یوں بھی وہ ہمارے سمدھی بننے والے ہیں، ہم چاہتے ہیں کہ ان پر یہ احسان کر کے ہم اپنے سمبندھوں کو اور مضبوط کر لیں۔"

میں اس پیش کش کے لیے قطعی تیار نہیں تھا۔ میں تو رتن گڑھ کی ذمہ داری سے بھی سبک دوش ہونا چاہتا تھا۔ رانا کو کیا خبر کہ میرے ارادے کیا تھے۔ چندن گڑھ کی ذمہ داری قبول کرنے کا تو سوال ہی نہیں تھا۔ لیکن فی الوقت میں رانا کو انکار بھی نہیں کر سکتا تھا۔ میں نے بات بنائی "آپ جانتے ہیں میں تو میر صاحب کے مشورے کے بغیر کوئی کام نہیں کرتا۔ ان سے دریافت کر لوں تو آپ کو جواب دوں گا۔ آپ نے مجھے اس قابل سمجھا یہ آپ کا بڑا اپن ہے۔"

رانا کا جواب تیار تھا "میر صاحب کبھی انکار نہیں کریں گے، میں جانتا ہوں، لیکن یہ تمھاری وفاداری ہے کہ تم ان کا اتنا لحاظ کرتے ہو۔ تم شوق سے ان سے مشورہ کر لو اور خود بھی سوچ لو۔"

رانا کی باتوں نے میری فکر کو دو چند کر دیا تھا۔ دادی سا کو گزرے ہوئے آٹھ نو ماہ ہو چکے تھے۔ ہمارے پاس اب زیادہ وقت نہیں تھا۔ فیصلے کی گھڑی آ گئی تھی۔ مان گڑھ سے دور کئی ماہ سے میں رتن گڑھ میں رہ رہا تھا، اس لیے ماہ رخ کو لے کر جانے کا معاملہ پہلے ہی التوا میں پڑا ہوا تھا، لیکن اب پانی سر سے اونچا ہوتا جا رہا تھا۔ مجھے جلدی ہی فیصلہ کن قدم اٹھانا تھا۔ جیسے تیسے سفر ختم ہوا۔ مان گڑھ پہنچ کر میں نے ظفر کے سامنے پوری صورت حال رکھی۔ ظفر سوچ میں پڑ گئے۔ ہم دونوں ولیم کے پاس آئے اور انھیں شریک راز کیا۔ ولیم بڑے خوش ہوئے۔ کھڑے ہو کر مجھے گلے لگایا۔

"شاباش۔ مجھے عشق میں جان پر کھیلنے والے ایسے ہی جاں باز پسند ہیں۔ ڈرنے کی ضرورت نہیں ہے۔ لڑکی بالغ ہے اور تمھارے پاس تمھاری شادی کا ثبوت نکاح نامے کی شکل میں ہے۔ تم اپنی بیوی کو لے کر نکل جاؤ۔ اس بات کا میں اطمینان دلاتا ہوں کہ جب تک تم دونوں پنجاب نہیں پہنچ جاؤ گے یہاں کی پولیس حرکت میں نہیں آئے گی۔ میں نے

خود بھی دھڑلے سے عشق کیا ہے اور عاشقوں کے ساتھ میری پوری ہمدردیاں ہیں۔"

ولیم نے سنجیدہ وعدے کے ساتھ مذاق بھی کرڈالا۔

ہم لوگ کسی حد تک مطمئن ہو کر گھر آئے۔ میں نے اگلے دن میر صاحب سے رانا کی پیش کش کا ذکر کرتے ہوئے اپنی معذوری کا اظہار کیا۔ "آپ جانتے ہیں اماں اورابا کی خواہش ہے کہ میں جلد سے جلد پشاور پہنچ جاؤں۔ میں تو اب رتن گڑھ کی ذمہ داری سے ہی کچھ وقت کے لیے معافی چاہتا ہوں۔ کچھ عرصہ والدین کی خدمت کرلوں پھر واپس آجاؤں گا۔ آپ سمجھتے ہیں، میری مجبوری، لیکن چندن گڑھ کی ذمہ داری تو میں ہرگز بھی نہیں نبھا سکوں گا۔"

میر صاحب نے کہا" بیٹا میں تمھاری حالت اچھی طرح سمجھتا ہوں۔ والدین کی خدمت اور اطاعت تمھارے اوپر فرض ہے۔ میں نے رتن گڑھ کے لیے بھی دوسرے کارندے کا انتظام کرلیا ہے۔ تم صاف طور پر رانا کو اپنی مجبوری بتا کر معذرت کر سکتے ہو۔"

اگلے دن مجھے رتن گڑھ جانا پڑا۔ میر صاحب کا نیا کارندہ جیون لال میر صاحب کا پرانا نمک خوار تھا۔ میں اس کے ساتھ اسے کام سمجھانے اور چارج سنبھلوانے جارہا تھا۔

آٹھ دس دن بعد واپس آیا تو سارا پلان میرے ذہن میں واضح تھا۔ میں نے تمام منصوبہ بنالیا تھا۔ اپنا گھوڑا میں رتن گڑھ سے لے آیا تھا۔ وہ میرا وفادار اور تیز رفتار گھوڑا تھا، جس پر ماہ رخ کو لے کر میں قریب ترین ریلوے اسٹیشن تک جاتا۔ وہاں سے دہلی اور دہلی سے پشاور، پھر ہمیں خطرہ نہیں تھا۔

میں نے دو خط لکھے ایک رانا کے نام جس میں باادب معذرت کی تھی کہ" میرے بوڑھے والدین کی خواہش ہے کہ میں آخر عمر میں ان کے پاس جا کر رہوں۔ اس لیے میں نے میر صاحب کی خدمت سے بھی معذرت حاصل کرلی ہے اور مہاراج سے بھی ونتی ہے کہ مجھے معاف کردیں۔ میں ان کی سیوا نہیں کرسکوں گا۔"

دوسرا خط میں نے ماہ رخ کو لکھا جس میں اپنا پروگرام بتاتے ہوئے اسے یہ ہدایت کی تھی کہ وہ اگلے دن رات کو ایک بجے حویلی کے پچھلے دروازے پر پہنچ جائے، میں گھوڑا لے کر منتظر ملوں گا۔ نیز سوائے ضروری کاغذات کے رانا کے گھر سے ایک تار یا ایک پیسہ بھی نہ لائے۔

داسی روپا کا ایک چچازاد بھائی ہری سنگھ میر صاحب کا اردلی تھا۔ روپا اکثر اس سے ملنے کے بہانے آ کر ماہ رخ کے خط دے جایا کرتی تھی۔ میں نے ہری سنگھ کے ہاتھ دونوں خط روپا کو بھجوا دیے۔

اگلے دن مہاراج کمار کی تخت نشینی کا جشن تھا۔ میں نے اس دن کا انتخاب اسی لیے کیا تھا کہ سارا شہر جشن منانے یا جشن دیکھنے میں مصروف ہوگا۔ پولیس والے بھی راج محل کی طرف ہی متوجہ ہوں گے، رانا کی حویلی کا شمال مشرقی حصّہ سنسان جنگل کی طرف تھا، جہاں ایک چھوٹا سا لوہے کا دروازہ تھا، جو ہمیشہ بند رہتا تھا۔ میں نے ماہ رخ کو ہدایت کی تھی کہ اس دروازے کی چابی حاصل کر لے اور خاموشی سے لوگوں کے سونے کے بعد نکل آئے۔ دن بھر کے دھوم دھڑکّے کے بعد سب لوگ لمبی تان کر سو رہے ہوں گے۔ وہ بہت مناسب وقت ہوگا۔ میں نے ایک تھیلے میں کچھ ضروری سامان، کاغذات جو میرے اسکول اور کالج کے سرٹیفکٹ تھے، اپنے دو جوڑے اور جو کپڑے میں ماہ رخ کے لیے بمبئی سے لایا تھا، کچھ سوکھا خورد و نوش کا سامان اور ایک پانی کا ڈبہ گھوڑے کی زین میں رکھ لیا تھا، جو پیسے میرے پاس تھے وہ سب میری جیب میں تھے اور اپنا ریوالور کمر میں اڑس لیا تھا۔ یہ ریوالور میرے شکار کے شوق اور اچھے نشانے کو دیکھتے ہوئے میر صاحب نے اس وقت دیا تھا جب میں نے سینئر کیمبرج پاس کرنے کے بعد ولیم اور ظفر کے ساتھ شکار کھیلتے ہوئے ایک شیر کو مارا تھا۔ یہ شیر آدم خور ہو گیا تھا اور اکثر بستیوں کے کنارے آ کر کسانوں پر حملہ کیا کرتا تھا۔

میری تیاری مکمل تھی۔ میں نے ظفر کو اپنے پروگرام کے بارے میں بتا دیا تھا۔ ظفر

نے ولیم کو اطلاع کر دی تھی۔

تخت نشینی کا جشن بہت شاندار تھا۔ دن بھر راج محل میں اور محل کے باہر کھیل تماشے ہوتے رہے، ناچ رنگ کی محفلیں سجتی رہیں۔ آتش بازیاں چھوٹتی رہیں۔ سارے شہر میں چراغاں ہوا۔ تمام قلعوں اور محلوں پر خصوصی روشنیاں ہوئیں۔ تخت نشینی کا مہورت دوپہر گیارہ بجے کا تھا، جب جیوتشیوں کے حساب سے سورج نے اپنے مِتر چاند کے گھر میں پرویش کیا تھا۔ راج تلک کے بعد سے ہی جشن شروع ہو گیا جو رات تک چلا۔ رات بارہ بجتے بجتے تھکا ہارا شہر نیند کی باہوں میں سما گیا، تو میں خاموشی سے گھر سے نکلا۔

گھوڑا میں نے سرِشام ہی میر صاحب کی حویلی کے پیچھے ایک درخت سے باندھ دیا تھا۔ ایک بجے سے پہلے ہی میں رانا کی حویلی کے شمال مشرقی دروازے پر پہنچ گیا تھا اور بے تابی سے ٹہل رہا تھا۔ گھڑی میری کلائی پر بندھی تھی، جس کی ٹک ٹک سنّاٹے میں مجھے اپنی کنپٹیوں سے نکلتی ہوئی لگ رہی تھی۔

ٹھیک ایک بجے دروازے پر آہٹ ہوئی۔ قفل میں چابی گھومنے کی آواز آئی۔ میں لپک کر دروازے کے قریب پہنچ گیا۔ دروازہ دھیرے دھیرے کھلا لیکن دروازے سے ماہ رخ نہیں، بلکہ رانا چندر بھان سنگھ برآمد ہوئے۔ میرا دل اچھل کر حلق میں آ پھنسا، میں گھبرا کر پیچھے ہٹ گیا۔ آسمان پر چاندنی کھلی ہوئی تھی۔ سب کچھ صاف نظر آ رہا تھا۔

رانا ٹہلتے ہوئے میری طرف آئے۔

”کہیے خاں صاحب اس وقت یہاں کیسے؟“ انھوں بڑے دوستانہ انداز میں پوچھا۔

میرے جسم میں کاٹو تو لہو نہ نکلے۔ ایک دم سُن رہ گیا۔ ہاتھ پاؤں ٹھنڈے ہو گئے۔ بمشکل تمام بات بنائی۔ ”دراصل رتن گڑھ جا رہا تھا۔ سوچا تھا کہ رات کو ٹھنڈے ٹھنڈے گھر پہنچ جاؤں گا۔“

”ہاں ریگستان کا سفر دن میں بڑا دکھ دائی ہو جاتا ہے، لیکن یہاں کیسے رکے؟“

انھوں نے جرح کی۔

''دراصل میں پانی ساتھ لینا بھول گیا تھا، سوچا کہ واپس جانے کے بجائے اگر یہیں کوئی پہرے دار نظر آجائے تو اس سے پانی مانگ لوں۔'' اپنی حاضر جوابی پر میں خود بھی حیران رہ گیا۔ حالانکہ میرا دل پسلیاں توڑ کر باہر نکل جانے کو بیتاب تھا۔ اتنے میں رانا میرے قریب پہنچ چکے تھے۔ کمر پر لٹکتے پستول کی طرف اشارہ کر کے بولے۔

''ذرا دکھایئے، پستول تو بڑا اچھا معلوم ہوتا ہے۔''

میں نے فوراً ہولسٹر سے نکال کر ان کی خدمت میں پیش کرتے ہوئے کہا۔

''دو سال پہلے آدم خور شیر مارنے پر میر صاحب نے تحفے میں عنایت فرمایا تھا۔''

رانا نے پستول الٹ پلٹ کر دیکھا۔ چیمبر چیک کیے پھر اس سے پہلے کہ میں کچھ سمجھ پاتا اپنے بازو کی طرف رخ کر کے فائر کر دیا۔ گولی رانا کا بازو چھیلتی ہوئی دروازے کے قریب دیوار میں پیوست ہوگئی۔ آن واحد میں رانا کے بازو سے خون بہنا شروع ہوا اور دوسرے ہی لمحے انھوں نے زور سے آواز لگائی۔ ''ہوشیار دوڑو، چور ہے۔''

دوڑتے ہوئے قدموں کی آوازیں آئیں اور میں کود کر گھوڑے پر بیٹھا اور غیر ارادی طور پر سیدھا میر صاحب کی حویلی کی طرف گھوڑے کو دوڑاتا لے گیا۔ میر صاحب کی حویلی کے پیچھے گھوڑے کو چھوڑا اور قدِ آدم دیوار پھلانگ کر سیدھا اصطبل میں جا گھسا، جو کچھ ہوا میرے خواب و خیال میں بھی نہیں تھا۔ جو کچھ فعل مجھ سے سرزد ہو رہے تھے وہ اضطراری طور پر ہو رہے تھے۔ میرا دماغ کام نہیں کر رہا تھا۔ میں اصطبل میں چھپا بیٹھا رہا۔ گھنٹہ بھر بھی نہیں گزرا ہوگا کہ سامنے کا بڑا پھاٹک زور زور سے پیٹنے کی آوازیں آئیں۔ پھر بہت سے لوگوں کے بولنے اور پولس کے بھاری جوتوں کی آوازیں آئیں، وہ لوگ غالباً حویلی کی تلاشی لینا چاہتے تھے۔ میر صاحب کی غصّے میں بھری ہوئی آواز آئی۔

''حویلی میں کوئی قدم بھی نہیں رکھے گا۔ میں ابھی کلکٹر صاحب کو بلواتا ہوں۔ میں نے کسی چور کو پناہ نہیں دی ہے، جسے بھی ڈھونڈنا ہو باہر ہی ڈھونڈو۔''

کوئی اندھیرے میں اصطبل میں آیا اور ایک گھوڑا کھول کر لے گیا۔ میرا اندازہ تھا کہ وہ ظفر تھے اور ولیم کے گھر جا رہے تھے۔ پولیس والوں نے شاگرد پیشہ کی تلاشی لی۔ پھر اصطبل کے باہر آہٹ ہوئی۔ میرا دل رکنے لگا، خون کنپٹیوں پر ٹھوکریں مار رہا تھا۔ میں خود پر نفریں کر رہا تھا کہ میں کیوں چھپا ہوا ہوں۔ میرا قصور کیا ہے، لیکن حالات میرے خلاف تھے۔ میرے پستول سے رانا پر گولی چلی تھی، میں کسی طرح بھی اپنی بے گناہی ثابت نہیں کر سکتا تھا۔ دوسرا افسوس یہ تھا کہ میری وجہ سے میر صاحب کی بے عزتی ہوئی تھی۔ ان کی حویلی میں کسی مجرم کی تلاشی کے لیے پولیس کا آنا ان کی بہت بڑی ہتک تھی اور اس کا ذمہ دار میں تھا۔ میرا دماغ ان ہی خیالات کی آماجگاہ بنا ہوا تھا کہ میرے چہرے پر روشنی پڑی اور اگلے ہی لمحے میرا بازو پولیس والوں کی گرفت میں تھا۔ وہ مجھے کھینچتے ہوئے باہر لائے۔

حویلی کے بڑے دروازے کے پاس کچھ اور پولیس والے اور رانا کا خادمِ خاص بلونت سنگھ کھڑے تھے۔ میر صاحب کرسی پر بیٹھے تھے ان کے پیچھے ان کے دو تین خادم کھڑے تھے۔ میر صاحب نے مجھے جن نظروں سے دیکھا، میرا جی چاہا کہ زمین پھٹ جائے اور میں اس میں سما جاؤں۔ سب خاموش تھے، میرے ہاتھ میں ہتھکڑیاں ڈال دی گئیں۔ اسی وقت ظفر اور ولیم بھی آ گئے۔ ولیم نے میرے قریب پہنچ کر پوچھا ''کیا ماجرا ہے؟'' میرے کچھ بولنے سے پہلے بلونت سنگھ بول پڑا۔

''یہ چوری کی نیت سے رانا کی حویلی کے اتری پوربی دوار کی طرف آیا تھا اور دیوار پر چڑھنے کی کوشش کر رہا تھا۔ اتفاق سے رانا سا ادھر آ نکلے۔ انھوں نے ٹوکا تو اس نے رانا سا پر اپنے پستول سے گولی چلا دی اور پستول جلدی میں وہیں چھوڑ کر بھاگ نکلا۔ رانا سا حکم کا بازو گھائل ہے۔ حویلی میں مرہم پٹّی ہو رہی ہے۔''

''کیوں!'' ولیم نے مجھ سے پوچھا۔ ولیم اور ظفر دونوں ہی حقیقت جانتے تھے لیکن کوئی اظہار نہیں کر سکتا تھا۔ میں نے صرف اتنا کہا۔ ''یہ جھوٹا الزام ہے، میں تو رتن گڑھ

جانے کے لیے ادھر سے گزر رہا تھا۔ پانی لے جانا بھول گیا تھا۔ سوچا کسی پہرے دار سے پانی لے لوں اس لیے گھوڑے سے اترا تھا۔''

''پھر راناسا کا بازو کیسے گھائل ہوا؟'' بلونت نے پوچھا۔

میں کیا کہتا۔ کوئی یقین نہیں کرتا کہ رانا نے خود اپنے اوپر گولی چلائی تھی۔ میں نے صرف اتنا ہی کہا'' رانا صاحب کو کچھ غلط فہمی ہوئی تھی۔ انھوں نے مجھ سے پستول چھینا، گولی چل گئی اور رانا کے لگ گئی۔''

''جھوٹ مت بولو۔ مجھے تم سے ایسی امید نہیں تھی، ایبک خاں۔''

میر صاحب پہلی مرتبہ بولے۔ ان کے لہجے میں غصّے سے زیادہ غم اور افسوس کا پہلو نمایاں تھا۔'' اسے لے جایئے یہاں سے ولیم صاحب۔'' میر صاحب نے کہا۔ خادم کا سہارا لے کر اٹھے اور حویلی کے اندر چلے گئے۔ ظفر مجھ سے نظریں چرا رہے تھے۔

ولیم نے بلونت سے کہا کہ وہ رانا صاحب کے پاس واپس جائے اور انھیں بتائے کہ قیدی پکڑا جا چکا ہے۔

بلونت کے جانے کے بعد ولیم نے پولیس والوں کی نظر بچا کر میرے کان میں سرگوشی کی'' لگتا ہے جو خط تم نے ماہ رخ کو لکھا تھا وہ رانا کے ہاتھ لگ گیا ہے۔ اسی لیے یہ ساری ڈرامے بازی ہو رہی ہے، لیکن حالات خراب ہیں، تم حقیقت بتا نہیں سکتے اور اپنی بے گناہی ثابت بھی نہیں کر سکتے۔''

پھر پولیس والوں سے کہا'' انھیں لاک اپ میں بند کر دو۔ صبح ضابطے کی کارروائی کی جائے گی۔''

پیر بابا ایک دم یوں اٹھ کھڑے ہوئے، جیسے ماضی حال بن کر ان کی آنکھوں کے سامنے آ گیا ہو۔ اشارے سے ان دونوں کو جانے کے لیے کہا۔ یہ دونوں چپ چاپ چلے آئے، لیکن لالہ وہیں رک گئی۔ جاتے جاتے ہمایوں نے مڑ کر دیکھا۔ لالہ نے انھیں زبردستی بٹھا لیا تھا اور ان کے بالوں میں اپنی انگلیوں سے شانہ کر رہی تھی۔

بیسواں باب

اگلی رات بیٹھتے ہی پیر بابا نے کہانی شروع کردی۔

’’مجھے دو تین دن حوالات میں رکھا گیا۔ پھر چوری کا جھوٹا کیس بنا کر جیل بھیج دیا گیا۔ عدالت میں مقدمہ چلنے لگا۔ ولیم مجسٹریٹ تھے، انھیں کی عدالت میں پیشی ہوئی تھی۔ پیشی سے ایک دن پہلے ہری سنگھ کے ہاتھ ظفر نے مجھے رقعہ لکھا، جس میں اپنی بے بسی کا اظہار کرتے ہوئے لکھا تھا کہ ولیم کا خیال ہے کہ تم عدالت میں سچ بول دو۔ تمھیں ڈرنے کی کوئی ضرورت نہیں ہے۔ لڑکی بالغ ہے اور تمھارے پاس نکاح نامہ بھی ہے۔ ورنہ یہ کیس صرف چوری کا ہی نہیں، بلکہ اقدام قتل کا بن گیا تو تمھیں لمبی سزا ہو جائے گی اور رانا اپنی بیٹی کی شادی کسی اور سے کردیں گے۔ گولی تمھارے پستول سے چلی ہے اور رانا زخمی بھی ہوئے ہیں۔ تم کسی طرح اپنی بے گناہی ثابت نہیں کر سکو گے۔

ظفر نے خود سامنے آئے بغیر ایک مشہور وکیل کو میرا کیس لڑنے کے لیے مقرر کر دیا۔ ولیم کی عدالت میں مقدمہ آیا۔ رانا کے وکیل نے مجھ پر الزام لگایا کہ مجھے پشاور جا کر کاروبار کرنے کے لیے بہت سا پیسہ چاہیے تھا۔ رانا کی حویلی میں میں زر و جواہر دیکھ چکا تھا، کیونکہ دو سال میں نے ان کے بیٹے کو پڑھایا تھا۔ حویلی کے اندرونی حصّے سے واقف تھا۔ واردات کی رات میں نے اس لیے چنی، کیونکہ مہاراج کمار کے راج تلک کی وجہ سے کئی دن کے ہنگامے کے بعد سب تھک کر سو رہے ہوں گے اور میں اطمینان سے چوری کر کے نکل جاؤں گا، لیکن رانا روز سونے سے پہلے حویلی کے سب ہی دوار خود جا کر

دیکھتے تھے۔ اتر پوربی دوار پر انھیں ایک سایہ نظر آیا۔ رانا نے ٹوکا تو اس نے رانا پر گولی چلا دی۔ چاندنی میں رانا نے صاف پہچانا۔ وہ ملزم ایبک خاں تھا۔ گولی کی آواز پر پہرے دار دوڑ پڑے تو وہ ڈر کے مارے پستول پھینک کر بھاگا اور میر صاحب کی حویلی کے اصطبل میں جا چھپا جہاں سے پولیس نے اسے گرفتار کیا تھا۔"

میں اپنے وکیل کو سب بتا چکا تھا۔ مجھ سے جب سوال کیے گئے تو میں نے سچ سچ بتا دیا۔

"جج صاحب یہ سچ ہے کہ میں رانا چندر بھان کی حویلی پر اس رات گیا تھا، لیکن نہ تو میں چوری کی نیت سے گیا تھا، نہ میں دیوار پر چڑھا اور نہ میں نے گولی چلائی۔ میں وہاں اپنی بیوی کو لے جانے کے لیے گیا تھا۔ جی ہاں میری بیوی چندر مکھی عرف ماہ رخ، رانا چندر بھان کی اکلوتی بیٹی۔ وہ مجھ سے پڑھتی تھی۔ ہم دونوں ایک دوسرے کو پسند کرنے لگے۔ اس نے اسلام کا مطالعہ کیا اور وہ مسلمان ہوگئی۔ ہم جانتے تھے کہ رانا اس رشتے کو کبھی قبول نہیں کریں گے اس لیے ۱۴ رنومبر کی صبح کو جب رانا بجنور گئے ہوئے تھے تو ہم دونوں نے مسجد میں جا کر شادی کر لی تھی۔ قاضی نے ہمارا نکاح پڑھایا تھا اور ہمارے پاس نکاح نامہ بھی موجود ہے۔ رانا اس رشتے کو کبھی نہ مانتے، اس کا ہمیں یقین تھا۔

اسی دوران میری بیوی نے مجھے لکھا کہ رانا اس کی شادی دوسری جگہ کرنے والے ہیں۔ جج صاحب ایک شادی شدہ عورت جس کا شوہر زندہ ہو اس کی دوسری شادی نہیں ہو سکتی۔ اس لیے ہم نے بھاگ جانے کا منصوبہ بنایا۔ میرا خط کسی طرح رانا کے ہاتھ لگ گیا اور وہ مقررہ وقت پر حویلی کے شمال مشرقی دروازے پر پہنچ گئے۔ انھوں نے میرا پستول چھین کر خود اپنے آپ کو زخمی کیا اور مجھے چوری اور ارادۂ قتل کے جھوٹے الزام میں گرفتار کروا دیا تا کہ میں جیل میں سڑتا رہوں اور وہ اپنی بیٹی کی دوسری شادی زبردستی کروا دیں۔"

میرے بیان سے عدالت میں ہلچل مچ گئی۔ رانا خود عدالت میں نہیں آئے تھے۔

بلونت سنگھ کو بھیج دیا تھا۔ رانا کا وکیل اس حقیقت پر بوکھلا گیا۔ اس نے اس بیان کو جھوٹا، لغو، رانا کو بدنام کرنے کی سازش والا قرار دے کر مقدمے کی تاریخ آگے بڑھوا دی۔ مجھے پھر جیل بھیج دیا گیا۔

میرے وکیل نے کہا تم نے بڑی غلطی کی۔ نکاح نامہ اپنے پاس رکھنا چاہیے تھا۔ نکاح نامے کی بازیابی بہت ضروری ہے۔ اس کے بغیر ہم کچھ بھی ثابت نہیں کر پائیں گے۔ میں نے وکیل صاحب سے کہا کہ کسی طرح ہری سنگھ سے مجھے ملوا دیں۔ ہری سنگھ کے ذریعہ روپا سے کہہ کر میں ماہ رخ سے نکاح نامہ منگوا سکتا ہوں، لیکن کئی دن گزر گئے۔ ہری سنگھ نہیں آیا۔ میرے لیے ایک ایک دن پہاڑ ہو رہا تھا۔

ایک ہفتہ بعد ہری سنگھ آیا۔ بری حالت تھی اس کی، آنکھیں سوج رہی تھیں، بہت دبلا اور کمزور لگ رہا تھا۔ اس نے بتایا کہ وہ بیمار تھا۔ روپا کا کوئی پتہ نہیں ہے۔ وہ کئی بار روپا سے ملنے رانا کی حویلی گیا لیکن وہاں جواب ملتا ہے کہ یہاں روپا نام کی کوئی داسی نہیں رہتی۔ وہ سخت پریشان ہے۔ میر صاحب سے بات کی تھی، لیکن وہ کہتے ہیں اس سلسلے میں میری کوئی مدد نہیں کر سکتے۔ روپا کے ماں باپ بچپن میں ہی ہیضے سے مر گئے تھے۔ میرے ہی باپ نے اسے پالا پوسا اور رانا کے ہاں رکھوا دیا تھا۔ میری تو وہ ایک ہی بہن تھی۔ پتہ نہیں راکھشسوں نے اسے مار دیا کہ کیا کیا۔"

ہری سنگھ کی بات سن کر میرے حواس جاتے رہے۔ روپا کے غائب ہونے کی خبر میرے لیے قیامت سے کم نہیں تھی۔ ماہ رخ تک پیغام پہنچانے کا واحد ذریعہ تھی وہ۔ نہ جانے ظالم رانا نے اس کے ساتھ کیا کیا۔ مجھے اپنا مستقبل تاریک نظر آنے لگا۔

وکیل نے صاف کہہ دیا تھا کہ نکاح نامے کے بغیر وہ کچھ نہیں کر سکے گا۔ میں نے اس سے درخواست کی کہ وہ ان قاضی صاحب کو تلاش کروائیں۔ ان کا نام پتہ بتایا، کیونکہ ان کے رجسٹر میں بھی ہمارا نکاح درج ہوا تھا۔ دس پندرہ دن بعد وکیل صاحب نے اطلاع دی کہ اس نام کے قاضی کا دو ماہ پہلے انتقال ہو چکا ہے، ان کے رجسٹر وغیرہ

کے بارے میں ان کے گھر والوں کو کوئی علم نہیں۔

وکیل صاحب نے کیس کے سلسلے میں قطعی ناامیدی ظاہر کرتے ہوئے صاف کہہ دیا کہ وہ اپنی سی کوشش کرلیں گے لیکن امید نہیں ہے۔ دیکھنا ہے کہ رانا کا وکیل اس الزام کا کیا جواب دیتا ہے، جو ہم نے ان پر لگایا ہے۔

دو ماہ امید وبیم کی حالت میں نکل گئے۔

دو ماہ بعد پھر پیشی ہوئی۔ رانا خود عدالت میں آئے، گیتا پر ہاتھ رکھ کر سچ بولنے کی قسم کھائی اور بیان دیا کہ ''یہ سب جھوٹ اور بہتان ہے انھیں بدنام کرنے کی سازش ہے۔ ان کے تو کوئی بیٹی ہی نہیں ہے۔ ان کی ایک ہی بیٹی تھی چندرمکھی جو چیچک کے مرض میں مبتلا ہوکر دو سال پہلے ہی ماتا کی بھینٹ چڑھ گئی تھی۔''

رانا بیان دے کر مجسٹریٹ کی اجازت سے واپس چلے گئے۔ میرا وکیل اس جھوٹ کو کسی طرح بھی صحیح ثابت نہیں کرسکا۔ اگر ایک باپ گیتا کی قسم کھا کر کہہ رہا ہے کہ اس کے کوئی بیٹی نہیں اور اکلوتی بیٹی کئی سال پہلے مرچکی ہے تو اس کے خلاف کون بول سکتا ہے۔ رانا کے وکیل نے مان ہانی کا دعویٰ بھی ٹھونک دیا کہ میں نے ان کی عزت کو بھری عدالت میں اچھالا۔

میرا وکیل سر جھکائے عدالت میں بیٹھا رہا اور مجھے سات سال کی سزا ہوگئی۔ اپنی سزا سے زیادہ مجھے اس بات کا غم تھا کہ آخر ماہ رخ کو کیا ہوا۔ کیا جان لے لی اس معصوم کی اس ظالم باپ نے! میرا دل ڈوبنے لگا۔ رانا عدالت میں یہ بیان دینے کے بعد اب ماہ رخ کی شادی بھی نہیں کرسکتے تھے۔ اس کا تو یہی مطلب ہوا کہ ماہ رخ اب اس دنیا میں نہیں ہے۔ میری حالت دگرگوں تھی۔ ماہ رخ کے بغیر زندگی کا تصور ہی سوہانِ روح تھا۔ میرے لیے دوہری سزا تھی۔ ماہ رخ کی موت کے بعد زندہ رہنا اور قید با مشقت کاٹنا۔

مجھے سیاسی قیدیوں کے ساتھ رکھا گیا تھا۔ جن سے مجھے ملکی حالات کا پتہ چلتا رہتا تھا۔ حالانکہ مجھے اب کسی چیز سے دلچسپی نہیں رہ گئی تھی۔ میرے ساتھ اتنی رعایت برتی

گئی تھی کہ مجھے پڑھنے کے لیے کتابیں مانگنے پر دے دی جاتی تھیں۔ دن بھر جسمانی مشقت کے بعد یہ کتابیں ہی میرا سہارا تھیں، مجھ سے ملنے کوئی نہیں آتا تھا سوائے ہری سنگھ کے۔ مہینے دو مہینے میں وہ آجاتا اور باہر کی دنیا کی خبریں دے جاتا۔ اس نے بتایا کہ میر صاحب نے دربار سے استعفیٰ دے دیا ہے۔ اب وہ گھر سے باہر بھی نہیں نکلتے، گوشہ نشینی اختیار کر لی ہے۔ میں اس خبر کو سن کر رو پڑا۔ میرے سب سے بڑے محسن کو میری وجہ سے اس حد تک شرمندگی کا سامنا کرنا پڑا کہ انھوں نے گھر سے نکلنا چھوڑ دیا۔ روپا اور ماہ رخ کی کوئی خیر خبر نہیں تھی۔ کیا پتہ زندہ بھی تھیں یا نہیں۔ رانا جب ان کی موت کا حلف اٹھا سکتے ہیں تو مار بھی سکتے ہیں۔ بس یہ خیال جینے کی خواہش، رہائی کی خواہش سب کچھ چھین لیتا تھا۔

مجھے جیل میں رہتے ہوئے چار مہینے ہوئے تھے، جب ایک دن جیلر نے اطلاع دی کہ ''تمھارے باپ اب اس دنیا میں نہیں رہے۔'' میں پھٹی پھٹی آنکھوں سے انھیں دیکھتا رہا۔ وہ کس دنیا کی بات کر رہے تھے۔ اگر وہ قید و بند سے چھوٹ گئے تو کیا بُرا ہوا۔ میں بھی تو قید و بند کی زندگی گزار رہا ہوں اور جانتا ہوں رہائی اور آزادی کی کیا قیمت ہوتی ہے۔ پھر احساس ہوا کہ میں یتیم ہو گیا۔ اس خیال کے آتے ہی آنسوؤں کے بند ٹوٹ گئے۔ کوئی اپنا نہیں تھا، کوئی دو بول تسلی دینے والا نہیں تھا۔ خود ہی رو دھو کے بیٹھ گیا۔

دو دن بعد ہری سنگھ آیا اس نے اطلاع دی کہ ''میر صاحب گزر گئے۔'' دل پر ایک گھونسا سا لگا۔ ایسا محسوس ہوا کہ میں دراصل میر صاحب کا مجرم تھا اور اسی جرم کی سزا کاٹ رہا تھا۔ ان کی ایک ایک بات یاد آتی رہی۔ ان کی عظمت، ان کی شفقت، محبت، مروت، انسانیت، سخاوت، شرافت، انکسار، ایک راج دربار میں وزیرِ خزانہ ہونے کے باوجود اس قدر خاکساری کہ چھوٹے سے چھوٹے آدمی کو برابر کا درجہ دیتے تھے۔ میں نے انھیں کبھی اونچی آواز میں بولتے ہوئے نہیں سنا۔ تحمل اور برداشت تو ان میں کوٹ کوٹ کر بھرا ہوا تھا اور ایسا نادر الوجود سید زادہ صرف اس حقیر خان زادے کی وجہ سے ذلت اور رسوائی کا

احساس لے کر اس دنیا سے کوچ کر گیا۔ حالانکہ حقیقت میں ان کی شخصیت کی عظمت کو کوئی چھو بھی نہیں سکتا تھا، لیکن وہ اتنے حساس اور غیرت دار تھے کہ ان کے لیے یہی بات بہت بڑی تھی کہ ان کی حویلی میں کسی بھگوڑے مجرم کی تلاش میں پولیس نے قدم رکھا۔

مجھے محسوس ہوا کہ جو سزا میں کاٹ رہا ہوں وہ تو بہت کم ہے، مجھے تو اس سے کہیں زیادہ سزا ملنی چاہیے تھی۔

میں چار چار غم اپنے سینے میں پال رہا تھا۔ پہلا ماہ رخ کی جدائی یا شاید موت کا داغ، دوسرا ابا کی موت، تیسرے میر صاحب کی وفات اور چوتھے یہ احساس کہ اس کا سبب میں خود ہوں۔ ان دنوں میری صحت بہت گر گئی تھی۔ میں بہت کمزور ہو گیا تھا۔ جیلر صاحب جو میرے اچھے چال چلن سے بہت متاثر تھے، انھوں نے رحم کھا کر میری مشقتیں ہلکی کر دی تھیں۔ بعد میں مجھے پتہ چلا کہ ابا اور میر صاحب کی تاریخ وفات ایک ہی تھی۔ کیا اتفاق تھا کہ میں ایک ہی دن میں دونوں مہربان سایوں سے محروم ہو گیا تھا۔ اب زندگی کی کڑی دھوپ تھی، جیل کی کال کوٹھری تھی، میرا خدا تھا اور میں تھا۔ لیکن وہ رحیم و کریم تو سب سے بڑا ہے، جو والدین سے ستّر گنا زیادہ اپنے بندوں سے محبت کرتا ہے اور کسی مظلوم کی آہ کو ضائع نہیں جانے دیتا ہے۔ وہ معاف کرنے والا ہے۔ اس نے شاید میری توبہ قبول کر لی تھی۔ مجھے جیل میں رہتے ہوئے چھ ماہ گزر رے تھے۔

ایک دن صبح میں اپنے معمولات سے فارغ ہو کر کام پر جانے کے لیے تیار ہو رہا تھا کہ جیلر صاحب مسکراتے ہوئے آئے اور بولے ''ایبک خاں تمھارے اللہ نے تمھاری دعائیں سن لیں۔ مجسٹریٹ کا آرڈر آیا ہے اب تم آزاد ہو۔''

میرے اللہ! ایسی انہونی، اتنی بڑی بات کس طرح ہو گئی۔ میں ایسا حیران ہوا کہ ان کا شکریہ ادا کرنا یا تفصیل پوچھنا تک بھول گیا۔ جیلر صاحب میری کیفیت سے شاید لطف اندوز ہو رہے تھے۔ کہنے لگے، ''اپنا سامان لے لو، جیل کے کپڑے بدل لو اور میرے کمرے میں آ کر ضابطے کی خانہ پری کر لو۔''

بڑی دیر تک میں یقین و بے یقینی کی کیفیت میں کھڑا رہا۔ پھر جیسے ہوش میں آ گیا۔ اپنی کوٹھری میں جا کر میں نے سب سے پہلے دو رکعت نماز ادا کی، پھر وارڈن کے دیے ہوئے اپنے کپڑے پہنے اور اپنے اوپر سے قیدی نمبر 260 کا بلّا اتارا۔ اپنی ڈائری اٹھائی اور جیلر صاحب کے کمرے میں آ گیا۔ وہ میرے ہی منتظر تھے۔ اب میں کسی حد تک اپنے حواسوں میں آ چکا تھا۔ میں نے پوچھا۔

''جیلر صاحب یہ انہونی کیونکر ممکن ہوئی؟''

جیلر صاحب نے کہا ''تفصیل مجھے نہیں معلوم۔ اتنا معلوم ہے کہ رانا چندر بھان سنگھ کی بیٹی چندر مکھی کسی طرح رانا کے چنگل سے نکل کر مجسٹریٹ کی عدالت میں پہنچ گئی اور اس نے یہ ثابت کر دیا کہ وہ بالغ ہے اس نے اپنی مرضی سے تمھارے ساتھ شادی کی تھی اور تبدیلِ مذہب کیا تھا۔ اس نے عدالت میں نکاح نامہ بھی پیش کر دیا۔''

مجھے شادیٔ مرگ ہوتے ہوتے بچا۔ آنکھوں سے آنسو جاری تھے، میں وہیں سجدہ شکر بجالایا۔ تفصیل جاننے کو میں بے چین تھا، لیکن ابھی کچھ قانونی مرحلوں سے گزرنا تھا۔ جیل کے اندراجات کی خانہ پری کرنے کے بعد مجھے میرے کام کا محنتانہ دیا گیا، جو مجھے بہت قیمتی لگا، کیونکہ فی الوقت میرے پاس کچھ بھی نہیں تھا۔ اپنا کل اثاثہ تو میں نے ایک تھیلے میں رکھ کر گھوڑے کی زین میں رکھ دیا تھا۔ وہ گھوڑا گرفتاری کی رات میں میر صاحب کی حویلی کی پشت پر چھوڑ آیا تھا، پھر خدا معلوم اس کا کیا بنا۔ جیل سے مجھے عدالت لے جایا گیا۔ وہاں پیشی کے بعد میری رہائی کا پروانہ صادر ہوا اور ماہ رخ جو عدالت میں ہی موجود تھی، اسے میرے سپرد کر دیا گیا۔ روپا بھی اس کے ساتھ ہی تھی۔ لمبے عرصے کے بعد ماہ رخ میرے سامنے تھی۔ اسے دیکھ کر مجھے اندازہ لگانے میں ایک پل بھی نہیں لگا کہ اس نے بھی کم سختیاں نہیں سہی تھیں۔ گلاب سا رنگ زرد پڑ گیا تھا، آنکھوں کے گرد سیاہ حلقے تھے، بہت کمزور ہوگئی تھی اور اپنی عمر سے کہیں بڑی نظر آ رہی تھی۔ ایک دوسرے کو دیکھ کر ہم دونوں ہی کی آنکھیں اشک بار ہوگئیں۔ عدالت کے

باہر ولیم کا نجی خانساماں ہمارا منتظر تھا، وہ ہم تینوں کو ولیم کی ہدایت کے مطابق ولیم کے گھر لے گیا، جہاں پاربتی بھابی نے ہمارا پرجوش استقبال کیا۔

وہاں پہنچ کر مجھے سارے حالات کا پتہ چلا۔ عدالت میں بیان دینے کے بعد رانا نے ماہ رخ کو حویلی کے تہہ خانے میں قید کر دیا تھا، جہاں روپا پہلے ہی دو ماہ سے بند تھی۔ رانا کی سخت ہدایت تھی کہ کوئی ان دونوں سے بات نہ کرے۔ ماں سا کو بھی ملنے کی اجازت نہیں تھی۔ تہہ خانے کی چابی رانا کے پاس رہتی تھی۔ صرف کھانا دینے یا صفائی کرنے کے لیے تالا کھولا جاتا تھا، پھر رانا خود تالا لگا دیتے تھے۔ رانا نے ماہ رخ پر بہت زور ڈالا کہ وہ نکاح نامہ ان کے حوالے کر دے لیکن اس نے تمام تختیاں سہہ کر بھی نکاح نامہ انھیں نہیں دیا اور بہانا کر دیا کہ وہ تو کبھی کا ضائع ہو چکا ہے۔ اگرچہ رانا نے اس کے تمام سامان کی تلاشی کئی مرتبہ لی لیکن ناکام رہے۔ رانا کا رویہ ماں سا کے ساتھ بھی بدل گیا تھا۔ ان کا خیال تھا کہ وہ بھی اس سازش میں شریک تھی۔ ان کا اکلوتی بیٹی کے غم میں رو رو کر بُرا حال تھا۔ کبھی کبھار بہت خوشامد کرنے پر وہ ماں سا کو تھوڑی دیر کے لیے تہہ خانے کے اندر لے جاتے تھے اور فوراً ہی واپس بھی لے آتے تھے۔ انھوں نے خود اس واقعہ کے بعد اپنی چندر مکھی کا مکھ پھر نہیں دیکھا۔ ماہ رخ بہت بیمار ہو گئی تھی لیکن کسی وید حکیم کو بھی نہیں دکھایا گیا۔ وہ ماہ رخ کی شادی بھی نہیں کر سکتے تھے، کیونکہ عدالت میں اس کی موت کا حلف اٹھا چکے تھے۔

چھ ماہ کا عرصہ ماں اور بیٹی دونوں پر پہاڑ بن کر گزرا۔ رانا کا ارادہ یہی تھا کہ تہہ خانے میں بند رہ کر ماہ رخ مر جائے، بس اتنا احسان کیا کہ اس کا گلا نہیں گھونٹا ورنہ کوئی کسر نہیں چھوڑی تھی اسے مارنے میں۔ باپ کا دل تو پتھر ہو گیا تھا، لیکن ماں سے اپنے جگر گوشے کی یہ حالت زیادہ دنوں تک برداشت نہیں ہوئی اور بیٹی بھی وہ جو ناامیدی کے اندھیروں میں دیپک بن کر آئی تھی، جس کی پیدائش کے لیے ہزاروں منتیں مرادیں مانی تھیں، ایک دن جب رانا دربار گئے ہوئے تھے تو ٹھکرائن داسی کے کپڑے پہن کر چپکے

سے حویلی سے نکل گئیں اور سیدھی جان ولیم کے گھر پہنچیں۔ ولیم کے پہرے دار نے انھیں روکنا چاہا تو انھوں نے کہہ دیا کہ میں ولیم صاحب کے سسرال سے آئی ہوں۔ پہرے دار راستے سے ہٹ گیا، ولیم دفتر گئے ہوئے تھے۔ پاربتی ٹھکرائن کو یوں دیکھ کر حیران رہ گئیں۔ ٹھکرائن بہت جلدی میں تھیں، انھوں نے پاربتی سے کہا۔ ''بہن سا، میری بات دھیان سے سینے، میرے پاس وقت نہیں ہے۔ ولیم بھائی سا کو بتائیے کہ چندر مکھی زندہ ہے۔ رانا نے اسے اور اس کی داسی روپا کو چھ مہینے سے تہہ خانے میں بند کر رکھا ہے۔ میری بیٹی گھٹ گھٹ کر مر جائے گی۔ ولیم بھائی سا تلاشی کا وارنٹ لے کر آئیں اور میری لال کو اس کارا سے نکال لیں۔ ایبک خاں پر بھی جھوٹا الزام لگایا گیا ہے۔ اس رات ایبک خاں نے جو خط رانا کو دینے کے لیے دیا تھا وہ داسی نے غلطی سے چندر مکھی کو دے دیا اور جو چندر مکھی کو دینے والا تھا وہ رانا کو دے دیا۔ یہیں سے ساری غلطی ہوئی۔ میری ولیم بھائی سا سے ونتی ہے کہ اب دیر نہ کریں۔ جلد سے جلد میری دھی کو تہہ خانے سے نکال کر ایبک خاں کو بھی چھڑوا دیں اور اس کی امانت اس کو سونپ دیں۔''

ٹھکرائن اس راز سے پردہ اٹھا کر جیسے آئی تھیں ویسے ہی چلی گئیں۔

اگلے ہی دن ولیم نے رانا کی حویلی کا سرچ وارنٹ نکلوایا اور پولیس کے ساتھ خود رانا کی حویلی پہنچ گئے۔ رانا کے سان گمان میں بھی نہیں تھا کہ ایسی کوئی صورت پیدا ہو سکتی ہے۔ انھوں نے بہت ہنگامہ کیا۔ مہاراج کو بیچ میں ڈالنے کی دھمکی دی لیکن انگریز سرکار کے مقابلے میں مہاراج کی بھی چلنے والی نہیں تھی۔ تلاشی ہوئی، رانا کو مجبوراً تہہ خانے کی چابی دینی پڑی اور ولیم نے ماہ رخ اور روپا کو تہہ خانے سے برآمد کر لیا۔ رانا کی پوزیشن کے پیشِ نظر ان کے خلاف کوئی کارروائی نہیں کی گئی۔ ویسے بھی ولیم کا مقصد حاصل ہو چکا تھا۔ ماہ رخ اپنا نکاح نامہ ساتھ لانا نہیں بھولی تھی، جو اس نے نہ جانے کہاں رکھا تھا کہ رانا کو لاکھ کوششوں کے بعد بھی نہیں ملا تھا۔

شام کو جب ولیم دفتر سے گھر پہنچے تو ظفر بھی ان کے ساتھ تھے، میں ظفر سے آنکھیں

چار کرنے کی ہمت نہیں کر پا رہا تھا، لیکن ظفر نے بڑھ کر مجھے گلے سے لگا لیا۔ ان کے دل میں میرے لیے کوئی تلخی، کوئی گلہ نہیں تھا۔ ایک نیک اور ایمان دار آدمی کی طرح وہ سمجھتے تھے کہ جو کچھ ہوا اس میں میرا کوئی قصور نہیں تھا۔ نیز یہ بھی کہ میر صاحب نے بھی انتقال سے پہلے مجھے معاف کر دیا تھا۔ میں پھر بھی شرمندہ تھا۔ ''ظفر میری وجہ سے میر صاحب نے دربار سے استعفیٰ دیا اور میری وجہ سے ان کی جان کو روگ لگ گیا۔''

ظفر نے مجھے تسکین دی ''ایبک، کوئی کسی کی وجہ سے نہیں مرتا۔ اگر ایسا ہوتا تو آج تم دونوں بھی زندہ نہ ہوتے۔ ابا جانی کے انتقال فرمانے کا بھی وقت آ گیا تھا اور رہی دربار سے استعفیٰ دینے کی بات تو تم جانتے ہو وہ کافی عرصے سے اس سلسلے میں فیصلہ کر چکے تھے۔ جب سے میں نے دربار سے وابستہ ہونے سے معذرت کی تھی وہ کئی بار مہاراج سے کہہ چکے تھے کہ انھیں سبکدوش کر دیا جائے۔ ہاں اس واقعے سے انھیں تکلیف ضرور پہنچی تھی، لیکن پھر انھیں تمھاری بے گناہی کا اندازہ ہو گیا تھا اور انھوں نے تمھیں معاف بھی کر دیا تھا۔ بلکہ آخری دنوں میں تو وہ تمھاری طرف سے فکرمند بھی رہا کرتے تھے۔''

بہت عرصے کے بعد ہم تینوں دوست مل کر بیٹھے تھے۔ دیر رات تک باتیں ہوتی رہیں۔ پاربتی بھابی نے خصوصی دعوت کا انتظام کر ڈالا تھا۔ انھوں نے ماہ رخ کو بھی میرے لیے سجایا سنوارا۔ اسی دن مجھے پتہ چلا کہ ظفر ایک بیٹے کے باپ بن گئے ہیں۔ بیٹے کا نام انھوں نے ہمایوں رکھا ہے۔ ماہِ نور کے یہاں بھی بیٹا ہوا ہے، سمیع الزماں نام رکھا ہے۔ پھر انھوں نے ہنس کر بتایا کہ ''ماہِ نور نے ابھی تک تمھیں معاف نہیں کیا ہے، وہ جذباتی لڑکی اب بھی تم ہی کو ابا جانی کی موت کا ذمہ دار سمجھتی ہے لیکن فکر نہ کرو۔ دھیرے دھیرے سب ٹھیک ہو جائے گا۔''

یہ سن کر مجھے بہت تکلیف ہوئی۔ ماہِ نور ہمیشہ مجھے راکھی باندھا کرتی تھی۔ میری بہن مجھ سے اتنی بدظن ہے، یہ سن کر میں بے چین ہو گیا۔ ظفر نے یہ بھی بتایا کہ میرا گھوڑا حویلی پہنچ گیا تھا اور ظفر نے اس کی زین میں سے سب سامان نکال کر رکھ لیا تھا۔ ظفر وہ سامان

ساتھ لے کر آئے تھے۔ میرے کپڑے، وہ کپڑے اور تحفے جو میں بمبئی سے ماہ رخ کے لیے لایا تھا اور میری تمام جمع پونجی۔ اس سے مجھے بڑا اطمینان ہوا۔ میرا گھوڑا ابھی اصطبل میں بندھا ہوا تھا۔ دو روز ولیم کے گھر ٹھہرنے کے بعد ماہ رخ اور روپا کو ساتھ لے کر میں رتن گڑھ آ گیا۔ یہاں میرا آبائی مکان تھا۔ ابا کی اراضی تھی، جائداد تھی۔ گلزار چلتے وقت کہہ گیا تھا کہ اگر تمھارا پشاور آنے کا ارادہ ہو تو یہ سب بیچ آنا، لیکن اب یہی میرا ٹھکانہ تھا۔ میں نے روپا کو بھی کلمہ پڑھا کر مسلمان کرایا تھا اور اس کی شادی اپنے بچپن کے دوست کلو خاں سے کر دی تھی۔ روپا کا نام بسم اللہ رکھا تھا۔ یہی بسم اللہ جو شبراتی کی ماں ہے۔ اپنی کچھ زمینیں اور جائداد میں نے ظفر کے ہاتھ بیچ دی تھی۔ جو پیسہ ملا اس سے اپنی ایک زمین پر یہ باڑی آباد کی۔''

اتنی کہانی سنانے کے بعد پیر بابا مسکرائے اور بولے

''آج بس اتنا ہی۔ اب ایک دن کی کہانی اور بچی ہے۔ کل انشاء اللہ اس کہانی کا اختتام کر دوں گا۔ پھر تم دونوں بھی رخت سفر باندھو۔ میں بھی پیچھے پیچھے آتا ہوں۔ ظفر اور ولیم سے ملے ہوئے بہت لمبا عرصہ ہو گیا ہے۔''

اکیسواں باب

آج کہانی ختم ہونے والی تھی۔ ہمایوں اور ایڈورڈ کا بھی باڑی میں آخری دن تھا۔ سارا دن انھوں نے لالہ کے ساتھ باتیں کرتے ہوئے ہلکے پھلکے ذہن کے ساتھ گزارا۔ کہانی کل جہاں تک پہنچی تھی وہ بھی بہت خوشگوار واقعات تھے۔ تینوں ہی بہت خوش تھے۔ شام تک ہمایوں اور ایڈی نے اپنی پیکنگ بھی کر لی تاکہ اگلے دن صبح ہی صبح نکل جائیں۔ گرمی بہت بڑھ گئی تھی۔ اگر روانگی میں دیر ہوئی تو جیپ بھٹّی بن جائے گی۔

شام کے کھانے پر لالہ نے خاص اہتمام کیا تھا، کئی چیزیں اپنے ہاتھ سے پکائی تھیں۔ پیر بابا یہ اہتمام دیکھ کر زیرِلب مسکراتے رہے۔ صبح جلدی اٹھنا تھا اس لیے پیر بابا نے انھیں جلدی چبوترے پر آنے کی ہدایت کی۔ پیر بابا رات کو کھانا نہیں کھاتے تھے اور کھانے کے دوران موجود بھی نہیں ہوتے تھے لیکن آج وہ اپنی آرام کرسی پر بیٹھے تسبیح پڑھتے رہے اور مسکراتے رہے۔ کھانے کے فوراً بعد ہی سب لوگ چبوترے پر پہنچ گئے اور پیر بابا نے کہانی کا آخری باب شروع کیا۔

''جس دن میں ماہ رخ کو لے کر رتن گڑھ آیا تھا، وہ یکم اگست ۱۹۴۷ء کا دن تھا۔ آزادی بس ملنے ہی والی تھی، لیکن ملک میں جگہ جگہ فرقہ وارانہ فسادات ہو رہے تھے۔ مان گڑھ ان اثرات سے محفوظ تھا اور رتن گڑھ کے سیدھے سادے لوگوں کو تو پتہ بھی نہیں تھا کہ ملک میں کیا انقلاب آ رہا ہے۔ کسان کو تو اپنی فصل سے دلچسپی ہوتی ہے چاہے کوئی حکومت آئے چاہے جائے۔ لیکن شر پسند لوگ ہر دور میں ہوتے ہیں، جو امن وسکون کے

دشمن ہوتے ہیں۔ خود تو چین سے بیٹھے رہتے ہیں اور بھوسے میں چنگاری ڈال کر گھر جلنے کا تماشا دیکھتے ہیں۔ مان گڑھ بھی ایسے لوگوں سے خالی نہیں تھا۔ ریشہ دوانیاں چل رہی تھیں۔

پندرہ اگست کو ہندوستان آزاد ہوا اور پاکستان نام کی ایک نئی ریاست وجود میں آ گئی۔ اس تقسیم نے جو ہر لحاظ سے غلط تھی، پورے ملک میں آگ لگا دی۔ آزادی کی دیوی دونوں طرف سروں کی قربانی لے رہی تھی۔ جان مال عزت سب کچھ داؤ پر لگا ہوا تھا۔ یہاں سے بھی سینکڑوں مسلمان بھاگ کر کھوکھرا پار کے راستے پاکستان جا رہے تھے اور کتنے زندہ پہنچ رہے تھے یہ اللہ ہی جانتا ہے، لیکن مان گڑھ کے مہاراج نے اس موقع پر جس شرافت، رواداری اور غریب پروری کا ثبوت دیا وہ نا قابلِ فراموش ہے۔ انھوں نے گھر گھر جا کر مسلمانوں کو روکا اور انھیں حفاظت کا یقین دلایا۔ ان کی چھتر چھایا نے نہ جانے کتنے بندھے ہوئے بستر کھلوا دیے۔ کچھ لوگ جو آمادۂ سفر ہو ہی گئے تھے انھیں بحفاظت دلّی پہنچانے کا انتظام کیا۔ رتن گڑھ بھی پُر امن رہا، لیکن چندن گڑھ نے ساری کسر پوری کر دی۔

چندن گڑھ کا ٹھاکر اوّل تو خود بھی متعصب آدمی تھا، اس پر رانا چندر بھان سنگھ نے اپنی ذاتی پرخاش نکالنے کے لیے اسے بھڑکایا۔ مان گڑھ میں وہ کچھ کر نہیں پائے تھے۔ چندن گڑھ پہنچ گئے اور وہاں کے غریب مزدور اور کسان مسلمانوں کو اپنی نفرت کا نشانہ بنایا۔ رتن گڑھ اور چندن گڑھ کے بیچ میں ایک چھوٹی سی مسلمانوں کی بستی تھی اور ایک مسجد تھی۔ جب بستی کے مکانوں کو آگ لگائی جا رہی تھی تو ساری بستی کے لوگ بال بچّوں کو لے کر اس مسجد میں چھپ گئے تھے اور اندر سے دروازہ بند کر دیا تھا۔ بلوائیوں نے اس مسجد کو گھیر لیا۔ لاٹھیاں اور ترشول لیے نعرے لگاتی بھیڑ قریب تھا کہ مسجد کا دروازہ توڑ دیتی کہ مسجد کا دروازہ کھلا اور سبز عمامے باندھے ہوئے گھڑسوار مسجد سے نکلنے شروع ہو گئے۔ اس چھوٹی سی مسجد سے اتنے گھڑسوار نکلے کہ بلوائی گھبرا گئے۔ لاٹھیاں ترشول

یہاں تک کہ جوتے بھی چھوڑ چھوڑ کر بھاگ کھڑے ہوئے۔ بعد میں کئی بیل گاڑیاں بھر کر جوتے لاٹھیاں اور بلّم اکٹھے کروائے گئے۔ غیبی مدد نے مسجد کے مکینوں کی حفاظت کی۔ ایسے بھی واقعات دیکھنے کو ملے، لیکن عام طور پر جان اور عزت کا ناقابلِ بیان نقصان ہوا۔ رتن گڑھ کے بھی بہت سے لوگ پاکستان چلے گئے۔ پہلے باڑی اور رتن گڑھ گاؤں یہاں سے وہاں تک ایک آباد بستی تھا، لیکن جانے والے گھر بار چھوڑ کر چلے گئے اور دو میل کا علاقہ ویران ہو گیا۔

ہم لوگ رتن گڑھ میں اپنے آبائی مکان میں ہی تھے۔ میں، بھورے خاں، کلو خاں، بابو خاں اور خود ماہ رخ رات بھر بندوقیں لے کر پہرہ دیا کرتے تھے۔ باڑی کی تعمیر کا کام بھی کچھ عرصے کے لیے رک گیا تھا۔ سارے مزدور بھاگ گئے تھے۔ حالات نارمل ہوتے ہی دوبارہ کام شروع ہوا۔ باڑی کی تعمیر مکمل طور پر ہندو مزدوروں اور کاریگروں کے ہاتھوں عمل میں آئی، جنھوں نے ایک خاندان کی طرح مل کر میرے گھر کی تعمیر کو مکمل کیا۔ ایک سال کے بعد ہم لوگ اپنی باڑی میں آ کر آباد ہو گئے، یہیں لالہ پیدا ہوئی۔ روپا عرف بسم اللہ کے یہاں بھی کچھ ماہ کے بعد لڑکی ہوئی جس کا نام شبراتن رکھا گیا۔ ہماری خوشیوں کا ٹھکانہ نہ تھا۔ ظفر بھی مبارکباد دینے آئے تھے۔ وہ اب منصف مجسٹریٹ کے عہدے پر فائز تھے، چندن گڑھ میں ان کا تقرر تھا۔

ننّھی لالہ تل تل کر کے بڑھنے لگی۔ ساتھ ہی باڑی میں کھیتی باڑی اور پھلواری لگانے کا کام بھی چل رہا تھا۔ ماہ رخ کو پھولوں سے عشق تھا۔ مان گڑھ میں رانا کی اور میر صاحب کی حویلیاں پیڑوں اور پھولوں سے بھری رہا کرتی تھیں، لیکن رتن گڑھ ریگستانی علاقہ تھا یہاں پیڑ لگانا ہی مشکل تھا نہ کہ پھولوں کی پود لگانا، لیکن ماہ رخ نے یہ انہونی بھی کر دکھائی۔ اس کے شوق کو دیکھتے ہوئے۔ میں نے بھی اپنا ہنر آزمایا۔ آخر میں نے بھی تو ایگریکلچر میں ڈگری لی تھی۔ ہم دونوں کی محنت اور ہمارے ساتھیوں نیز رتن گڑھ کے مالیوں اور کسانوں کے تعاون سے ہم نے اس ناممکن کو بھی ممکن کر دکھایا۔ اپنا آبائی

مکان بھی میں نے بیچ دیا تھا اور میرے گھر کے خریدار ظفر کے علاوہ کوئی اور نہیں تھے۔

لالہ سال بھر کی ہوئی تو ہماری باڑی سرسبز و شاداب ہوگئی۔ ماہ رخ کی خوشی کا ٹھکانہ نہیں تھا۔ ساری باڑی میں مورنی کی طرح ناچتی پھرتی۔ اس کی خواہش تھی کہ ایک بڑے سے قطعے پر صرف لالہ کے سرخ پھولوں کی کیاریاں لگائی جائیں۔ جب پھول کھلیں تو سرخ رنگ کی بہار آ جائے۔ اس مقصد کے لیے اس نے یہی مقام چنا تھا، جہاں آج یہ چبوترا بنا ہوا ہے۔ اس نے اس پورے قطعے کی زمین گہرائی سے کھدوائی تھی، کیاریاں بنائی گئیں۔ ماہ رخ خود کھڑے ہو کر سارے کام کی نگرانی کرتی۔

اس دن بھی ماہ رخ اپنی نگرانی میں پھولوں کے بیج کی بوائی کروا رہی تھی۔ میں کاٹیج کے اندر تھا اور لالہ کو بسم اللہ سنبھال رہی تھی۔ بابو خاں مٹی کھود رہے تھے اور ماہ رخ بیج ڈال رہی تھی کہ اچانک باڑی کا دروازہ کھلا اور دو گھڑ سوار اندر داخل ہوئے۔ دونوں کے کندھوں سے بندوقیں لٹک رہی تھیں۔ پہلے باڑی کی چار دیواری اتنی اونچی نہیں تھی اور نہ ہی اتنا بڑا پھاٹک تھا۔

گھوڑوں کی ٹاپوں کی آواز سن کر ماہ رخ نے سر اٹھا کر دیکھا۔ رانا چندر بھان سنگھ اور بلبیر راج سنگھ اس ہی کی طرف بڑھ رہے تھے۔ ماہ رخ سمجھی آخر بابا سا نے اُسے معاف کر دیا۔ سارے بیج پھینک کر وہ ان کی طرف دوڑی ''باباسا، بلبیر''، لیکن اس کے منہ سے اور کچھ نکل بھی نہ پایا تھا کہ دونوں نے اپنی بندوقیں سیدھی کیں۔ چار گولیاں چلیں اور میری ماہ رخ کی چھاتی چھلنی ہوگئی۔

بابو خاں ''ارے پکڑو رے، ارے بھاگو رے، ارے مار ڈالا رے۔'' چلّاتے رہے اور وہ دونوں گھوڑوں کو ایڑ لگا کر چار دیواری پھلانگ گئے۔ بابو کی چیخیں سن کر میں دوڑا ہوا باہر آیا۔ ماہ رخ خون میں نہائی ہوئی واپس لوٹی، گری پھر اٹھی، پھر گری اور آخر میری باہوں میں ایسی گری کہ پھر نہ اٹھ سکی۔''

پیر بابا نے دونوں ہاتھوں سے سر تھام لیا۔ لالہ کی آنکھوں سے آنسوؤں کی جھڑی لگی

ہوئی تھی۔ ہمایوں اور ایڈی بھی اپنے آنسو پونچھ رہے تھے۔ تھوڑی دیر بعد لالہ نے ایک جنون کے عالم میں پوچھا ''بابا آپ نے ان دونوں کو پکڑوایا کیوں نہیں؟''

پیر بابا نے ٹھنڈی سانس لی ''بیٹا تمھاری ماں نے مجھے ہماری محبت کی قسم دے کر مجبور کر دیا تھا۔ اس نے مرتے مرتے یہی کہا ''ایک بدلہ مت لینا۔ ایک میرا باپ تھا اور دوسرا میرا بھائی تھا۔ میرا انصاف تو اب اوپر ہوگا۔ تمھیں ہماری پاک محبت کی قسم ہے۔''

اس کی وصیت نے میرے ہونٹ سی دیے اور میرے ہاتھ باندھ دیے۔ میری دنیا لٹ چکی تھی۔ زندگی میں کچھ نہیں بچا تھا۔ میں نیم دیوانہ ہوگیا۔ خود اپنے آپ سے بیگانہ ہوگیا۔ اگر بسم اللہ نہ ہوتی تو نہ جانے تمھارا کیا ہوتا۔ ظفر بھی آئے، ولیم بھی آئے لیکن میں اپنے آپ میں ہی نہیں تھا۔ ظفر نے میری بڑی مدد کی، رتن گڑھ اور آس پاس کے علاقوں میں ابّا کی جو بھی زمین جائیداد تھی اسے بیچ کر پیسہ میرے اکاؤنٹ میں جمع کروا دیا۔ ورنہ وہ سب تباہ ہوگیا ہوتا۔ ولیم اور ظفر اکثر میری خبر گیری کو آجایا کرتے تھے۔ مجھے اگر کبھی سکون ملتا تھا تو لالہ کی صورت کو دیکھ کر جس میں ماہ رخ کی جھلکیاں ملتی تھیں۔ یہ لالہ ہی تھی جو مجھے زندگی کی طرف لائی۔ اس کی باتیں، اس کی شوخیاں، اس کی معصوم ہنسی، یہی میری کل کائنات تھی۔ دھیرے دھیرے میں زندگی کی طرف لوٹا۔ وقت یوں تو سب سے بڑا مرہم ہوتا ہے، لیکن میرا زخم بھرنے والا نہیں تھا۔ آج تک تازہ ہے۔ اگر لالہ نہ ہوتی تو میں نے حرام موت کو گلے لگا لیا ہوتا۔ میں صرف اس کی وجہ سے زندہ رہا۔ یہ بڑی ہو رہی تھی اور اسے میری ضرورت تھی۔ میں نے دل کے داغ کو لوگوں کی نظروں سے چھپا لیا اور اس راز کو بھی دل کے نہاں خانوں میں دفن کر لیا۔ لوگوں کو بابو خاں نے بتایا کہ صحرائی ڈاکوؤں نے حملہ کیا تھا اس میں ماہ رخ شہید ہوگئی۔ میں نے ان کی بات کی تردید نہیں کی۔ بابو خاں میرے بھائی کی طرح ہے۔ اس نے بھی ماہ رخ کی وصیت سن لی تھی، اس لیے یہ کہانی ہی مشہور کر دی، جو مٹی ماہ رخ نے لالے کے پھول لگوانے کے لیے تیار کروائی تھی، وہی اس کی آخری آرام گاہ ثابت ہوئی۔ بابو خاں نے ان تینوں مقامات کو

گھیر کر محفوظ کر لیا تھا، جہاں ماہ رخ گری تھی۔ وہیں تم یہ سنگِ مرمر کی جالی کے کٹھرے دیکھ رہے ہو۔ بعد میں لالہ نے یہاں گلاب لگوائے۔''

''بابا۔آپ کو کچھ پتہ ہے رانا اور اس کے بیٹے کے بارے میں؟'' کافی دیر بعد لالہ نے پوچھا۔

''ہاں بعد میں جب میں ہوش کی دنیا میں واپس آیا تو میں نے سنا کہ بلبیر نے لندن میں کسی میم سے شادی کر لی تھی۔ جب وہ واپس آیا تو رانا نے اسے سخت سست کہا۔ اس پر بلبیر نے انھیں طعنہ دیا کہ آپ کی بیٹی ایک مسلمان کے ساتھ بھاگ گئی اس وقت آپ کی غیرت جوش میں نہیں آئی، جواب مجھے بُرا بھلا کہہ رہے ہیں، میں تو مرد ہوں، کسی سے بھی شادی کر لوں اولاد تو ٹھا کر ہی پیدا ہوگی۔ آپ کے ناتی تو مسلمان ہوں گے، اسی کے بھڑکانے پر رانا ماہ رخ کو مارنے نکل کھڑے ہوئے۔ بلبیر تو پھر اپنی انگریز بیوی کے ساتھ واپس لندن چلا گیا۔ رانا کو غیب سے سزا ملی۔ کئی موذی بیماریوں میں گرفتار ہو کر ایڑیاں رگڑ رگڑ کر مرے۔''

''اور میری نانی سا؟'' لالہ نے پوچھا۔

''ہماری شادی کے بعد رانا نے ان کی زندگی جہنم بنادی تھی۔ ایک دن چپ چاپ جوگن کا لباس پہن کر گھر سے نکل گئیں۔ پھر ان کی کوئی خبر نہیں آئی۔ رانا کی حویلی اجڑ گئی۔ پیر بابا نے کہانی ختم کی اور آنکھیں بند کر کے اپنی ماہ رخ کی قبر پر سر رکھ دیا۔

بائیسواں باب

ہمایوں سترہ دن بعد گھر لوٹا تھا۔
’’ساری چھٹیاں گھومنے پھرنے میں نکال دیں۔ اب ملازمت پر جانے کا وقت آگیا۔ ماں کی یاد نہیں آئی۔‘‘
رقیہ بیگم نے اس کی پیشانی پر بوسہ دیتے ہوئے شکوہ کیا۔
’’ایسی بات نہیں ہے امّی۔ آپ تو ہمیشہ یاد آتی ہیں۔ آپ کے ہاتھ کے پکائے بریانی کباب کو میں نے کتنا مس کیا۔‘‘
’’ماں کی خاطر نہ سہی، بریانی کباب کی خاطر ہی جلدی آگئے ہوتے، کتنے دبلے ہو رہے ہو۔ پتہ نہیں کیا گھاس پھوس کھاتے رہے ہو۔‘‘
’’یہ تو آپ زیادتی کر رہی ہیں، بیگم۔ دبلے تو نہیں ہوئے آپ کے لعل۔ ماشاءاللہ صحت تو ٹھیک لگ رہی ہے۔‘‘ ظفر نے ٹوکا۔
’’خاک اچھی لگ رہی ہے۔ ریگستان میں مارے مارے پھر رہے تھے، صحت کیا خاک اچھی ہوتی۔‘‘
ہمایوں کو ہنسی آگئی ’’امی جانی، ہم ریگستان میں خاک نہیں چھان رہے تھے، بلکہ آرام سے نخلستان میں بیٹھے تھے۔‘‘
’’میاں صاحب زادے، یہ نخلستان آپ کو چتوڑ میں ملا یا رنتھمبور میں۔‘‘ ظفر نے مذاق کیا۔

''پاپا، ہم لوگ نہ چتوڑ گئے اور نہ رنتھمبور۔ ہم تو صرف اجمیر شریف اور پشکر ہی گئے۔ گرمی بہت بڑھ گئی تھی۔ جیپ بھی خراب ہوگئی تھی۔''

''پھر تم لوگ اتنے دن کہاں رہے؟'' ظفر چونکے۔

''ایک بہت ہی اچھی جگہ دریافت کرلی ہم نے۔'' ہمایوں شوخی سے مسکرایا۔

''کیا پیر بابا کی باڑی پر رک گئے تھے؟'' ظفر نے گہری نظروں سے بیٹے کو دیکھتے ہوئے پوچھا۔

''آپ نے کیسے اندازہ لگالیا پاپا؟'' ہمایوں نے حیرت سے پوچھا۔

''ریگستان میں نخلستان تو ایک خاں کی باڑی کے علاوہ اور کہیں ہو ہی نہیں سکتا۔'' ظفر نے تصریح کی۔ ''لیکن باڑی تمھارے راستے میں تو نہیں پڑتی؟''

''پاپا ہم لوگ راستہ بھول گئے تھے۔ پھر جیپ بھی خراب ہوگئی تھی تو وہاں رکنا پڑا۔''

''کتنے دن رکے وہاں؟'' ظفر نے پوچھا۔

''دس دن رہے ہم وہاں، بہت اچھا لگا۔'' ہمایوں کے چہرے پر رنگ سا آگیا۔

''کیسا ہے ایبک؟''

''کیا آپ انھیں جانتے ہیں؟''

''کیا اس نے تمھیں کچھ نہیں بتایا؟''

''بتایا تھا، لیکن پاپا آپ نے کبھی کچھ کیوں نہیں بتایا؟''

''بس ضرورت نہیں سمجھی۔''

''پاپا یہ تو آپ کی زندگی کا اتنا بڑا واقعہ تھا۔''

''بیٹے، بڑا واقعہ میرے لیے ایبک کی دوستی تھی، وہ بہت ہی ذاتی چیز تھی۔ بعد میں جو ہوا وہ ایک حادثہ تھا۔ حادثات اگر تلخ ہوں تو دہرانے سے کوئی فائدہ نہیں۔ دوسرے تمھارے بچپن میں میں اپنی ملازمت میں اتنا مصروف رہتا تھا۔ اکثر دوسرے شہروں

میں تقرر ہوتا تو مہینے میں دو چار دن ہی گھر آنا ہوتا تھا۔ میں نے حویلی کو کبھی ویران نہیں ہونے دیا، اس لیے تم لوگ یہیں مان گڑھ میں ہی رہتے رہے اور میں ملازمت کے تبادلوں میں گھومتا رہا۔ پھر تم ہاسٹل چلے گئے۔ کبھی وقت ہی نہیں ملا کہ تمھیں بیٹھ کر قصّے کہانیاں سناتا۔ تمھاری امی کو اس واقعہ کی صحیح تفصیل تک نہیں معلوم تھی۔ غرض نہ موقع ملا اور نہ ضرورت سمجھی کہ گڑے مردے اکھاڑے جائیں۔'' ظفر نے تفصیل بتائی۔

''پیر بابا آپ سے ملنے آنے کو کہہ رہے تھے۔'' ہمایوں نے بتایا۔

''بڑی خوشی کی بات ہے۔ میرا بھی اس سے ملنے کو بہت دل چاہتا ہے، لیکن نوکری کی مجبوری میں وقت ہی نہیں ملتا۔''

ہمایوں اٹھ کر اپنے کمرے میں آ گیا۔ آج اتوار تھا، اس لیے پاپا بھی گھر میں تھے۔ ہمایوں نے اپنا سامان کھولا۔ گندے کپڑے دھلنے کو دیے۔ رومال میں لپٹی ہوئی اس سرخ گلاب کی کلی کو چوم کر الماری کے لاکر میں رکھ دیا، جو لالہ نے چلتے وقت تحفتاً دی تھی۔ لب خود بخود مسکرا پڑے۔ باڑی کے قیام کی ایک ایک بات یاد آنے لگی۔ لالہ کے صبیح رخساروں کا عکس ہر شے پر محیط تھا۔ چلتے وقت پیر بابا نے علیحدہ لے جا کر اس سے کہا تھا۔

''میں بہت صاف گو آدمی ہوں اس لیے میری صاف گوئی کا کوئی غلط مطلب نہ نکالنا۔ میرا خیال ہے تم اور گلِ لالہ ایک دوسرے کو پسند کرتے ہو۔ اگر تمھاری مرضی ہو تو میں ظفر سے تمھیں لالہ کے لیے مانگ لوں؟''

پیر بابا کے منہ سے اپنے دل کی بات سن کر ہمایوں شرم سے سرخ پڑ گیا۔ کیا تمنائیں اتنی آسانی سے حقیقت بن سکتی ہیں؟ دھڑکتے دل پر قابو کر کے وہ صرف اتنا ہی کہہ پایا ''جی بابا۔''

اب کمرے میں لیٹے لیٹے ہمایوں کو خیال آیا کہ اسے امی اور پاپا کے کان میں بات ڈال دینی چاہیے تاکہ انھیں بھی پتہ چل جائے کہ خود اس کی عین خواہش بھی یہی ہے۔ کم

سے کم بابا کے آنے سے پہلے تمہید تو بندھ جائے۔

دوپہر کے کھانے کے دوران ہمایوں نے رقیہ بیگم کے ہاتھ کے کھانے کی جی بھر کر تعریف کی۔

''ہماری امی کے جیسا مغلئی کھانا تو دنیا کے پردے پر کوئی نہیں پکا سکتا۔''

''چل زیادہ مکھن مت لگا۔ اتنے دن گھاس پھوس پر گزارہ کیا ہے نا اس لیے زیادہ لاڈ آرہا ہے۔''

''نہیں امی سچ کہہ رہا ہوں۔ ہمارے گھر کے کھانے میں جو ذائقہ ہے وہ کہیں نہیں ہے۔ ویسے پیر بابا کے ہاں بھی وتج کھانا کافی اچھا ہوتا تھا۔ تمام سبزیاں، اناج، دودھ، دہی، مکھن سب ان کی باڑی کی ہی پیداوار ہوتا ہے۔ وہاں جوار سے بنے ہوئے کئی کھانے خاصے لذیذ تھے۔''

''ہاں ریگستانی علاقوں میں جوار کا کافی استعمال ہوتا ہے۔ پیر بابا کی باڑی کے بارے میں بہت سنا ہے۔ کبھی جانے کا اتفاق نہیں ہوا۔'' رقیہ بیگم بولیں۔

''امی، باڑی میں قدم رکھ کر احساس ہی نہیں ہوتا کہ ہم ریگستان میں بیٹھے ہیں۔ انھوں نے تو ریگستان میں پھول کھلا رکھے ہیں۔''

''ایک ایک کامیاب ایگریکلچرسٹ ہے۔ اپنا سارا ہنر اس نے باڑی کو سرسبز بنانے میں صرف کر دیا۔'' ظفر کھانا کھا چکے تھے۔ کرسی سرکا کر اٹھتے ہوئے بولے۔

ظفر کے جانے کے بعد ہمایوں نے ماں سے جھجکتے ہوئے کہا:

''امی، آپ ناراض نہ ہوں تو ایک بات کہوں۔''

''کہو۔'' رقیہ بیگم نے گہری نظروں سے بیٹے کو دیکھتے ہوئے پوچھا۔

''امی۔ پیر بابا کی بیٹی گل لالہ مجھے پسند ہے۔ آپ کو اس رشتے پر کوئی اعتراض تو نہیں ہوگا؟''

''تو یہ بات ہے۔ اسی لیے اتنے دن باڑی میں پڑے رہے۔ تمھیں شاید معلوم

نہیں کہ اسی ہفتے ماہِ نور آنے والی ہیں۔ وہ برسوں پہلے اپنی بیٹی رعنا کے لیے تمھیں منتخب کر چکی ہیں۔'' رقیہ بیگم کی اطلاع ہمایوں کے لیے دھماکہ خیز تھی۔

''آپ کیا بات کر رہی ہیں امی۔ رعنا کو میں نے ہمیشہ اپنی سگی بہن کی طرح سمجھا ہے۔ وہ بھی مجھے بھائی میاں کہتی ہے۔ مجھے اس قسم کی بے ہودگی قطعی پسند نہیں۔ اس طرح کی کوئی بات تھی تو آپ کو پہلے ہمارے کانوں میں ڈالنی چاہیے تھی۔ اس کے علاوہ رعنا جیسی خودسر اور منہ پھٹ لڑکی کو میں بہن کے طور پر تو برداشت کر سکتا ہوں، لیکن بیوی کے روپ میں تو رعنا کے متعلق میں سوچ بھی نہیں سکتا۔''

رقیہ بیگم کو بیٹے سے ایسی صاف گوئی کی امید نہیں تھی۔ دھیمے لہجے میں بولیں ''اپنی پھوپھی کو جانتے ہو۔ وہ تعلقات منقطع کر دیں گی اور میرا بھائی بھی مجھ سے چھوٹ جائے گا۔''

''یہ کوئی بات نہیں ہوئی امی۔ آپ پرانے رشتوں کو نبھانے کے لیے اپنے بیٹے کی بھینٹ چڑھا دیں گی کیا؟ مجھے یہ رشتہ کسی قیمت پر منظور نہیں ہے۔ آپ اطمینان سے سارا الزام میرے سر رکھ دیجیے گا میں بُرا بننے کے لیے تیار ہوں۔''

ہمایوں نے دوٹوک جواب دیا۔ رقیہ بیگم پژمردہ سی ہو گئیں۔ اٹھتے اٹھتے ہمایوں نے ایک اور دھماکہ کیا۔

''اگلے ہفتے شاید پیر بابا بھی آئیں گے۔ ان کی اچھی طرح خاطر کیجیے گا۔ آپ کے بیٹے اور اس کے دوست کی دس دن تک انھوں نے بہترین طریقے پر مہمان نوازی کی ہے۔ اور ہاں وہ آپ کے بیٹے کے اصرار پر ہی رشتے کی بات کرنے آ رہے ہیں۔ ان کی بے عزتی نہ ہو اور انھیں مایوس نہ کیا جائے۔''

رقیہ بیگم گہری سوچ میں ڈوب گئیں۔ ماہِ نور ان کی نند بھی تھیں اور بھاوج بھی۔ باپ بھائی کی ہمیشہ لاڈلی رہی تھیں اور اپنی بات منوانے کی عادی تھیں۔ بیٹی کے لیے انکار سن کر وہ کیا ہنگامہ برپا کریں گی اس کا اندازہ تھا رقیہ بیگم کو اور پھر اس شخص کی بیٹی کے لیے یہ

انکار ہوگا، جسے وہ ہمیشہ غدار اور اپنے باپ کا قاتل کہتی آئی تھیں۔ متوقع ہنگامے کا خیال کر کے وہ گھبرائی جارہی تھیں۔ رات کو انھوں نے ظفر کے سامنے ہمایوں کی گفتگو دہرائی۔ ظفر ہمیشہ سے بہت معتدل مزاج اور منصف پسند انسان رہے تھے کہنے لگے۔

''کیا ہرج ہے۔ ہمارے لیے سب سے مقدم ہمایوں کی پسند ہے۔ ایک خاں کی بیٹی لندن سے پڑھی ہوئی بیرسٹر ہے، لیکن بہت سیدھی اور شریف لڑکی ہے۔ ایڈووکیٹ میر چندانی کے ساتھ ہائی کورٹ میں کام کر رہی ہے۔ وہ میرے دوست ہیں۔ بہت تعریف کرتے ہیں کہ فی زمانہ اتنی ذہین شریف اور سیدھی سادی لڑکیاں مشکل سے ملتی ہیں۔''

رقیہ بیگم تنک کر بولیں ''میں اس لڑکی کی شرافت پر تھوڑی شک کر رہی ہوں۔ میں تو آپ کی بہن اور اپنی بھابی کے مزاج سے ڈر رہی ہوں۔ کیا ہنگامہ کھڑا کریں گی وہ، جب انھیں معلوم ہوگا کہ آپ نے ان کی بیٹی پر ایک خاں کی بیٹی کو ترجیح دی ہے۔''

''ہاں مسئلہ تو پیچیدہ ہے۔ ماہِ نور کے مزاج کا بچپنا نہیں گیا ہے اب تک۔ اسے سمجھنا چاہیے کہ شادی بیاہ زبردستی کا سودا نہیں ہوتے۔ اگر لڑکے کی مرضی نہیں ہے تو اپنی بیٹی کے لیے کیوں مشکلات پیدا کر رہی ہے۔''

بات ختم کرنے کے لیے ظفر کروٹ لے کر لیٹ گئے، لیکن بات ختم نہیں ہوئی تھی۔ دونوں ہی اپنی اپنی جگہ فکر مند تھے۔

اگلے ہفتے ماہِ نور، بدیع الزماں کے ساتھ آگئیں۔ ہر سال گرمی کی تعطیل میں ایک مہینے میکے رہ کر جاتی تھیں۔ رعنا اور سمیع بھی ساتھ ہوتے تھے۔ بدیع الزماں دو چار دن رہ کر واپس چلے جاتے تھے لیکن اس مرتبہ وہ رعنا اور سمیع کو ساتھ نہیں لائی تھیں، بلکہ ددھیال چھوڑ آئی تھیں۔ صاف ظاہر تھا کہ کس مقصد سے آئی ہیں۔ ظفر یا رقیہ نے اپنے برتاؤ میں کوئی غیر معمولی بات ظاہر نہیں ہونے دی۔ ماہِ نور بھتیجے کا کچھ زیادہ ہی لاڈ کر رہی تھیں۔

ہمایوں کے نوکری پر جانے میں ہفتہ بھر رہ گیا تھا۔ اسے ہر پل پیر بابا کی آمد کا انتظار تھا۔ اور آخر وہ پل آ ہی گیا۔ ایک دن دوپہر کو پیر بابا، بابو خاں کے ساتھ آ گئے۔ ظفر ان کو دیکھ کر کھل اٹھے۔ کھلے دل اور کھلی باہوں سے ان کا استقبال کیا۔ دونوں دوست سالہا سال بعد ملے تھے۔ مہمان خانے کے اس کمرے میں انھیں ٹھہرایا گیا، جہاں کسی زمانے میں وہ رہا کرتے تھے، بہت دیر تک دونوں باتیں کرتے رہے۔ دنیا جہان کی باتیں، جیسے پہلے کیا کرتے تھے۔

رات کے کھانے کے بعد پیر بابا حرفِ مدعا زبان پر لائے اور اپنی خواہش نیز بچّوں کی پسند کا ذکر کیا۔ ظفر نے صاف الفاظ میں کہہ دیا کہ انھیں ذاتی طور پر اس رشتے پر کوئی اعتراض نہیں ہے لیکن یہ خواتین کا شعبہ ہے۔ وہ بیگم سے بات کر کے جواب دیں گے۔ انھوں نے یہ بھی بتا دیا کہ ماہِ نور بھی آئی ہوئی ہیں۔ دوپہر کے کھانے پر پیر بابا، بدیع الزماں سے مل بھی چکے تھے۔ ماہِ نور کے نام پر پیر بابا کے چہرے پر فکر کا ایک سایہ سا گزر گیا۔ ظفر اٹھ کر اندر چلے گئے۔

ہمایوں بڑی مستعدی سے پیر بابا کی خدمت میں حاضر رہا۔ ان کی چھوٹی موٹی ضرورتوں کا خیال رکھتا رہا۔ حویلی میں کافی ترمیمات ہوگئی تھیں۔ نئے زمانے کی ضرورت کے بموجب زنانہ اور مردانہ حصّے کی تخصیص ختم کر دی گئی تھی۔ مہمان خانے اور زنان خانے کے درمیان جو کھلی چھت تھی وہاں کمرے بن گئے تھے، انھیں کمروں میں ماہِ نور اور بدیع الزماں ٹھہرے ہوئے تھے۔ حویلی میں پردے کا رواج ختم ہو چکا تھا۔ رقیہ بیگم اور ماہِ نور دونوں نے پردہ چھوڑ دیا تھا۔ اس لیے اب زنانے اور مردانے حصّے ایک ہی ساتھ ملا دیے گئے تھے۔ رات کے کھانے کے بعد ظفر، بہن بہنوئی کے پاس جا کر بیٹھے۔ ماہِ نور چھوٹتے ہی بولیں۔

"بھائی جان، اب کے ہم آپ کے پاس ایک خاص مقصد سے آئے ہیں۔ آپ جانتے ہیں رقیہ بھابی نے برسوں پہلے رعنا کو ہمایوں کے لیے مانگ لیا تھا۔ اس وقت یہ

لوگ کم عمر تھے، اس لیے میں چپ ہوگئی تھی۔ لیکن اب میرا خیال ہے کہ وقت آ گیا ہے کہ ہم اس رشتے کو فارمل شکل دے دیں۔ رعنا کے لیے یوں تو رشتوں کی کمی نہیں ہے، لیکن مجھے ہمایوں سے زیادہ عزیز کون ہوگا۔ میں چاہتی ہوں کہ اس سے پہلے کہ ہمایوں اپنی نوکری پر جائے، ایک سادہ سی تقریب میں ہم اس کے امام ضامن باندھ دیں۔ گھر کا معاملہ ہے کسی تکلف کی ضرورت نہیں ہے۔''

ظفر اس موضوعِ گفتگو کے لیے ذہنی طور پر متوقع تھے لیکن تیار نہیں تھے۔ سمجھ میں نہیں آیا کہ کیا جواب دیں۔ دوسری طرف رقیہ ماہِ نور کی اس غلط بیانی پر حیران تھیں۔ انھوں نے رعنا کو کبھی ہمایوں کے لیے نہیں مانگا۔ ماہِ نور ہی ہمیشہ کہتی رہتی تھیں کہ دونوں کی جوڑی چاند سورج کی جوڑی رہے گی۔ رقیہ نے بھی سوالیہ نظروں سے شوہر کی طرف دیکھا۔ ظفر تھوڑی دیر کے لیے خاموش ہو گئے۔ پھر رسان سے بولے

''دیکھو ماہِ نور، یہ جذبات میں کرنے کے فیصلے نہیں ہوتے۔ بچّوں کی زندگی کا سوال ہوتا ہے۔ ہوسکتا ہے رقیہ نے بھتیجی کی محبت میں آکر رشتہ کی بات کر لی ہو، لیکن میری رائے یہ ہے کہ اگر ہمایوں سے اچھا کوئی رشتہ رعنا کے لیے ہے، تو تم شوق سے اسے قبول کرلو۔''

''کیسی بات کرتے ہیں بھائی جان۔ اپنے خون سے زیادہ بڑھ کر بھی بھلا کوئی ہوسکتا ہے۔ ہمایوں پر سو رشتے نثار۔''

''ماہِ نور، بچّے بڑے ہو گئے ہیں۔ ہم اپنی مرضی ان پر لاد نہیں سکتے۔ تم رعنا کا عندیہ لو، میں ہمایوں سے بات کروں گا۔ ویسے ہمایوں ہمیشہ سے خاندان میں رشتہ کرنے کے خلاف ہے۔ اس کے علاوہ ایبک خاں بھی اپنی بیٹی کا رشتہ لے کر آئے ہیں اور میرا خیال ہے کہ ہمایوں کا رجحان بھی ادھر ہے۔'' ظفر نے دبی آواز میں جواب دیا۔ ان کو احساس تھا کہ ایبک کا کمرہ قریب ہی ہے۔ وہاں تک آواز نہ پہنچے۔

ظفر کی بات سن کر ماہِ نور کے تو پتنگے لگ گئے۔ ایک دم چیخ کر بولیں۔

''کیا بات کر رہے ہیں آپ بھائی جان۔ آپ میری بیٹی پر اس غدّار کی بیٹی کو ترجیح دے رہے ہیں، جو میرے باپ کا قاتل ہے۔ وہ نمک حرام جو ہمارے ٹکڑوں پر پلا، جس تھالی میں کھایا اسی میں چھید کیا، اس کی ہمت کیسے ہوئی ہمارے سیّد خاندان میں ہندو ماں کی بیٹی کا رشتہ لے کر آنے کی۔ جیسی ماں ویسی بیٹی۔ پھانس لیا ہوگا اس نے میرے سیدھے سادے بھتیجے کو۔ مجھے رونا تو آپ کی عقل پر آرہا ہے۔ آپ نے یہ بات سن کر اسے گھر میں ٹکنے کیسے دیا۔ کھڑے کھڑے نکال کیوں نہ دیا اس بہروپیے کو۔''

ماہِ نور منہ سے جھاگ اڑا رہی تھیں اور ظفر کے چہرے کا رنگ متغیر ہو رہا تھا۔ بدیع الزماں جلدی جلدی سگریٹ کے کش بھر رہے تھے۔ آخر ظفر سے ضبط نہ ہو سکا۔ انھوں نے تنبیہی انداز میں کہا:

''چپ ہو جاؤ ماہِ نور، تمھیں میرے مہمان کی بے عزتی کا کوئی حق نہیں ہے۔''

''مجھے اپنے باپ کے قاتل کی بے عزتی کا پورا پورا حق ہے۔ بھائی جان، آپ کا خون سفید ہو گیا ہوگا، میرا نہیں ہوا اور سمجھ لیجیے، اگر آپ نے رعنا پر اس بڈھے کی بیٹی کو ترجیح دی تو میں آئندہ اس چوکھٹ پر قدم نہیں رکھوں گی۔ سمجھ لوں گی، میرا کوئی بھائی تھا ہی نہیں۔''

پیر بابا ہمایوں کے ساتھ باغ میں ٹہلنے نکل رہے تھے کہ ماہِ نور کی تیز آواز نے ان کے پاؤں پکڑ لیے۔ انھوں نے ماہِ نور کے منہ سے نکلا ہوا ایک ایک لفظ سنا اور چوکھٹ کا سہارا لے کر اپنی کانپتی ہوئی ٹانگوں کو سہارا دیا۔

چوکھٹ پر ان کی گرفت اتنی مضبوط تھی کہ ہاتھوں کی نسیں ابھر آئی تھیں۔ شدتِ جذبات سے چہرے پر سیاہی مائل سرخی دوڑ گئی تھی۔

ہمایوں جو قریب ہی کھڑا تھا اس کا بس نہیں تھا کہ زمین پھٹے اور اس میں سما جائے۔ پیر بابا کے سامنے کھڑا رہنے کی ہمت بھی نہیں کر پا رہا تھا۔ جی چاہتا تھا کہ ابھی اندر جائے اور پھوپھی کا منہ بند کر دے تاکہ وہ اور زہر افشانی نہ کر سکیں۔

اسی وقت پیر بابا ایک جھٹکے سے مڑے اور کمرے میں جا کر دروازہ بند کرلیا۔ ہمایوں ان کی قوتِ برداشت کا قائل ہو گیا۔

ہمایوں ساری رات سو نہیں پایا۔ ساری رات کروٹیں بدلتے گزر گئی۔ رہ رہ کر پھوپھی کے الفاظ کانوں میں گونجتے رہے اور پیر بابا کی کیفیت نظروں میں پھرتی رہی۔ اسی کرب کے عالم میں فجر کی اذان کی آواز سنائی دی۔ ہمایوں کا سر درد سے پھٹا جا رہا تھا۔ جلتی ہوئی آنکھوں کو وضو کے پانی سے ٹھنڈا کرنے کی کوشش کی۔ اپنے کمرے میں ہی نماز ادا کی۔ پیر بابا کا سامنا کرنے کی ہمت نہیں ہو رہی تھی۔ ڈرتے ڈرتے ان کے کمرے کی طرف قدم بڑھائے۔ ایک ایک قدم من من بھر کا ہو رہا تھا۔

دروازہ کھلا ہوا تھا۔ ہمایوں نے اندر جھانکا۔ اندر کوئی نہیں تھا۔ پیر بابا کا جھولا بھی موجود نہیں تھا۔ ہمایوں نے دیوانوں کی طرح نیچے، جا کر بابو خاں کے کمرے میں دیکھا، مسجد میں دیکھا لیکن بے سود۔ پیر بابا جا چکے تھے۔

تیئیسواں باب

پیر بابا کی باڑی میں آج کل کچھ غیر معمولی آمد ورفت کا سلسلہ جاری تھا، لیکن اس کے باوجود باڑی پر ایک عجیب سی اداسی اور بے کیفی چھائی ہوئی تھی۔ حالانکہ باڑی میں لوگوں کی تعداد معمول سے کہیں زیادہ تھی۔ اول تو نئی فصل بونے کے لیے زمین تیار کی جارہی تھی، جس کے لیے گاؤں سے مزدور اور کسان آئے ہوئے تھے۔ پھر پیر بابا کے قانونی مشیر ایڈووکیٹ بلونت سنگھ نے بھی اس دوران باڑی کے کئی چکر لگائے۔ کئی موقعوں پر شب بسری بھی کی۔ اس کے علاوہ تعمیراتی مزدور بھی دکھائی دے رہے تھے۔ غالباً چبوترے کی طرف کچھ نئی تعمیر کا کام چل رہا تھا۔ سنگِ مرمر کی پٹیاں اور دوسرا تعمیراتی سامان بھی منگوایا گیا تھا۔

لالہ کو پیر بابا نے زبردستی مان گڑھ بھیج دیا تھا۔ تاکہ کام میں مصروف رہے اور اس کا دل بہل جائے۔ لالہ کی اداس شکل اور کھوئی کھوئی نگاہوں کو برداشت کرنے کا ان میں حوصلہ نہیں تھا۔ لالہ ان کا مقصدِ حیات بھی تھی اور محورِ کائنات بھی۔ جہاں اس کے آنسو گرتے، پیر بابا اپنا خون گرانے کو تیار ہوتے۔ اس نے ضد کی کہ ماں کی قبر کے پاس سرخ گلاب لگانا چاہتی ہے تو پیر بابا نے ریگستان میں سرخ گلاب کھلا دیے۔ اس کی ضد پوری کرنے کے لیے انھیں کتنے پاپڑ بیلنے پڑے تھے یہ وہی جانتے تھے۔ کہاں کہاں سے مٹی منگوائی، کھاد منگوائی، گلابوں کی قلم منگوائی اور ان کی دیکھ بھال کے لیے ایک مالی بھی بلوایا، جو گلابوں کا ماہر تھا۔ لالہ ضدی نہیں تھی لیکن اس کے منہ سے جو کچھ نکل جاتا، پیر بابا

اسے پورا کرنا اپنا نصب العین سمجھتے تھے۔

ایک بار بچپن میں وہ بیمار پڑی تو پیر بابا تین دن بغیر کھائے پیے، بغیر سوئے اس کے سرہانے بیٹھے رہے۔ اس نے جو خواہش کی وہ پوری کی لیکن یہاں وہ مجبور ہو گئے تھے۔ جب لالہ کے اترے ہوئے چہرے اور سوجی ہوئی آنکھوں پر نظر پڑتی وہ خود اپنے آپ کو مجرم سمجھنے لگتے۔ انھوں نے بہتر یہی سمجھا کہ لالہ شہر چلی جائے۔ عدالتی معاملات میں مصروف ہو جائے گی تو شاید سنبھل جائے گی۔

لالہ کسی طرح اس وقت بابا کو چھوڑ کر جانے کو تیار نہیں تھی، لیکن بابا نے زندگی میں پہلی مرتبہ اسے اپنی قسم دی تھی۔ وہ مجبوراً مان گڑھ چلی گئی، لیکن بابا کی طرف سے بہت فکر مند تھی۔ اس نے بابا کو کبھی اتنا ٹوٹتے ہوئے، ہارتے ہوئے نہیں دیکھا تھا۔ بابا کی دیکھ بھال کی تو اسے فکر نہیں تھی۔ بابو خاں اور بسم اللہ ان کا ہر طرح خیال رکھتے تھے۔ لیکن اب کے نہ جانے کیوں دل اندر ہی اندر ہولا جا رہا تھا۔ ایک بے نام سی بے چینی تھی۔ پچھلے ماہ جو کچھ بھی پیش آیا تھا اس کی کسک الگ اور ایک نامعلوم سا خوف الگ جسے وہ کوئی نام نہیں دے پا رہی تھی۔ بس جی چاہتا تھا اڑ کر بابا کے پاس پہنچ جائے اور ان کے سینے پر سر رکھ کر آنکھیں بند کر لے، اسی لیے وہ آنا نہیں چاہتی تھی، لیکن بابا کا حکم۔

ان دنوں وکیل انکل کے پاس کئی اہم مقدمات تھے۔ کام بہت تھا۔ مصروفیت بھی بہت تھی لیکن دل کو کسی کل قرار نہیں تھا کہ ایک دن بابو خاں آ گئے یہ پیغام لے کر کہ بابا نے اگلے جمعہ کو بلوایا ہے۔ دس گیارہ بجے تک پہنچ جانا۔ لالہ کی کچھ سمجھ میں نہیں آیا۔ جمعہ کو ہی کیوں جمعرات کو کیوں نہیں! اس نے بابو خاں سے کہا بھی کہ ''میں ایک دن پہلے پہنچ جاؤں گی''، لیکن انھوں نے سختی سے منع کر دیا۔

''پیر بابا کا حکم ہے آپ جمعہ کو ہی پہنچیں۔ جمعہ کو صبح آٹھ بجے تک روانہ ہو جائیں۔''

لالہ کو عجیب سا لگا۔ ایسا پہلے تو کبھی نہیں ہوا کہ بابا نے کوئی دن مقرر کر کے اسے بلایا ہو اور پھر ایک دن پہلے پہنچنے سے منع کیا ہو۔ لالہ کی الجھن اپنی آخری حدوں کو چھو رہی

تھی۔ دل طرح طرح کے وہموں کی آماجگاہ بنا ہوا تھا۔ کیا سبب ہو سکتا ہے؟ کیا بابا نے کسی کے ساتھ اس کا نکاح طے کر دیا ہے؟ نہیں یہ نہیں ہو سکتا۔ بابا اس پر یہ ظلم نہیں کر سکتے۔ کیا کچھ لوگ آرہے ہیں؟ جن سے ملنے کے لیے بابا نے اسے بلایا ہے اور نہیں چاہتے کہ ایک دن پہلے آکر اسے بحث و مباحثے کا موقع ملے لیکن بابا نے یہ کیسے سوچ لیا کہ وہ ان کے کسی حکم سے سرتابی کرے گی! وہ کہہ کر تو دیکھیں۔ ان کے حکم پر جان بھی نچھاور کر دے گی۔ وہ کہیں گے تو ہمایوں کو بھول جائے گی۔ جس کا ہاتھ پکڑا دیں گے، اسی کی ہو جائے گی، لیکن کیا وہ سچ مچ ہمایوں کو کبھی بھول پائے گی؟ دل نے پوچھا۔ ''تو کیا جو بے عزتی بابا کی ہمایوں کی پھوپھی نے کی تھی کیا اس کے بعد کوئی گنجائش رہ جاتی ہے؟''

بے شک اس میں ہمایوں کا کوئی قصور نہیں تھا، اس نے تو کئی بار لالہ سے ملنے کی کوشش بھی کی تھی، لیکن لالہ نے انکار کروا دیا، جس راہ جانا ہی نہ ہو اس کا راستہ پوچھنے سے کیا حاصل۔ دکھ، درد، کرب اور بے کلی کے احساس سے چُور لالہ نے تکیہ پر سر ٹیک دیا۔ بابو خاں نے مزید کسی بھی سوال کا جواب دینے سے انکار کر دیا۔ وہ رکے بھی نہیں۔ فوراً ہی رخصت ہو گئے۔

لالہ سے ملنے کے بعد بابو خاں میر ظفریاب کی حویلی پہنچے۔ ظفریاب کچھ واقف کاروں کے ساتھ دیوان خانے میں ہی بیٹھے تھے۔ بابو خاں کو دیکھ کر چونکے۔ آنے کا مقصد پوچھا۔ بابو خاں ہاتھ باندھے، سر جھکائے کھڑے رہے۔ ظفریاب سمجھ گئے کہ جو پیغام لائے ہیں وہ دوسروں کی موجودگی میں دینے کا نہیں ہے۔ انھوں نے احباب سے معذرت کی اور بابو خاں کو لے کر دیوان خانے سے ملحق کمرے میں آگئے۔ کرسی پر بیٹھ کر بابو خاں کو دوسری کرسی پر بیٹھنے کا اشارہ کیا، لیکن بابو خاں قالین پر بیٹھ گئے اور جیب سے نکال کر ایک لفافہ ظفریاب کو پیش کیا۔ لفافہ سربہ مہر تھا۔ ظفر نے لفافہ چاک کر کے خط نکالا اور پڑھنا شروع کیا جیسے جیسے پڑھتے جاتے تھے۔ چہرے پر الجھن اور تجسس کے تاثرات بڑھتے جاتے تھے۔ خط ختم کر کے انھوں نے سوالیہ نظروں سے بابو خاں کی

طرف دیکھا لیکن بابو خاں ہاتھ باندھے فرش پر نگاہیں گڑائے بیٹھے رہے۔ ظفر یاب نے ایک بار پھر خط پڑھا، لکھا تھا۔

میر ظفــــر یاب علی!

بعد سلام و دعا کے معلوم ہو کہ میں آپ کا نمک خوار تھا، نمک خوار ہوا ں اور ہمیشہ حقِ نمک ادا کرنے کو تیار رہوں گا۔ خدارا میری طرف سے اپنے دل میں میل نہ رکھیں۔ یہ میری برداشت سے باہر ہے، جو کچھ ہوا میں اس کے اہل تھا۔ معافی کا خواستگار ہوں۔ آپ کو شاید وہ لڑکا یاد ہو جسے آپ کے جنت مکانی ابا حضور آج سے پینتالیس سال پہلے آپ کے لیے تحفے کے طور پر لائے تھے اور آپ نے اسے اپنی دوستی کا شرف بخشا تھا۔ آج وہی لڑکا آپ سے گزارش کر رہا ہے کہ اس کی یہ آخری دعوت قبول فرمایئے۔ آئندہ جمعہ کو گیارہ بجے آپ، بیگم صاحبہ، ہمشیرہ محترمہ اور ہمایوں میاں کے ہمراہ غریب خانے پر آنے کی زحمت فرمائیں۔ تاعمر احسان مند رہوں گا۔ بخدا انکار نہ کیجیے گا۔ آپ کو خدا، اس کے رسول اور اپنے مرشد کا واسطہ۔

غلام ابنِ غلام

ایبکــــ خاں

دوسری مرتبہ خط پڑھنے کے بعد ظفر یاب چند منٹ تک بابو خاں پر نظر جمائے کچھ سوچتے رہے۔ بابو خاں نے جیسے نہ بولنے کی قسم کھائی تھی۔ بالآخر ظفر یاب نے لب کشائی کی۔

''ہم آئیں گے، بابو خاں۔ جاؤ اور ایبک سے کہہ دو کہ ہم نے اس کی دعوت قبول کر لی ہے۔ ہم مع اہلِ خانہ کے ضرور آئیں گے۔ ہماری دعوت کا انتظام کر کے رکھے۔ تم مہمان خانے میں جاؤ، آرام کرو، کھانا وانا کھاؤ۔''

بابو خاں پہلی مرتبہ بولے ''نہیں سرکار، پیر بابا کا حکم ہے، جیسے گئے ہو ویسے ہی چلے آنا۔ مجھے اجازت دیں۔''

ظفریاب پھر الجھ گئے، لیکن بابو خاں کو اجازت دے دی۔ بابو خاں کے جانے کے بعد ظفریاب نے احباب سے رخصت چاہی اور زنان خانے کی طرف چلے۔ راستے میں ہمایوں پر نظر پڑی۔ برآمدے کی سیڑھیوں پر بیٹھا خلا میں گھور رہا تھا۔ بال الجھے اور بے ترتیب تھے۔ شیو بڑھ گیا تھا۔ لباس پُر شکن تھا۔ کئی دن کا بیمار نظر آ رہا تھا۔ ظفریاب کا دل اکلوتے بیٹے کی اس حالت پر کٹ کر رہ گیا۔ وہ پچھلے پندرہ دن سے چھٹّی پر تھا، لیکن اس حالت میں کہ نہ کھانے کا ہوش نہ نیند کا پتہ نہ بولنا نہ چالنا۔ ایڈورڈ اپنی نوکری پر جا چکا تھا اور کسی سے بات کرنا، جیسے وہ بھول ہی گیا تھا۔ ظفریاب اس کے قریب جا کر رک گئے۔

پاؤں کی آہٹ سن کر ہمایوں نے سر اٹھایا۔ باپ کو دیکھ کر اٹھ کھڑا ہوا۔ ظفریاب نے پیر بابا کا خط اس کی طرف بڑھا دیا۔ ہمایوں نے خط کھولا، پڑھا، بار بار پڑھا اور سوالیہ نظروں سے ان کی طرف دیکھا۔

''جمعہ کے دن باڑی چلنے کے لیے تیار رہنا۔''

ظفریاب کے الفاظ سن کر ہمایوں کے زرد چہرے پر سرخی کی لہر سی دوڑ گئی۔

ظفریاب جا چکے تھے۔ ہمایوں جانتا تھا کہ جو کچھ بھی ہوا ہے، اس میں پاپا کا کوئی رول نہیں تھا۔ بس ان کا قصور صرف اتنا تھا کہ پھوپھی جان کی زہر اگلتی زبان خاموشی سے سنتے رہے اور ان کی مخالفت کی جرأت نہ کر سکے۔

زنان خانے میں رقیہ بیگم اور ماہِ نور زربفت کے تھان پھیلائے بزاز کے ساتھ مول بھاؤ میں مصروف تھیں۔ ظفریاب الجھ گئے، جب سے یہ واقعہ ہوا تھا ان دونوں عورتوں کو سوائے کپڑے کی خریداری کے کوئی کام ہی نہیں تھا۔ ماہِ نور تو خیر تھی ہی بے حس، رقیہ بیگم کو بھی بیٹے کی حالت کی کوئی فکر نہیں تھی۔ بس ایک ہی جملہ ''شادی ہو جائے گی تو سب ٹھیک ہو جائے گا۔'' دونوں عورتیں شادی کی تیاریوں میں لگی ہوئی تھیں۔

''بس ختم کرو اور اندر آ کر میری بات سنو۔'' انھوں نے بیوی اور بہن دونوں کو مخاطب کیا۔ رقیہ بیگم نے بٹوے سے پیسے نکال کر بزاز کا حساب کیا اور اسے رخصت کر

دیا۔شوہر کے لہجے میں انھیں کچھ غیر معمولی بات ضرور لگی تھی۔ رقیہ بیگم اور ماہِ نور کمرے میں پہنچیں تو ظفریاب آنکھوں پر بازو رکھے لیٹے تھے۔

''کیا بات ہے، خیر تو ہے؟'' رقیہ بیگم نے پریشان ہو کر پوچھا۔

''ہمیں آئندہ جمعہ کو پیر بابا کی باڑی پر جانا ہے۔ہم سب کو۔''

انھوں نے ''سب کو'' پر زور دے کر کہا۔

''کیا مطلب؟'' رقیہ بیگم کے بجائے ماہِ نور بولیں ''اب وہاں کیا لینے جانا ہے! میں تو ہرگز نہیں جاؤں گی اس غدّار کے گھر۔''

''تم جاؤ گی ماہِ نور، تمھارے بھائی کا حکم ہے، بلکہ بدیع الزماں بھی ہمارے ساتھ جائیں گے۔'' ظفریاب نے ایک ایک لفظ پر زور دے کر کہا۔

ماہِ نور چونک گئیں۔ بھائی جان نے اس لہجے میں تو ان سے کبھی بات نہیں کی تھی۔ رقیہ بیگم بھی حیران تھیں۔ظفریاب عام طور پر بہت ہی صلح کن قسم کے انسان تھے۔ راضی برضا رہتے تھے۔ان کا یہ انداز بہن اور بیوی دونوں کے لیے نیا تھا۔ ماہِ نور بڑبڑاتی ہوئی باہر چلی گئیں تو رقیہ ظفر کے پاس مسہری پر بیٹھ گئیں۔ظفر نے ایبک خاں کا خط ان کی طرف بڑھا دیا۔خط پڑھ کر رقیہ بیگم نے بھی سوالیہ نظروں سے شوہر کی طرف دیکھا۔

''کچھ مت پوچھو۔ میں کچھ نہیں جانتا۔بس اتنا جانتا ہوں کہ ہمیں جمعہ کو وہاں جانا ہے۔ یہ میرا فیصلہ بھی ہے اور حکم بھی۔''

''لیکن ماہِ نور...'' رقیہ بیگم نے جملہ ادھورا چھوڑ دیا۔

''ماہِ نور کو ماننا ہی ہوگا۔'' ظفریاب ایک لحظے کو رکے۔ ''رقیہ یہ تو تم بھی مانو گی کہ جو ہوا وہ بُرا ہوا۔ ایسا نہیں ہونا چاہیے تھا۔ پھر تم اپنے بیٹے کی حالت دیکھ رہی ہو۔ یہ تمھاری خام خیالی ہے کہ رعنا سے شادی کے بعد سب ٹھیک ہو جائے گا۔ تمھیں مرد کی محبت کا اندازہ نہیں ہے۔ اگر اس نے سعادت مندی کے زیرِ اثر رعنا سے شادی کر بھی لی تو زندگی بھر نہ خود خوش رہے گا اور نہ اسے خوش رکھ سکے گا۔''

اسی وقت ہمایوں کسی کام سے کمرے میں آیا۔اس کی اجڑی حالت اور اداس شکل دیکھ کر رقیہ بیگم کی مامتا بلبلا گئی۔ایمان کی بات یہ تھی کہ انھیں اپنی بھتیجی رعنا بہو کی حیثیت سے کوئی خاص پسند نہیں تھی۔نہایت ہی خودسر اور ضدی لڑکی تھی،لیکن نند کا معاملہ تھا اور نند بھی وہ جن کی کوئی بات ظفریاب نہیں ٹالتے تھے۔رہا گڑے مردے اکھاڑنے کا معاملہ تو رقیہ بیگم کو اس سے کوئی دلچسپی نہیں تھی۔وہ ان کی شادی کے فوراً بعد کا واقعہ تھا، جسے انھوں نے کبھی اہمیت نہیں دی تھی۔انھیں خاموش دیکھ کر ظفریاب نے پوچھا ''کیا سوچنے لگیں؟''

''کچھ نہیں۔سوچ رہی ہوں ماہِ نور کو آپ ہی ہینڈل کیجیے گا۔''

''تم اس کی فکر نہ کرو۔بس جمعہ کو صبح روانگی کی تیاری کرلو۔''

اگلے جمعہ کے دن دو کاریں آگے پیچھے آکر پیر بابا کی باڑی میں رکیں۔دربان نے دروازہ کھولا۔یہ دربان بھی نیا ہی تھا۔اور کار پارکنگ تک ان کی رہنمائی کی۔ایک گاڑی سے سفید کرتے پاجائے میں ملبوس ظفریاب اترے۔ان کے پیچھے دھانی غرارہ سوٹ میں رقیہ بیگم اور ہمایوں باہر آئے۔دوسری گاڑی سے بدیع الزماں اور ماہِ نور اترے۔ماہِ نور نے بادامی رنگ کی ساڑی پہن رکھی تھی اور بدیع الزماں حسبِ معمول فاختئی سوٹ میں تھے۔زماں سوٹ کے بغیر باہر نہیں نکلتے تھے۔دربان نے چبوترے کی طرف ان کی رہنمائی کی۔ابھی وہ سیڑھیوں کی طرف بڑھ ہی رہے تھے کہ ایک اور کار آکر رکی جسے ڈرائیور چلا رہا تھا۔اس نے اتر کر پچھلا دروازہ کھولا،سیاہ لباس میں زرد مرجھایا ہوا چہرہ لیے لالہ اتری اور اگلی سیٹ سے شبراتی باہر آیا۔لالہ کی نظریں حیرت سے ہمایوں اور اس کے خاندان پر پڑیں، پھر ہمایوں سے نظریں ملیں۔دونوں کی نظروں میں ان کہی فریاد کی ایک داستان پنہاں تھی۔دونوں کی آنکھوں میں ایک ہی سوال بھی تھا۔یہ سب کیا ہے؟ لالہ نے انھیں سلام کیا۔ظفریاب نے بڑھ کر سر پر ہاتھ رکھا۔لالہ کاٹیج کی طرف جانے کے لیے مڑی۔اسی وقت کہیں سے بھورے خاں نمودار ہو گئے۔

''بی بی آپ بھی مہمانوں کے ساتھ چبوترے پر براجو (بیٹھو)۔''

لالہ سخت الجھن میں تھی، لیکن سب کے سامنے پوچھنا مناسب نہیں تھا۔ سر جھکا کر سب کے ساتھ سیڑھیاں چڑھیں۔ ماحول عرقِ گلاب، اگربتی اور کافور کی خوشبو سے مہک رہا تھا۔ لالہ کا دل دھڑکنے لگا۔ چبوترے پر قالین بچھا ہوا تھا اور سب سے چونکا دینے والی بات یہ کہ قبر کے پاس ایک اور قبر کھدی ہوئی تھی۔ ایک طرف پتھر کی پٹیاں رکھی تھیں اور ایک طرف کورے لٹھے کی دو چادریں تہہ کی ہوئی رکھی تھیں۔ لالہ کا دل اچھل کر حلق میں آ گیا۔ باقی حاضرین کو جیسے سانپ سونگھ گیا ہو، جہاں جو کھڑا تھا وہاں وہ بت بن گیا تھا۔ لالہ نے ستون کا سہارا لیا۔

اسی وقت دوسری طرف سے پیر بابا سیڑھیاں چڑھ کر اوپر آئے۔ غالباً غسل کر کے آئے تھے۔ ایک سفید چادر تہبند کی طرح باندھ رکھی تھی اور دوسری اوپر اوڑھ رکھی تھی گویا احرام باندھ رکھا ہو۔ چہرہ ایک عجیب سے نور سے چمک رہا تھا۔

''ایبک یہ سب کیا ہے؟'' بالآخر ظفریاب بولے۔

''آپ لوگ بیٹھ جائیے۔ آج میں نے آپ کو کچھ کہنے لیے بلایا ہے۔ خدارا کچھ پوچھیے نہیں۔ صرف سن لیجیے۔ میرے پاس زیادہ وقت نہیں ہے۔''

''بابا!'' لالہ کے منہ سے ایک چیخ نکلی اور آنکھوں سے آنسوؤں کی جھڑی گرنے لگی۔

''لالہ، میری بیٹی۔ مجھے کمزور مت بناؤ۔ مایا موہ میں مت جکڑو، کہ بندھن توڑنا مشکل ہو جائے۔''

لالہ ان کی طرف بڑھی، لیکن انھوں نے اشارے سے روک دیا۔

''نہیں، وہیں رکو۔ قریب آنے کا وقت ختم ہو چکا ہے۔ مجھے ظفریاب سے بات کر لینے دو۔''

پھر وہ ظفریاب سے مخاطب ہوئے۔

''ظفر میرے بھائی میرے دوست۔ آج میں نے تمھیں دو بہت ہی اہم مقاصد کے لیے بلایا ہے، لیکن پہلے بہن ماہِ نور سے دو باتیں کرنا چاہوں گا۔ ماہِ نور، میری بہن، میں نے زندگی میں صرف تم ہی کو بہن سمجھا اور مانا ہے۔ میری اپنی بہنیں میری نوعمری میں ہی بیاہ کر پشاور چلی گئی تھیں، ان سے پھر ملنا ہی نہیں ہوا۔ میں اعتراف کرتا ہوں کہ میر صاحب جس لڑکے کو اپنے ساتھ لائے تھے وہ اپنے پیچھے اپنی کشتیاں جلا کر آیا تھا۔ میں نے کبھی واپسی کے بارے میں سوچا ہی نہیں۔ میر صاحب ہی میرے سب کچھ تھے۔ میرے سرپرست، میرے محسن، میرے باپ۔ وہ اتنے عظیم انسان تھے کہ میں ان کا نام لیتا ہوں تو میرا سر خود بخود ان کی عظمت کے آگے جھک جاتا ہے۔ میں کبھی خواب میں بھی ان سے غدّاری کے بارے میں نہیں سوچ سکتا تھا۔ آج سے چھبیس سال پہلے اس رات جو کچھ ہوا وہ ایک اتفاقی حادثہ اور اضطراری فعل تھا۔ اس رات جب رانا نے مجھے پکڑوانے کی سازش کی تو میں گھبرا کر بھاگا اور آ کر اپنے گھر میں پناہ لی۔ میر صاحب کی حویلی کو ہی میں اپنا گھر سمجھتا تھا اور انسان مصیبت میں گھر پر ہی پناہ لیتا ہے۔ میرے خواب وخیال میں بھی نہیں تھا کہ میرے اس عمل کا کوئی اثرِ بد اس حویلی کے مکینوں پر بھی پڑ سکتا ہے۔ رانا نے احسان فراموشی کی اور پولیس کو اپنے سب سے بڑے محسن کے گھر کا پتہ بتا دیا۔ اس محسن کے گھر کا جس کی وجہ سے وہ صاحبِ اولاد کہلایا تھا۔ اگر میں یہ جانتا تو کبھی حویلی کا رخ نہ کرتا۔ میں آپ سب کا مجرم ہوں۔ میری وجہ سے میر صاحب کو شرمندگی اٹھانی پڑی۔ دربار سے مستعفی ہوئے اور ایسے گھر میں بیٹھے کہ تازندگی باہر نہیں آئے۔ ماہِ نور، میں اس کی بہت بڑی سزا کاٹ چکا ہوں، جو ایک بہن سے محرومی اور اس کی نفرت کی شکل میں تھی، خدارا میری معصوم بچّی کو اپنی نفرت کا نشانہ نہ بنائیے۔ وہ بے ماں کی بچّی پہلے ہی ماں اور اپنوں کی محبت کو ترسی ہوئی ہے۔ ہو سکے تو مجھے معاف کر دیجیے۔''

لالہ کی سسکیاں تیز ہوگئی تھیں۔ ہمایوں کسی کی پروا کیے بغیر اس کے قریب چلا آیا تھا۔

پیر بابا پھر بولے ''ظفر میرے بھائی، تمھارے احسانوں سے تو میں کبھی سر ہی نہیں اٹھا پایا۔ تم نہ ہوتے تو میں بھی نہیں ہوتا، لالہ نہ ہوتی اور یہ باڑی بھی نہ ہوتی۔ گو کہ مصلحتاً تم بھی مجھ سے دور ہو گئے، لیکن تم اچھی طرح جانتے ہو کہ ماہ رخ کے انتقال کے بعد میری زندگی سے ساری رونقیں، ساری دلچسپیاں چھِن گئی تھیں، میں نے شاید حرام موت کو گلے لگا لیا ہوتا، لیکن تمھاری قسم اور لالہ کی محبت نے میرے پاؤں پکڑ لیے۔ میں زندہ رہا کہ لالہ کو میری ضرورت تھی۔ اپنی لاش اپنے کاندھوں پر ڈھوتا رہا کہ میری لالہ بے آسرا ہو جائے گی، لیکن گزشتہ واقعہ نے یہ ثابت کر دیا کہ میرا وجود اب اس کی خوشیوں میں حائل ہو رہا ہے۔ اسے آسرا دینے کے بجائے بے آسرا کر رہا ہے، اس کی زندگی میں کانٹے بو رہا ہے۔ اب لالہ کو میری نہیں، ایک مضبوط سہارے کی ضرورت ہے، جو اسے صرف تم، ہمایوں اور بھابی صاحبہ ہی دے سکتی ہیں۔ اس لیے میں اپنا وجود درمیان سے ہٹا رہا ہوں، تم سے درخواست ہے کہ میری لالہ کو اپنا لینا۔''

ایبک خاں عرف پیر بابا نے اپنے دونوں ہاتھ جوڑ لیے۔ ظفر کے رخساروں پر آنسو بہہ کر داڑھی میں الجھ رہے تھے۔ لالہ پر غشی کی سی کیفیت طاری تھی۔ رو رو کر ہلکان ہوئی جا رہی تھی۔ قبل اس کے کہ گر جاتی رقیہ بیگم نے اسے سنبھال لیا۔ ہر آنکھ نم تھی۔ ماہِ نور اور بدیع الزماں بھی رومال سے آنکھیں پونچھ رہے تھے۔ ظفر یاب آگے بڑھے۔

''ایبک خاں، تمھاری لالہ، آج سے میری بیٹی میرے گھر کی عزت ہے، یہ میرا تم سے وعدہ ہے۔ ایک سیّد کا وعدہ، لیکن یہ سب کیا ہے؟'' انھوں نے کھدی ہوئی قبر کی طرف اشارہ کیا۔

''شکریہ میرے دوست۔'' ایبک خاں نے ٹھہرے ہوئے لہجے میں کہا۔

''دوسرا کام یہ تھا کہ آپ لوگ سب میرے کلمے کے گواہ رہیے گا۔'' پیر بابا نے چٹائی پر لیٹ کر ایک چادر منہ تک اوڑھی اور بآوازِ بلند کلمہ پڑھا۔

پھر ہر طرف خاموشی چھا گئی۔ جیسے کئی صدیاں گذر گئیں ہوں۔ جیسے وقت کے قدم

پتھر بن گئے ہوں۔ وہ کچھ لمحے جیسے زمانے گزر گئے ہوں۔

ظفریاب دھیرے سے آگے بڑھے اور ایبک خاں کا منہ کھولا، ان کی روح قفسِ عنصری سے پرواز کر چکی تھی۔ انھوں نے بآواز بلند کہا:

''انا للہ و انا الیہ راجعون۔''

ہمایوں دونوں ہاتھوں سے منہ چھپا کر پھوٹ پھوٹ کر رو پڑا۔

لالہ اپنے حواس میں نہیں تھی۔ آنسو رک چکے تھے، صرف پھٹی پھٹی آنکھوں سے باپ کے جسدِ خاکی کو گھور رہی تھی۔ ماہِ نور نے اس کے منہ پر چھینٹے مارے۔ رقیہ بیگم اس کی حالت سے گھبرا گئی تھیں، اس کو رلانے کی کوشش میں انھوں نے زور سے کہا۔

''لالہ میری بچّی، تمھارے باپ چلے گئے، مر گئے، اب کبھی واپس نہیں آئیں گے۔''

لالہ جیسے ہوش میں آ گئی۔ اس کی آہ و بکا سے آسمان بھی ہل گیا۔

بدیع الزماں نے کہا ''خواتین، براہِ کرم آپ لوگ یہاں سے چلی جائیں، ہمیں اپنا کام کرنے دیں۔''

رقیہ بیگم نے لالہ کو اپنے بازوؤں کے حلقے میں لے کر سینے سے لگا لیا۔

تینوں عورتیں دھیرے دھیرے سیڑھیاں اترنے لگیں۔

ختم شد

تعارف

والدین کا رکھا ہوا نام	:	نعیم فاطمہ جعفری
خود اختیار کردہ نام	:	نعیمہ جعفری
شادی کے بعد	:	نعیمہ جعفری پاشا
پیدائش	:	۲۲/مارچ، راجستھان، جے پور
ابتدائی تعلیم	:	ایک انگلش میڈیم اسکول، جے پور
ہائی اسکول، انٹر،		
بی۔اے اور ایم اے	:	علی گڑھ مسلم یونیورسٹی، علی گڑھ
پی۔ایچ۔ڈی	:	جامعہ ملیہ اسلامیہ، دہلی
موضوع	:	فرہنگ کلیات نظیرا کبر آبادی مع تنقیدی مقدمہ
NET	:	یو۔جی۔سی

ڈاکٹر نعیمہ جعفری کا تعلق آگرے کے ایک مقتدر عالم، ادبی، صوفی، سیّد خاندان سے ہے۔ ان کے تایا علامہ میکشؔ اکبر آبادی کا نام اردو داں طبقے کے لیے کسی تعارف کا محتاج نہیں ہے۔ ان کے والد سیّد احمد علی شاہ جعفری راجستھان کیڈر کے IAS آفیسر ہونے کے ساتھ ایک بلند پایہ شاعر اور نثر نگار تھے۔ ان کی والدہ کا تعلق جے پور کے ایک مشہور صوفی سیّد جاگیر دار خاندان سے تھا۔ ان کے نانا مولانا انوار الرحمٰن بسملؔ جے پوری کثیر التصانیف ادیب اور شاعر تھے۔ والدہ نجمہ جعفری خود بھی صاحبِ دیوان شاعرہ تھیں۔

نعیمہ جعفری نے جس ماحول میں آنکھ کھولی وہاں شاعری ہواؤں اور فضاؤں میں بستی تھی، در و دیوار سے ٹپکتی تھی۔ ہوش سنبھالا تو قلم بھی سنبھال لیا۔ اکیس سال کی عمر میں انہوں نے مضمون نگاری کے ایک قومی مقابلے میں شرکت کی اور اردو کے لیے پہلا انعام حاصل کیا، جو آنجہانی وزیرِ اعظم شریمتی اندرا گاندھی کے ہاتھوں دہلی میں تفویض ہوا۔

ڈاکٹر نعیمہ جعفری کی تصنیفات

۱۔ فرہنگِ کلیاتِ نظیرؔ اکبر آبادی مع تنقیدی مقدمہ	
۲۔ ٹوٹا ہوا آدمی	افسانوں کا مجموعہ
۳۔ یادِ رفتگاں	خودنوشت (انعام یافتہ)
۴۔ مانو یا نہ مانو	فکشن
۵۔ محفلِ میلادِ نبیؐ	میلاد نامہ (ہندی)
۶۔ آٹھ راتیں سات کہانیاں	ادب اطفال (انعام یافتہ)
۷۔ شجر سایہ دار	خاکے
۸۔ دھوپ کے ساتوں رنگ	افسانوں کا مجموعہ
۹۔ کچھ دل نے کہا...	شعری مجموعہ
۱۰۔ پھر کیا ہوا...	ادب اطفال
۱۱۔ حقیقت سے فسانے تک	افسانوی مجموعہ
۱۲۔ دیدہ ور	سوانح
۱۳۔ قرآن سعدین	والدین کے کلام کی تدوین
۱۴۔ ایک ایسا بھی دور...	کورونائی ادب۔ (افسانچے)
۱۵۔ تذکرہ امامین	ترجمہ
۱۶۔ کراماتِ نظامیہ	ترجمہ
۱۷۔ نازشِ جنوں	ناول
۱۸۔ لفظوں کے پیچھے چھپی تہذیب	تہذیبی فرہنگ
۱۹۔ اب کے برس	افسانوی مجموعہ (پریس میں ہے)
۲۰۔ نئے زمانے کی پرانی کہانیاں	(ریختہ ہندی میں شایع کر رہی ہے)